ATEŞLE
DANS

RUHUNU ŞEYTANA TESLİM EDEN BİR
İNSAN BİR DAHA ÖZGÜR KALAMAZ!

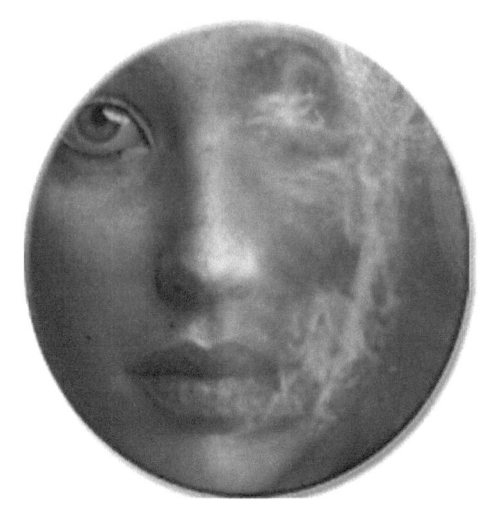

Irina Andreeva

ATEŞLE DANS
IRINA ANDREEVA

Yazarı (Author): İrina ANDREEVA
(Georgian & Russian & Turkish Novelist & Author)

Sayfa Düzeni ve Grafik Tasarım: E-Kitap PROJESİ
Editorial & Kapak Tasarım: © E-Kitap PROJESİ
Yayıncı (Publisher): E-KİTAP PROJESİ
  http://www.ekitaprojesi.com, MURAT UKRAY

Yayıncı Sertifika No: 45502
Baskı (Print): INGRAM INC.
İstanbul, Şubat 2025
ISBN: 978-625-387-080-5
E-ISBN: 978-625-387-079-9
İletişim ve İsteme Adresi:
E-Posta (e-mail): irina_andreeva09@hotmail.com
İNSTAGRAM: www.instagram.com/irinaandreeva.official

Cevap ve yorumlarınız için:
{For reply and your Comments}
http://www.ekitaprojesi.com/books/atesle-dans
www.facebook.com/EKitapProjesi

© Bu eserin basım ve yayın hakları yazarın kendisine aittir. Fikir ve Sanat Eserleri Yasası gereğince, izinsiz kısmen ya da tamamen çoğaltılıp yayınlanamaz. Kaynak gösterilerek kısa alıntı yapılabilir.

Yazar Hakkında

İrina Andreeva, 1970 senesinde Gürcistan'ın Dedoplisckaro kasabasında fakir bir ailede dünyaya geldi. 1992 senesinde Tiflis'te meslek yüksekokulunu bitirdi ve o senelerde güçlü bir bağımsızlık hareketiyle sarsılan memleketini terk ederek, hayatını kazanmak için annesinin memleketi olan Rusya'ya yerleşti. "Hayat dipsiz bir kuyu", sözünü sık sık dile getiren yazar, şimdilerde yaşamını Türkiye'de, iki oğlu ve eşiyle sürdürmekte.

Kitapları:

1. ATEŞLE DANS. (Basılmış kitap)
2. KARANLIKTAKİ SOLUK. (Basılmış kitap)
3. ŞÜPHELİ ÖLÜM. (Basılmış kitap)
4. KEMİKTEN YAPBOZ (Basılmış kitap)
5. KANLI NOTALAR (Basılmış kitap)
6. VE DİĞER KİTAPLAR (Basıma hazırlanıyor..)

Elimi hiç bırakmayan eşime....

Aklımdaki Şeytan

Lena'nın tek isteği bir daha asla aklındaki katil ruhlu şeytana uymamaktı. Suç işlediği topraklarından, geçmişinden uzak, Gürcistan'dan Türkiye'ye kaçarken başına geleceklerden habersizdi. Hastabakıcı kimliği ile iki aileyle tanışan kız sır dolu ağın ortasına düşünce öfkesine, aklındaki suç işlemeye meyilli şeytana uymamak için yeni tanıştığı merhamet ve sevgiden yardım ister. Lakin hayat onun için acımasız ve zalimdir. Aklındaki şeytan ise yeni ölümlerin peşinde...

Ruhunu teslim eden insan kendinden kaçabilir mi acaba?

Şeytan suratlı Lena

1

Dün bu mahallenin bahçıvanı olan Temel Amca bir traktör dolusu gübre ile bahçenin kapısına yanaştı. Komşumuz Mustafa Bey bahçenin yeşil tellerine parmaklarını geçirdi, yüzünü buruşturdu, tele iyice yaklaştı, yaşlı bahçıvanımızı şöyle bir süzdü, gür ve kızgın bir sesle söylendi:

"Bu gübre henüz yanmamış! Bunun kokusunu da sineklerini de aylarca biz çekmek zorunda kalacağız her zamanki gibi, değil mi?"

Bahçıvan onu duymazdan geldikçe adam daha da çıldırdı.

"Yeter ama bu kadar, bugüne kadar hep sustum! Komşum hasta diye sesimi çıkarmadım, ama yeter! Sizi belediyeye şikâyet edeceğim!"

"Git nereye gideceksen! Bence bir mahzuru yok! Ben söylediklerini yapıyorum sadece! Artık belediye kendini bilmez kadına hesap mı sorar, benimle mi uğraşır bilemem!" Sesi çıktığı kadar bağıran bahçıvan sonunda benim orada olduğumu fark etti. Bana doğru parmağını uzattı. "Ha bu gâvura hesap sorarlar belki de!" dedi ve ellerini sinirle silkti. Oradan uzaklaşmak istedim. Ama orada olmam gerektiğinden sadece geriye doğru birkaç adım attım.

Temel Amca hızlı ve kıvrak hareketle römorkun üzerine tırmandı. Gübrenin içine saplanan küreğe asıldı ve kara gübreyi bahçeye boşaltmaya başladı. Ara sıra durup soluklanarak elinin tersi ile yüzünün terini siliyor ve homurdanıyordu: "Fesatlığını başka türlü nasıl dile getirecek... Hanımın hastalığı da bakıyorum herkesi azdırdı." Birden benim onu dinlediğimi fark etti. "Sen de ne bakıyorsun ağzıma? Git suyu getir bana!"

Başımı öne eğdim, taşlarla süslü patika yolu hızla geçtim.

Üç demir kapıyı açtıktan sonra nihayet mutfağa vardım. Cam sürahi ve büyük boy bardağı kapıp bahçeye geri döndüm.

Adama su dolu bardağı uzattım. Bardağı yüzüme bakmadan aldı. Suyu nefes almadan içti. Boş bardağı bana tekrar uzatıp homurdanmaya devam etti:

"Huyumu seveyim, içim dışım bir, damla fesatlık yok.

Oysa ne zenginlerin evlerine girip çıkıyorum ben. Fesatlıktan hasta olan bile var, boşuna demiyorlar, fesatlıktan kurumuştur diye." Birden benim onu süzdüğümü ve sırıttığımı fark etti. "Ne bakıyorsun öyle! Ben çalışmaktan kurudum görmüyor musun?" Gülümsedim, sonra anında sırtımı dönüp yürüdüm, çünkü adamın ne söyleyeceğini kestirebiliyordum:

"Sen nerden geldin bakalım, kız? Memleketinin Gürcistan olduğunu duydum. Ta oralardan buralara ne iş yapmaya geldin? Kaçtın mı yoksa? Nereden geldin? Neden geldin?" En sevmediğim sorular. Çünkü cevaplar o kadar ağır ki artık bu yükü taşıyamıyordum. Düşünmekten beynim yoruldu. Bırakın gerçekleri anlatmayı, aklımın ucundan geçirmekten bile korkuyordum. En kötüsü de yaşadıklarımın tekrarlanmasından korkuyor olmam. Çünkü ben aklımdaki şeytana hiç güvenmiyordum. Arkamdan "nereye" diye seslenildiğini duydum. İşim var. İş ha? Güldüm içimden, milletin işi biter mi?

Ömrümün yarısından fazlasını çalışmakla geçirdim.

***

Türkiye'ye geleli yirmi seneden fazla oldu. Hizmetçiyim ben. Tanıdıktan sonra kimsenin vazgeçemediği hizmetçi...

Aklımdan zorum varmış gibi güldüm. Kuşadası'na, bu eve ilk geldiğim günü anımsadım. Sene 2002 idi. Yazdı. İnsana günah gibi yapışan, nemli, sıcak bir hava vardı. Her evsiz insan gibi sıcak havayı kendime dost bilirdim, ama o gün yeni bir ev, yani bilmediğim, tanımadığım ev sahibini düşündükçe daha fazla ter bastığından bahaneyi kuruntulu huyuma değil de havada bulmak daha cazip geliyordu bana. Neyse ki içimdeki şeytan bana cesaret veriyor, benden kötüsü olmadığını hatırlatıyordu. Oysa demek ki annem benim hakkımda yanılmıştı. Neyse hem aklımdaki şeytan, hem annem, bana kalpsiz canavar olduğumu söylerlerdi söylemesine ama hassas, korkak kalbimin olduğunu bilmiyorlardı. Bu küçük, pembe, saray yavrusu eve doğru adımlarımı ağır ağır atıyordum. İtiraf ediyorum evi ilk gördüğümde dudağımı ısırdım.

Tabii ki bu sarayın kara sırlarından o zaman haberim yoktu.

Kapıya çıkan kadını gördüğümde burnumu kıvırdım. Dış görüntüsü berbattı. Bu saraya yakışmayan cinsten yani. Meğer beni karşılayan ev sahibi değil de benden önce çalışan Mine adlı hizmetçileriymiş. Şükrettim içimden; en azından bu cılız, kara, saçsız kadına bütün gün boyunca bakmak zorunda kalmayacaktım.

Hizmetçi beni bodrum katında bulunan dar bir odaya götürdü. Burası senin barınacak yerin, dedi. Elimdeki valizimi eski halının üzerine bıraktım ve çevreye göz atmaya koyuldum. Burası dar ve basık bir odaydı. Saray yavrusuna yakışmayacak kadar eski bir yatak ve dolap vardı içinde. Hatta duvardaki aynanın yüzü bile kara halkalarla lekelenmişti. İki eski sandalye köşenin birinde sıkışmıştı. Kadın o eski sandalyelere oturmam için işaret etti.

"Nasıl geçti yolculuk?" diye sordu kadın nezaketen.

"İyi... İyi geçti. Sadece neyle karşılaşacağını bilmediği zaman, huzursuzluk ve heyecan basıyor insana." Kadın alaycı bir şekilde gülümsedi, gülümsemede gizlediği bir şey olduğunu sezdim ve ona, "Bana hanımımdan bahset," dedim.

Birden kadının kara yüzü ekşidi. Bana güvenmediğinden mi yoksa kadının kötü olduğundan mı, o zaman anlamadım. Kadın, "Neyi duymak istersiniz, bilemedim ben şimdi," dedi.

Asabiyetle güldüğümü hatırlıyorum. "Canım, nelerden hoşlanıp nelerden hoşlanmadığını bilmem gerekir, değil mi?"

"Elbette, sırf bu yüzden beni bir hafta daha alıkoydular.

Yoksa ben şu an evde olacaktım," dediğinde onun suratsızlığının sebebini ve kadının hem bu evden hem de patrondan nefret ettiğini anlamıştım. Buradan kaçmak için bu kadar can attığına göre... Neyse ki bana gülümsüyordu. Belki beni kurtarıcı olarak görüyordu, kim bilir? Belki de hayatına bu evin dışında devam edeceği için mutluydu ve o sebeple gülüyordu.

"Hanımın adı Arzu. Kimsesi yok, en azından ben öyle biliyorum. Ama misafir eksik olmaz, tabii ki iş de. İşinin dört dörtlük yapılmasını ister. Gizliden gizliye insana tuzaklar kurar."

"Tuzak mı? Ne tuzağı?" diye sordum şaşkınlıkla.

"Canım tuzak dediğim de... Oraya buraya bir şeyler sokuşturur sonra orası temizlendi mi diye kontrol eder."

Bunu duyduğumda şaşkınlığımı gizleyemedim.

"Sen yemek yemeyi seviyorsan bunu belli etme," dedi kadın.

"Nasıl yani?"

"Hanım, sürekli inek gibi ağzını şapırdatanı da sevmez. Sinir olur. Bu yüzden işten bile atılabilirsin."

"Anlıyorum. Peki, sağlık durumu nasıl? Çok hasta olur mu?"

"Evet, arada bir hastalanıp yataklara düşer. Bağırsaklarında yara mı varmış ne? Böyle durumlarda içindeki yaralar iyileşsin diye ilaç kullanıyor, günlerce yemek yiyemiyor ve serumlarla besleniyor. O zamanlarda aşırı asabi oluyor."

"Anlıyorum," dedim ve derin bir oh çektim. Kadın acı acı gülümsedi ve "Para kazanmak hiç kolay değil canım," dedi.

Başımı onaylarcasına salladım ve "Peki ben onu ne zaman görebileceğim?" diye sordum. Kadın beni baştan aşağı süzdü, kendimi satılacak bir eşya gibi hissettim. "Bugün sana izin verdi kendileri. Bu arada her zaman bakımlı olman gerekir," diye geveledi. Kadından duyduğum bu sözlerden sonra yüzümün çirkin kısmını ani bir refleksle elimle örtbas etmeye çalıştım. "Bunu kastetmedim," dedi kadın. Benim bahsettiğim şey temizlikle ilgili."

"Anlıyorum," dedim.

"Şimdi dinlen. Yıkanmayı düşünürsen banyo koridorun sonunda."

"Peki," dedim ve kapıyı kadının arkasından kapattım.

Çevreye göz attım. Bugün başımı sokacak bir ev olduğuna şükretmem gerektiğini düşündüm. Bugüne kadar yaşadıklarımdan daha kötüsü olamaz herhalde.

Ertesi gün hanımımla tanışmak için oturma odasına davet edildim. Odaya girdiğimde kadın koltuğuna oturmuş sıcacık çayını keyifle yudumluyordu. Beni görünce fincanını dudaklarından uzaklaştırıp, hafif doğruldu.

Utangaç bir tavırla "Merhaba," dedim.

Kadın, ruhumu taramak için beni kısık ve kasvetli bakışları ile süzmeye çalıştı. Sanırım ben bir bakışla insanı çözerim demek istedi ama beni boş bir duvarı izler gibi izlediği için sıkıldı. Derin bir iç geçirdikten sonra benimle odaya giren Mine hizmetçiye odadan çıkmasını emretti. Oturduğu yerden belini tutarak doğruldu, iki üç kısa adımdan sonra yanıma yaklaştı.

Gizlemeye çalıştığı asabiyetle korkakça yüzüme bakıyordu.

Bu kadın bana muhtaç ve bunu gizlemeyi beceremiyor. Yani sanırım bu iş benim için yaş değil, dedim. Nihayet uzun uzun düşündükten sonra bana adımı sordu.

"Lena," dedim ve onun kıpırdamaya hazırlanan dudaklarına baktım.

"Benim adım Arzu," dedi ve ekledi, "ama sen hanımım diyeceksin." Peki, anlamında başımı salladım. Sonra gözlerimi yere eğdim. Bu tarz utangaç tavırlar yurtta çoğu suçumdan ceza almadan kurtulmamda etkili oluyordu.

"Otur!" dedi kadın bana sandalyenin birini işaret ederek.

Gözlerimi yere eğdim ve sandalyenin kıyısında emanet gibi oturdum. Ellerimi kucağımda kavuşturdum ve bekledim.

Kadın az önce oturduğu koltukta yerini aldı. İkimiz de susuyorduk ama ikimiz de gizliden gizliye ilk görüş izlenimlerini değerlendiriyorduk.

Hanımım yetmiş yaşlarında bakımlı bir kadındı. Omuzlarını ve başını kendine güvenerek dik tutuyor, insanlara tepeden bakıyormuş havası yaratıyordu. Yüzü, ince ve derin kırışıklarla doluydu, gri gözleri buz gibi soğuktu. Kalemle belirginleştirilmiş kaşlarını çatıyor, kalıcı makyajla çerçevelenmiş dudaklarını büzüyordu. Düşünceliydi. Belli ki aklını zorluyor, beni çözmeye çalışıyordu. Hırsız mıyım, uğursuz muyum? İlk aklına gelen bu tarz şeyler olmalı. Ama bunu bilemezdi tabii ki, bu durum beni rahatlatıyordu. Ben otuz beş senedir kendimi çözememişken, bu kadın birkaç dakikada bunu nasıl berecekti. Bunun rahatlığı ile sahte gülücükleri saçıyor, onun konuşmaya hazırlanan ağzının içine bakıyordum.

"Özgeçmişini okudum. Belirttiklerin doğrudur umarım," dedi ve bana keskin bir bakış attı.

"Tabii ki," diyerek hizmetçilere mahsus o alaycı gülüşle karşılık verdim.

"Demek otuz beş yaşındasın?"

"Evet."

"Rize'de, İstanbul'da ve Söke'de çalıştın?"

"Evet."

"İşi neden bıraktın?" diye sordu ve ağzımdan çıkacak olan cevabı heyecanla bekledi.

"Ben bırakmadım," dedim kısık ve yumuşak bir sesle. Biraz durakladım ve kadının merakını gidermediğimi anladığım için tekrar konuştum. "Onlar rahmetine kavuştu."

Kadın kaşlarını alnının ortasına topladı. Bana felaketi sırtımda taşıyan bir canavarmışım gibi baktı. O an deşifre olduğumu sezdiğimden bir titreme hissettim. Kendimi ele vermemek için ellerimi ovuşturup kadına çok heyecanlı olduğumu söyledim. Kadınsa söylediklerime aldırmadı. Bu durumun benim işime yaradığının farkında değildi. İç geçirdi. Bir süre konuşmadı.

"Annen, baban, kardeşin, akraban, var mı?" diye sordu ve ağzımın içine merakla baktı.

"Hayır," dedim soğuk bir ses tonuyla. Sonra kendimi toparlayıp "Kimsem, hiç kimsem yok!" dediğimde sesim her an ağlayacakmışım gibi titriyordu. Duygu sömürüsünün burada yarayıp yaramayacağını bilmiyordum ama denemekle bir şey kaybetmezdim.

"Ya sağlığın?" diye sordu kadın.

"Gayet sağlıklıyım. Başım bile ağrımaz."

Kadın gülümsedi, eminin sağlam bir eşek bulduğu için mutluydu.

"Ya sigara?"

"Hiç içmedim, efendim," dedim ve yüksek notlar aldığımı düşünerek rahatladım, popomu kıpırdatıp sandalyeye sahiplenmeye kalkıştım. Ama nafile, kadın beni bedavadan oturtur mu hiç?

Başını kapıya doğru uzatan kız Mine hizmetçiye seslendi ve ona benimle ilgilenmesini, evi gezdirip, görevlerimi anlatmasını söyledi.

"Evin dokuz odası var," dedi hizmetçi ve benim önümden yürüdü. Ben onun arkasından yavaşça yürüyüp, meraklı meraklı çevreyi incelemeye koyuldum. İlk olarak evin birinci katında bulunan geniş salona girdik. Kadın, bu salonun hanımın sıradan misafirlerini ağırladığı mekân olduğunu söylerken alaylı gülüşünü de eksik etmedi. Bu geniş, ferah odaya göz attım. Misafirin sıradan olmasının ne anlama geldiğini düşündüm durdum. Burada bal rengi, kadife, şık modern koltuklar, masa ve rahat sandalyeler vardı. Parke tabanında ipek halılar serilmişti. Konsol ve vitrinin içi süs eşyalarıyla doluydu. Burada ne ararsan var dediğimde hizmetçi işaret parmağını dudaklarının ortasına getirdi. "Sus kız! Sen ne anlarsın bunlar antika," demişti. "Tepedeki avizeyi görüyor musun, kristaldir. Silerken dikkat et! Kırarsan yandın! Kendini satsan bunları ödeyemezsin," dedi ve güldü. "Tövbe ya rabbi!" dedim ve kafamı evet anlamında salladım.

Odadan çıkmak üzere olan bu çirkin hizmetçiyi takip ettim.

Bu evin başka bir misafir odası daha vardı, ikinci katta. "Orası özel misafirlere mahsus," diyen kadın adımlarını o kadar dikkatli ve sessiz atmaya başlamıştı ki insan acaba içeride ne ya da kimler var düşüncesine kapılıyordu. Beyaz kapıyı aralayıp odaya girdik. Bu odanın genişliği de diğeriyle aynıydı hemen hemen. Fakat bu oda kraliyet zamanını yansıtan, işçiliği bol, yüksek sırtlı, ahşap oymalarla süslü koltuklar ve mobilyalarla daha zengin ve daha havalı görünüyordu. İddialı bir renk kullanılmıştı. Duvarın birinde boydan boya ahşap bir vitrin vardı.

Vitrinin içindeki tıklım tıklım fakat özenle konulan sırçalar hayatım boyunca gördüğüm en güzel sırçalardı. Koltuklar kadife gümüş rengi idi. Bu renk seçimi kaba suratlı Arzu Hanım'a ait olamaz, diye geçirdim aklımdan ve burada çalışmaları yapan iç mimara içimden söylendim doğrusu. Bu kadın ya da adam evin temizliğini hiç ama hiç düşünmemiş, düz ve açık gümüş rengi koltuklardan şarap ya da çay lekesi nasıl çıkardı acaba? Geniş ahşap beyaz masanın üzerindeki antika vazoların renkleri de şaşırttı beni. Ya masanın çevresinde dizilen gümüş rengi kadife yüksek sırtlı sandalyeleri rahat mıydı, nasıl kullanılırdı?

Birden aradaki sağ duvarın ortasında beyaz mermerden şömineyi fark ettim. Şöminenin önü korumasız olduğundan içinde kalın odunları yakmıyorlardır herhalde yoksa bu beyaz halılar oradan sıçrayan kıvılcımlardan yanıp tutuşurdu.

Yok, burada odun yanmıyordu çünkü şöminenin sağ ve sol köşelerinde iri antika vazolar duruyordu. Vazoların üzerinde iri göğüslü, geniş etekli kraliçelerin resimleri vardı. Şöminenin üzerinde ise yarım metrelik porselen kral ve kraliçe konmuştu. Onların popolarının yanmasına izin vermezlerdi herhalde. Bu kraliçelerden odada çok varmış meğer, daha sonra fark ettim. Hizmetçi koltukların ortasında serilen ipek halıyı gösterdi ve "Biliyor musun, tek bu halı benim sülalemi doyurur herhalde," diye geveledi.

"Yürütseydin o zaman dedim," ve dudağımın kıyısından gülümsedim. Hizmetçi benimle birlikte güldü ve içtenlikle konuşmaya başladı: "Bu mobilya çok narin, buraları temizlerken inan dizlerim titriyordu. Bu dev vazolar, kaç senelik kim bilir, fiyatlarını hiç sorma. Birini kırdığımızı düşün. Ömür boyu çalışsak ödeyemeyiz herhalde."

"Herhalde," dedim ve dudağımı ısırdım. Odadan çıktığımızda kadın, cebinden çıkardığı anahtar ile odayı kilitleyip anahtarı bana uzattı. "Bundan sonra burası sana emanet," dedi. Anahtarı cebime attım ve önümde ilerleyen kadını takip ettim. Üst katta geniş üç tane yatak odası bulunuyordu.

Burada ahşap dev gardıroplar vardı. Geniş yatağın başucundaki komodinin üstündeki kraliçeler şemsiye şeklindeki aydınlatmayı tutuyorlardı. Makyaj masasının üstünde, çeşit çeşit şekilli şişelerin içinde kokular vardı. Tam birini elime alıp koklayacaktım ki, hizmetçi bana "Dokunma!" diye bağırdı.

Elimi geri çektiğimi anımsıyorum. Kadının yüzüne baktığımda şaşırmıştım. Kadın korkmuştu. Bu evde yaşadığı korkular içine işlemişti. Aynı gün kadın bana bir sır daha verdi.

"Biliyor musun bizi özellikle seçtiler."

"Nasıl yani?"

Bana bir müddet baktı. Sonra ağzını kulağıma dayadı. "Bizim aklımızı çalan olmaz!"

"Neden?"

"Çirkiniz de ondan." Kadının bana söylediği bu kelimelerden sonra daha hiç tanımaya fırsat bulmadığım ev sahibinden şimdiden nefret etmeye başlamıştım. İşim zordu. Çok zordu.

Ama ben yapmam gerekeni yapmalıydım. Ne başka çarem ne de başka kapım vardı.

***

Bu evde tam beş sene geçirdim. Ne Arzu Hanım beni sevdi ne de ben onu. Aynı kafeste barınan iki sinsi köpek gibi. Ama hangisinin daha güçlü olacağını kimse bilemez...

Saate baktım. Hanımımın ilaç saatine yirmi beş dakika daha vardı. Kendime Türk kahvesi yapıp içmeye karar verdim. Bu koca evin birinci katındaki geniş, şahane mutfağa doğru yöneldim. Beyaz, parlak ve neredeyse tavana kadar uzanmış dolapların temizliği önceki gün beni saatlerce uğraştırmıştı.

Hanımın misafirleri gelmek istemişler. Her yeri kontrol ettiğini bildiğimden temizliğe biraz daha özendim. Eee kaç senelik tecrübe. Cins insanlarla uğraşmak kolay mı? Hanımın çok sevdiği bakır cezveyi elime aldım. Defalarca gördüğüm, kullandığım halde iyice inceledim. Zevkten dört köşe olmuştum. Hanımın benden kıskandığı bir fincan kahveyi onun gözünden bile sakındığı cezvede pişirip kraliyet zamanındaki kabarık etekli kadınlarla süslü fincana doldurdum ve sadece hanımın kullandığı sallanan koltuğa kendimi bıraktım.

Bu pembe saray yavrusunda bundan sonra neler yaşanacaktı merak ediyordum doğrusu. Hanımın çevresinde bu kadar paragöz insan varken, zafer kimin olacaktı? Sonra kendi kendime güldüm, keşke her insanın sorunu bu kadar basit olsa. Dert, bu kahrolası para olsa idi. Oysa nefesini sömüren dertler...

Birden biri dürtmüş gibi kahveyi iki yudumda içtim. Pencereye doğru sinsi sinsi baktım ve sokak lambasının parlayan beyaz ışığını görünce derinden iç geçirdim... Nihayet belediye görevlileri sarı ışığın yerine beyaz ışık takmayı akıl ettiler.

Hayatımı küle çeviren kocaman yangını anımsatan sarı ışık beni dehşete sürüklüyordu. Buna izin veremezdim herhalde.

Gözlerimi kıstım ve aklımdaki şeytandan benimle inatlaşmamasını istedim. Kendimi, aklımı daha fazla kaybetmemek için ayağa kalktım. Odada boş boş dolanıyor, kim olduğumu hatırlamaya çalışıyordum. Ben bu evin yardımcısıydım. Hasta bakıcısı. Faydalı biri. Faydalı biri. Beynimde sesimin rengi değişiyor, seneler öncesine sürüklüyordu beni. O sivri işaret parmağını şu anda da gördüm. Kıvırcık sarı saçlı, kırışık yüzlü hocamın yüzünü. Onun kaldırdığı işaret parmağı asabımı hep bozmuştu. O bana ne kadar kötü olduğumu hatırlatıyor, beni dehşete sürüklüyordu. Ben kendimden hep korktum.

Korkmaya da devam edecektim...

Mermer basamaklı merdivenlerin başında asılı olan çalar saat beni kendime getirdi. Hanımımın ilaç saati yaklaşmıştı.

Üst kata çıktım. Ağır, kahverengi, ahşap kapıyı itekleyip odaya girdim. Odadaki ağır ilaç kokusu, gül esanslı oda kokusuna karışmıştı. Midem bulandı. Bu koku zenginler tarafından yurda bağışlanan bit şampuanı kokusunu anımsatıyordu. Pencereye yaklaştım. Kalın, krem rengi kadife perdeleri çektim. Arkasından ince tülü çekiştirdim. Sonra da pencereyi araladım. Bahçıvan hâlâ yanmamış gübre ile uğraşıyordu. Odanın ortasındaki geniş yatağın içinde, beyaz kaz tüyü yorganın altında yatan hanımın horlaması odayı dolduruyordu. Belli ki dün gecenin acısını çıkarıyordu. Yanına yaklaştım. Koluna dokunup onu sarstım. Ses etmedi. Daha da kuvvetli sarstım. Horlamayı kesti. Burnunun üstünde sinek varmış gibi ellini salladı. Belli ki uyumuyordu ama uyumuş gibi davranıyordu. Ağzımı kulağına yaklaştırdım. "İlaç içmeniz lazım," diye geveledim. Gözlerini açmadı. Ama başını doğrultmayı denedi. Bir elimi başının altına koydum. Avucuma aldığım hapları onun yarım açtığı ağzına yuvarladım. Yarım bardak suyu soluk dudaklarına dayadım. Hapları yuttu. Geri çekildim. Oradaki sandalyeye oturdum. Gözlerini kapalı tutsa da beni takip ettiğini biliyordum.

Belli ki agresif tavır takınmıştı. Ama konuşacak hali yoktu.

Bunun acısını benden mutlaka çıkaracağını bildiğimden az da olsa onu germek hoşuma gidecekti.

"Bakalım bana neler hazırladın?" dedim ve temiz hasta bezini hazırladım. Utanarak yüzünü buruşturdu ama eli mahkûm kendini bana teslim etmek zorundaydı. Altını iğrenerek temizledim. Yarım açtığım pencereyi iyice araladım.

"Ah tanrım burası leş gibi koktu," dedim ve içim bulandı dercesine el işaretini yaptım. Kadın iç mi geçirdi, bağırmaya mı hazırlanıyordu bilemedim. Ama mutsuz olduğu besbelliydi.

Beni duyduğuna emin olmak için yanına yaklaştım. "Karnın da aç biliyorum ama doktor yemeyi yasakladı," diyerek gizlice güldüm. Dövme kaşlarını buruşuk alnının ortasına toplasa da gözlerini açmadı. Sadece kafasını duvara doğru çevirdi.

İçimden kahkaha attım. (İşte böyle... Allahın sopası yok.

Önüme ekşimiş yemekleri koyarken düşünecekti bu günleri.)

Ama insanı ezmek onun hoşuna gidiyordu, bunu öğrenmiştim. Ben şu an sadece masumca işimi yapıyordum.

Sandalyeyi yatağa yaklaştırdım ve olanları anlatmaya başladım. "Yan komşumuz bahçıvanımızla kavga etti. Neymiş, adam bize senelerdir kazık atmışmış, yanmamış gübreyi getirmişmiş. Çevremizi sinek sararmış ve pislik kokarmış, çiçekleri yakarmış, doğru mu söylüyor acaba?"

Kadının özüne döndüğü asabiyetle açtığı gözlerinden belli oldu. Ama susmuştu. Ben onun berbat ruh hali içinde olduğunu ağzının içini çiğnemesinden anlıyordum ve zevkten dört köşe oluyordum. Daha sonra orada işimin bitmiş olduğunu düşünerek odadan çıkmaya karar verdim. Birinin ona kazık attığı düşüncesiyle onu bırakarak çıktım. Tam kapıdan çıkınca biri ayaklarıma sürtündü. Evin kedisi Suzi. Gri ve şişman olan bu yaratık, bu evde çoğu insandan, mesela benden daha değerliydi. Ondan nefret ediyordum, kıçına tekme attım ve "Bir gün seni geberteceğim," diye mırıldandım.

Bugün kendimi bu evin hanımı gibi hissetmem için hiçbir engel yoktu. Bu tuhaf sevincini biriyle paylaşmam gerekirdi.

Tabii ki beni iyi anlayan biriyle, yani benim durumumda olan biriyle, bu kişi olsa olsa bahçıvan olabilirdi. Çünkü o da benim gibi ezikti. Ama bugün ikimiz de özgürdük ve bunun tadını çıkarmamız gerektiğini düşünüyordum. Mutfağa indim.

İki kapaklı buzdolabının sol kapağını açtım ve kaşar, salam, tereyağı ve tost ekmeğini çıkardım. Gri renkli tost makinesinde iki tost yaptım. En büyük boy bardaklara karışık meyve suyu doldurdum ve bahçeye indim. Adam yiyecekleri iyice süzdü. Kirli ellerini kirli pantolonun üzerine sildi ve tostunu aldı. Bana bakıp hoşnutlukla gülümsedi. "Afiyet olsun," dedim. Adam tostunu bir ısırdı, iki ısırdı. Mayonez bulaşmış pala bıyıklarını elinin tersi ile sildi. "Eline sağlık, bu iyi oldu şimdi," dedi. Tekrar "Afiyet olsun," dedim. Birbirimize bakıp gülüştük.

"Yatıyor mu?"

"Evet."

"Belli," dedi ve elinde kalan tostun son lokmasını gösterdi.

Tekrar gülüştük. "Ee söyle, yoruluyor musun burada?"

"Bedavadan para veren olur mu sence?"

"Olmaz. Biliyor musun sana üzülüyorum," dedi ve gözlerimin içine samimiyetle baktı.

"Neden?"

"Memleketinden uzaksın, yalnızsın, ee... Ev sahibini de herkes biliyor." İkimiz de gülüştük.

"Demek kadının kahrının çekilmez olduğunu biliyorlar ha... Ya eşi? Eşi nasıl biriydi? Siz eşini tanıyor muydunuz?"

Adamın gözleri uzaklara daldı. İç geçirdi, başını evet anlamında salladı. "Burak Bey, Arzu Hanım'dan epeyce yaşlı idi.

İçine kapanıktı. Derdi vardı besbelli."

"Böyle bir eşe sahip olan birinin derdi olmaz mı hiç!" dedim ve alaylı bir şekilde güldüm.

"Doğru söylüyorsun, adam mutsuzdu, bunu fark etmemek mümkün değildi. Aşk evliliği değildi bu besbelli. Evet evet, bu kadın adamın parasına âşıktı ve Burak Bey bunu biliyordu!"

"Bildiğini nereden biliyorsun?"

"Bilmiyorum."

"Nasıl yani?"

"Bir gün aralarındaki sürtüşmeye kulak misafir oldum.

Burak Bey karısına, 'Eğer beni mezara yolladıktan sonra başka biriyle evlenmeye kalkışırsan, oradan bile gelir seni boğarım,' demişti."

"Karısını seviyordu yani?"

"Sence? Seviyordu ama güvenmiyordu."

Haklı olduğunu düşündüm ama tabii ki dile getirmedim.

"Her neyse," dedim ve eve gitmem gerektiğini söyledim.

Sırtını dönüp sadece iki adım attım ki adam arkamdan, "Sence bu evi kime bırakacak?" diye sordu. Gülümseyerek bahçıvana döndüm, "Bana değil herhalde," dedim, ikimiz gülüştük.

"Adaletsizliğe bak," dedi, "kimine gökten yağıyor, kimi ise bizim gibi taştan çıkarmak zorunda kalıyor."

"Şükret," dedim. Bu kelimeyi Türkiye'de öğrenmiştim ve dile getirmek hoşuma gidiyordu. Ama hakikaten kime kalacaktı bu ev ben de merak ediyordum.

O gün Doktor Nevzat Bey söylediği saatte gelmişti. Elinde iki serum şişesi ve bir paket hasta bezi vardı. Adam elindekileri komodinin üzerine bıraktı. Eczane yazısı olan beyaz torbaya baktım. Hanımımın söyledikleri geldi aklıma. Hasta olmaya da gelmiyor. Aile bildiğimiz Nevzat bile bizi kazıklamaya çalışıyor. İki ilaç getiriyorsa, bizi uyutup beş yazıyor bu adam. Geçen sefer bana bir hesap çıkardı, şok oldum. Ee...

Aslında aile bildiklerinden korkacaksın. Ben bu yaşa geldim bunu öğrendim. Doktorun solgun yüzüne baktım. Hanıma üzülüyor gibi bir tavır takınıyordu. Şimdi bu durum yapmacık mıydı? Bu tür düşüncelere kapılmak istemiyordum. Orta yaşlı, zayıf, hafif kel, dışa çıkık iri gözlere sahip olan bu adamın babacan bir tipi vardı.

Adam hastanın yatağına yaklaştı. Bana gece nasıl uyuduğunu sordu. Omuzlarımı büzüştürdüm. Dudağını büktü, hanımın yüzünü merhametle süzdü. Uzun ince parmakları ile saçını okşadı ve kısık sesi ile serumların ona iyi geleceğini söyledi. "Emin misiniz?" diye sordum endişe dolu bir sesle.

"Evet, yaşlı olduğundan hastalığı onu güçsüz bıraktı. Birkaç güne ayağa kalkar," diye yanıtladı. Adam kadının elini ellerinin arasına aldı. Beyaz kolunda görünen koyu damarlardan birini alkolle temizledi ve serum bağlamak için iğne batırdı.

Onu öylece izliyordum, hayatın ne kadar zayıf olduğunu bir kez daha hatırladım. Ürktüm.

Alt katta evin telefonu çaldı. Doktordan özür dileyip telefona doğru koştum. Arayan Hatice Hanım'dı. Haftaya geleceğini ama eşi Seçkin Bey'in akşama burada olacağını söyledi. "Peki," dedim ve telefonu kapattım. Mermer merdivenin basamağına oturup başımı avuçlarımın arasına aldım.

Seçkin dediği şahıs gıcık ve sulu biriydi. Dişi olduktan sonra eşeğe bile bakabilecek cinstendi. Ondan iğreniyordum. Ama o bu evin misafiriydi ve ona katlanmak zorundaydım. Ne pahasına olursa olsun ona katlanmak zorundaydım. Çünkü beni kimin işimden edeceğini bilemezdim. İç geçirdim ve zayıf bedenimi ayağa kaldırdım. İçimi tüketen bu misafir için içkinin yanına mezeler hazırlamam lazımdı. Bir de bahçıvan vardı öğlen yemeği yedirilecek. Hanımım da yağsız tuzsuz çorba içecekti. Buzdolabının kapağını araladım. Aklıma rahmetli annemin sık sık dile getirdiği şeytanlığı geldi. Vicdanım el vermiyor ki bu adamı fare zehiri ile gebertsem. Aslında o fareden farksız değil ama nerde bende o yürek. Anneme "Sus!" diye bağırdım. Defalarca bağırdım. Buzdolabını tartakladım. Annemin sözünü bir kez daha dinlemeyecektim asla. Öğretmenimin havaya kalkmış parmağını gördüm. Ben faydalı biri olacaktım.

Seçkin Bey'in büyük iki siyah valizini bahçıvan sürükleyerek eve doğru getiriyordu. Adam onları kapı ağzına, benim ayaklarımın yanına bıraktı. Yüzüme gururu incinmiş bir tavırla baktı. Yapacak bir şey yok, der gibi omuzlarımı büzdüm.

Kaşlarını kaldırıp başını yana eğdi onaylarcasına. Tek kelime söylemeden işinin başına dönmek üzere traktöre doğru yürüdü. Onun başı önünde, gidişini izledim. O an Tanrı'nın insanlar arasında yarattığı uçurumu anımsadım. Acaba biz aynı kasanın içinde olup kurtları üzerimize çeken elma gibi miyiz?

Bu düşünceler geçti aklımdan. Eğer öyle ise gene bize borçlular. İçim kıpırdadı. O an bana yaklaşmak üzere olan Seçkin Bey'i fark ettim. Onu baştan aşağı süzdüm. Altmışaltmış beş yaşlarında olan bu adam uzun boyluydu. Omuzları dimdik, pehlivan gibi yürüyordu. Üzerinde siyah tişört ve siyah pantolon vardı. Siyah ayakkabıları parlıyordu. Bana yaklaşınca gri olan top sakalları okşayıp gülümsedi. Ben cansız bir yaratık gibi duruyordum. El salladı, kolundaki saati güneşin altında parlayıverdi. Kafamı merhaba anlamında salladım. Kollarını bana sarılacakmış gibi iki yana açtı. Hafifçe gülümsedim.

Öpmek için eğildi. Ağzımı avucumla kapattım. "Nezleyim," dedim. Yüzüme bakıp alaycı bir şekilde gülümsedi. Kendini bahçedeki hasır koltuğa bıraktı. Bana okşayıcı ve gülümseyen bir bakışla bakarak:

"Taş gibisin maşallah, vücut o biçim, ne fazlan var ne de eksiğin."

"Kendimi bildim bileli eşek gibi çalışmaktan başka bir şey yaptığım yok. Bende fazla ne arar," dedim asabi bir sesle. "Siz de hanımı görmeye geldiniz sanırım. Yatak odasında dinleniyor."

"Beni başından savıyorsun," dedi

"Görmek istersiniz diye söylüyorum."

"Tabii ki," dedi ve ayağa kalktı. Yanımdan geçerken yanağımdan makas çaldı. Köpek gibi hırladım. Beni dikkate almadı, ahbabından ister gibi benden Hanım'ın odasına iki fincan Türk kahvesi istedi. Kahveleri götürdüğümde hanımın yatağının içinde doğrulmuş bir şekilde oturduğunu gördüm. Yüzü hâlâ sapsarıydı ama kalıcı kalemle çerçevelenmiş üstü kırışıklarla dolu dudaklarıyla gülümsüyordu. Şaşırmadım çünkü onun yakışıklı erkeklere karşı zaafı olduğunu ve her zaman kendini en iyi şekilde göstermeye çalıştığını biliyordum. Seçkin sandalyeyi onun başucuna çekmiş, kadının elini avuçların arasına almıştı. Onu iyi gördüğünü ve her zaman iyi göreceğine inandığını söylüyordu. Kahveleri, önlerine koyduğum sehpaların üzerinde bıraktım. Tam ben odadan çıkmak üzereyken hanımım bana seslendi. Seçkin

Bey için soğuk, kendisi için de ılık su istedi. Odadan şaşırarak çıktım. Aslında şaşıracak bir şey yoktu. Hanımım, insanlar asık suratlı hastaları sevmezler, dert dinlemek kimsenin hoşuna gitmez diyerek sık sık kendine hatırlatma yapardı. Şimdi rol yapıyordu. Ama anlamadığım tek şey vardı, Seçkin de mi rol yapıyordu?

Boşları almak için yanlarına uğradığımda ikisini de bizim bahçıvandan daha yorgun bir halde buldum. Belli ki birbirlerinden sıkılmışlardı. Seçkin beni görünce hafifçe gülümsedi.

Hanımımın omzuna dokundu. "Gene de şanslısın ki onun eline düştün. Hem kıvrak hem hamarat. Pişirdiği yeniyor."

Güzel de." Kadın, "Hımm…" dedi ve kafasını salladı. Ben ses etmedim çünkü bu davranışın bana yılışmak için attığı bir adım olduğunu biliyordum. Bir istekleri olup olmadığını sordum. Seçkin cebinden son model cep telefonunu çıkardı.

Bana uzattı. Fotoğraf çekmemi istedi. Hanım'ın omzuna elini attı. İkisi de gülümsüyordu. Onların fotoğrafını çektim ve odadan uzaklaştım.

Öğlen yemeğinde bahçıvana bu fotoğraftan bahsettim.

Pala bıyıklarının arasından güldü.

"Hiç şaşırmadım. Ee… Mirası kapmak için çalışmalara başlamış adam," dedi.

"Nasıl yani?" diye sordum kaşlarımı yukarı kaldırarak.

"Nasıl olacak. İleride onunla ilgilendiğini ispat edebilmek için fotoğraf çektiriyor."

"Kime ispatlamak zorunda?"

"Mahkemede hâkime."

"Ya…" dedim.

"Ya bu işler böyle kızım, ne sandın. Şimdi bu villaya, bu senin hanımın parasına kaç kişi sulanıyor biliyor musun? Para olmasa bu karının yüzüne kim bakar sanırsın. Sen gelir miydin çalışmaya? Ben gelmezdim."

Sanırım adamın söylediklerine katılmak zorundaydım.

Az sonra Seçkin zoraki bulunduğu cenaze töreninden düğüne kaçar gibi yanımdan geçip sokak kapısına koştu. Akşam yemeğinde bulunamayacağını söyledi. Onun gidişini boş boş izlerken insanoğlunu anlamak için kafa yoruyordum. Herkesi para hırsı sarmıştı. Acı acı güldüm. Kimi yiyecek lokma bulamaz, kimi olanla yetinmez. Gürcü ya da Türk sanırım bunun da bir anlamı yoktu. Ya benim çok param olsaydı ne yapardım? Bakın bunu hiçbir zaman düşünmedim. Çünkü benim hiçbir zaman çok param olmayacaktı. Ya olsaydı? Bu düşüncelere kendimi kaptırmış bir şekilde yarım bıraktığım işleri tamamlamak için mutfağa girdim.

Duvardaki takvim 15 Nisan'ı gösterdiğinde radyo Gürcistan'da bayram olduğunu söylüyordu. "Bayram mı?" diye geveledim. Kulaklarımda tuhaf bir uğultu oluştu. Beynimin bir kısmı kapkaraydı. Ne bayramı? Kendime bunu sormaya utanıyordum. Bilmiyordum. Aman tanrım unutmuştum. Ben geçmişi unutmaya çalışırken, bayramları, isimleri, yolları, sokakları, yüzleri de silmişim meğer. Senelerdir kafamdakileri bastırmaya çalışsam da şimdi her şey gözümün önünde, kulağımın içinde. Peki, ne işe yaradı memleketimden kaçmak, kilometrelerce uzaklaşmak, ne işe yaradı, kâbusu içimde taşıdıktan sonra. "Ah Tanrım!" dedim ve titrek bedenimdeki feryadımı bastırmaya çalıştım. İçimden öyle bağırmak geldi ki bir solukta yok olup tükenmek istiyordum. Ama sadece kendimden başka herkesi yok etmeye cesaretim vardı. Belki vicdanım haberim olmadan bana hançer kaldırmış olabilirdi çünkü içim kanıyordu. Ama yine de şeytan gibi ölümsüzlüğü hissediyordum. Kendimden iğreniyordum. Öfkemden sucuk gibi terlediğimden, kızardığımdan habersizdim.

Öyle dalgındım ki doktorun arkamdan yaklaştığımı hissetmedim bile. Adam benim yüzümü görür görmez, "Ona bir şey mi oldu?" diye sordu telaşlanmış bir tavırla. "Hayır!" dedim ve sustum. Kötü görünüyorsun dediğinde, içimdekileri gizleyerek, sadece yorgun olduğumu söyledim. Ama o gene de yüzüme dikkatlice bakıp, "Seçkin Bey size bir şey mi söyledi?" dedi ve benden yanıt beklemek üzere sustu, demek o da Seçkin'in kadınlara karşı olan zayıflığını biliyordu, diye geçirdim aklımdan.

"Seçkin Bey'i kapıdan çıkarken gördüm, beni görmezden gelince burada bir şeyler mi oldu diye merak etim."

"Hayır! Hayır! Onunla alakalı hiçbir durum yok! Doğrusu ortada bir durum da yok!" diye geveledim ama içimdeki şeytan kendi fikrini söylemekte gecikmedi. Seçkin, karı ölsün diye beklerken bu doktor da ne yapıp ne edip kadını diriltiyor. Tabii ki ona yüz verip merhaba demez. Bunları düşününce gülesim geldi ama sonra ne kötü insanların ortasında olduğu aklıma gelince kaşımı çattım.

Doktor şüphe ile gölgelenmiş olan yüzüme baktı. "Peki," dedi ve sustu. Ama az sonra Seçkin'in niçin geldiğini sormadan da yapamadı. Gülümsedim. "Fotoğraf çekmek için," dedim alaylı bir ses tonuyla.

"Efendim?" dedi doktor ve yüzüme şaşkın şaşkın baktı. Bu kibar doktordan yüz bulup dudağımın kıyısından gülümsedim. "Evet, Doktor Bey, Seçkin Bey gelir gelmez benden onların fotoğrafını çekmemi istedi," dedim ciddi bir ses tonuyla.

"Allah Allah!" dedi ve sonra aynı kelimeleri tekrarlayarak hanımın odasına doğru yürüdü.

Ben mutfakta oyalanırken hanımın odasından gelen sesleri duyabiliyordum. Aklımdan kadın sonunda canlandı, diye geçirdim. Odaya vardığımda hanım yatağının içinde oturmuş sırtını iki yastığa dayamıştı. Kadın bu birkaç günün içinde küçülmüştü sanki. Omuzları öne düşmüştü. Kırışıklarla dolu yüzü sapsarıydı. Aşağı sarkık göz kapakları, yorgun gözlerinin neredeyse tümünü kapatmıştı. Dövme ile siyaha boyanan ince kaşlarının rengi solmuştu, uzun burnu yarım açılmış şemsiyeyi andırıyordu. İnce dudakları büzülmüştü ve titrek elle yan yana çizilen iki çizgiyi anımsatıyordu. Küt kesilmiş beyaz, seyrek saçları başında düzensiz yapılmış bir kuş yuvasını andırıyordu. Elleri önünde duruyordu. Başı omuzlarından yuvarlanacakmış gibi öne düşmüştü. Doktorun, "Daha iyi misiniz?" sorusuna kafasını evet der gibi sallayarak yanıt verdi. Beni görmezden geldiğini fark ettim. Bunu, sinirli olduğu zamanlarda hep yapardı. Kimseyi görmek istemediği zamanlarda ilk önce beni görmez olurdu. Neyse ki doktor bu durumu fark etse de aldırış etmedi, bana doğru dönüp, "Hanımın az da olsa yemek yiyebilecek Lena," dedi. "Ya..." dedim sesime sahte sevincimi katarak. Kadına yaklaştım, omzuna dokundum ve ona haşlanmış patates yedireceğimi söyledim. Kafasını hafif kaldırdı. Yüzüme baktı ve ağzının içinde bir şeyler geveledi. Küçük çatalı ile küçük lokmaları ağzına koyduğumda, yüzüme eğreti baktı ve ağzında büyüyen lokmayı çiğnemeyi denedi. Birkaç lokma aldıktan sonra yeter der gibi kafasını salladı. Yatağın içine süzülüverdi. İç geçirdi ve gözlerini yumdu. Az sonra derin uykuya dalmıştı.

Sessizliği bozmak için doktorun yüzüne kederle baktım ve "O nasıl?" diye sordum. Acı ile gülümsedi.

"Nasıl olacak kendi kendini yiyor zavallıcık," dedi ve iç geçirdi.

"Neden?" diye sordum ve yüzüne merakla baktım. Doktor bu bakışıma karşı silkindi, belli ki içinden geçeni söylediğine pişmandı. Belli ki daha fazlası vardı ve benim bilmem gerekmiyordu.

"Evet. Herkesin farklı derdi var değil mi?" Doktor bu kez de konuşmadı. "Sizin de mi derdiniz var yoksa?" dedim ve daha da merakla baktım.

"Benim sizden ne farkım var? Ben insan değil miyim?" diye karşılık verdi.

"Hayır, öyle demek istemedim. Sizin her şeyiniz var o açıdan."

"Her şeyim derken?"

" İş, para, huzur..."

Adam kahkaha attı.

"Büyük dağın dumanı da büyük olur. Bunu unutma," dedi ve ekledi: "Ben geçmişi geçmişte bırakma taraftarıyım, onun için sana tavsiyem, beynindekileri boşaltmaya bak."

Bu lafların üzerine ona masumiyetle bakmaya çalıştım, sanırım başardım ki adam, "Haline bir bak, kendine zarar veriyorsun," dedi ve omzumu okşadı.

Onu sadece dinledim. Tabii ki beynimdeki şeytandan da, onun katil olduğundan da bahsetmedim. Kaç dakika sessiz kaldığımızı bilmiyorum, geç olsa da onun hâlâ benden cevap beklediğini fark ettim.

İç geçirdim ve "Haklısınız," dedim.

İçimden avazım çıktığı kadar bağırmak geldi: Siz benim yaşadıklarımı yaşamadınız ama...

Birden merdivenlerden gelen ayak sesini duydum. Belli ki Seçkin ilgi arayışına çıkmıştı, tabii ki yanılmamıştım. Az sonra Seçkin, "Lena!" diye seslendi. Kapıya çıktım ve müsait olmadığımı söyledim. O gece doktor çocukluğunu, orta halli ailesini anlattı. Annesinin çok tatlı bir kadın olduğunu, babasının onun üzerine düştüğünü, babasını çok sevdiğini, bir gün trafik canavarının babasının hayatını aldığını... "Bütün dünya başıma yıkıldı Lena. Yani sana şunu söylemek istiyorum ki biz aynı acıyı tattık." Adamın sesi titriyor gözleri doluyordu. Sanırım onu anlıyordum.

Hayır, mutlu bir çocukluk yaşadığı için onu kıskanıyordum. O kadere kurban olmuştu.

Ben ise annemin pis nefsine...

Gecenin üçünde doktoru uğurladım ve odaya geri döndüm. Hanımın başucunda duran sandalyenin birine oturdum. Başımı avuçladım. Doktorun söylediklerini düşünmeye koyuldum, adamın tavsiyelerinde haklı olduğunu biliyordum ama hepsi bu kadar. Geçmişimi bu kalın kafamdan silmek hiç de kolay değildi. Annemin bize yaptıkları... Benim yaptığım... Memleketim...

İçimdeki o psikopat şeytanı, bir kez daha aklıma getirdiğimde çoktan ayağa fırlamıştım. Odanın içinde bilinçsizce öfkeyle gezinip karşımda sürekli kirli anılarla dikilen anneme beni rahat bırakması için bağırıyordum. Ama o benim karşıma dikilmiş elinde balta ile Seçkin'i hatırlatıyor, sen önce çevrendeki düşmanları temizle diyor, alayla sırıtıyordu. Ben onu ciddiye almadığımı söyleyince öfkelenip baltayı rasgele sallıyordu. O benim düşmanımdı ve beni bir kez daha yakacaktı, belki de birkaç kez, belki de defalarca. Kendimden iğrendiğim için birden titredim. Yurtta attığım o boş, sinsi, hızlı adımları hatırlayıp hızlandım. Odada ne kadar gezindiğimi bilmiyorum.

Sonunda hanımım altına yaptığını söyledi. Kendime geldim ve kadını temizlemeye koyuldum. Ben faydalı biri olacaktım.

Seçkinle sabah mutfakta karşılaştık. Beni görmezden geldi.

Belli ki o olmayan gururu incinmiş beyefendinin. Emindim ki o an benim hizmetçi parçası olduğumu hatırlatmak istiyordu.

Bu yüzden masa başında bana sırtı dönük oturmuştu. Kendini dağ gibi gördüğünü ispat etmek için cebinden telefonu çıkardı ve birini aradı. "Ne haber Hasan! Kuşadası'nda tatil yapıyorum be kardeş." Karşı taraf ne dedi ise bana nispet yapmak için uzun

uzun güldü. Sonra Hasan'a bir hafta kalacağını söyledi. Bodrum'dan, villasından, arabasından bahsetti.

Çaydanlığı ocağa koydum. Buzdolabından kahvaltı için peynir, tereyağı, reçel ve balı çıkarıp oradaki küçük masaya koydum. Servis açmadan Seçkin'in yüzüne bakmadan, görev icabı. Omlet isteyip istemediğini sordum. Ses etmedi. Beni ya duymadı ya da duymazdan geldi. Sonunda telefonunu kapattı. Ayağa kalktı. Yüzüme baktı. "Hayır!" dedi köpeğin kediye hırlaması gibi. Sonra da kapıyı çarpıp sokağa çıktı. Mutfağın penceresinden onun yolu hızla geçtiğini gördüm. Alaycı gülümsedim. Bana adı olmayan bir savaş açmıştı. Ama bilmediği bir şey vardı ki onun parası, onun varlığı onun cebindeydi ve bu beni asla ilgilendirmezdi. Onlara hizmet ederek yeterince pisliği temizlerken bir de hususi pisliğe bulaşmak benim harcım değildi. Tedirgin olmuyor değildim. O beni bu evden de bu işten de edebilirdi. Sonrasını düşünmek bile istemiyordum. Yeni kapı yeni macera... Bilmediğim bir pisliğe bulaşmak istemiyordum. Kendime söz verdim, olanlara göz yumup durumu idare edecektim. Yani ne şiş yanacaktı ne de kebap. O misafirdi ve nasıl olsa bir gün defolup gidecekti.

O gün hanımımın temizliği için leğene ılık su yapmıştım.

Dar koridordan geçiyor, onun odasına doğru ilerliyordum.

Seçkin'in arkamdan yetişmeye çalıştığını hissetmiştim. Tedirginlikten bütün vücudum diken topuna benzedi. Adam bana o kadar çok yaklaşmıştı ki yüzü kulağıma değiyordu. Adımlarımı hızlandırdım. Bu kez de iri erkeksi elleri ile kalçamı avuçladı ve "Ohh..." diye mırıldadı. Kaçarcasına hanımın kapısına yaklaştım. Ona bağırmak, onu azarlamak istedim ama hanımımın duymasından çekindim. Yüzümü ona doğru çevirdim. Onun bu aptal bakışlı suratına tükürmek isterdim ama yapamadım. Annemin gölgesini, baltayı havaya kaldırdığını görünce o an bağırdım: "Delirdiniz galiba!" Bana bakıp pişkin pişkin sırıttı. "Evet, evet delirdim," diye fısıldadı ve oradan uzaklaştı. Seçkin'in deli damarıma bastığından ve bir gün muhakkak intikamımı alacağımdan haberi yoktu. Ama beni çok iyi bilen annem bundan emindi hatta o, intikamımın en ağır şekilde olacağından emindi. Belki ben onu balta ile gebertirdim, belki yiyeceğine zehir koyardım. Belki de çok ustaca canını yakmadan öldürürdüm. Aklımdaki şeytana bu saçmalıkları kesmesi ve işimi düzgün bir şekilde yürütmeme izin vermesi için emir verdim: Eğer senin yüzünden işimden olursam ikimiz de aç kalırız.

Neyse ki bu intikam meselesini bir kenara bırakıp bana o aptal gülümseyişi takınmam için izin verdi. Odaya girdiğimde hanımım büyümüş gözleri ile bana ters ters bakıyordu. Yanına yaklaştım, "Sizi yıkamama izin verin," dedim. Omzunu silkti, "Şimdi değil," dedi. Yüzüme uzun uzun baktı ve "Sen ne cüretle benim misafirlerime bağırırsın! Burada kim olduğunu unuttun herhalde!" dedi. Başımı yere eğdim.

"Sizi korumak için hanımım, Seçkin Bey bizzat kendileri sizi yıkamamı isteyince..."

Başımı kaldırdım ve kadının afallamış, sinirden morarmış yüzünü gördüm. Bir şeyler kekeledi sonra da beni odasından kovdu. Odadan çıktım. Sırtımı kapıya yasladım. Annem karşımda duruyordu. Kollarını kavuşturmuştu. Bana alaylı alaylı bakıp gülümsüyordu. Öfkelendim. Tekrar odama döndüm ve hanımımın karşısına dikildim. Yüzüme bakmadı. Yatağının dibinde çömeldim. "Özür dilerim," dedim. Ses etmedi.

Ama benim geri çekilmeye, susmaya niyetim yoktu. Sesime varoşlara mahsus zavallılık havası kattım ve şeytanımın dilinden konuşmaya başladım: "Kaç gündür gerginim, size bunu yansıtmak istemezdim ama burada bir şeyler oluyor ve ben size bunu söylemediğim için kendi kendimi yiyorum."

Kadın kafasını çevirdi ve ağzımın içine bakakaldı.

"Ben size ihanet edemem ama eğer duyduklarımı söylemezsem ihanet etmiş olurum. Herkes sizinle alay ediyor. En başta da Seçkin. Ne demek efendim, sizi yıkamak ona mı düşer. Adam yılışık terbiyesiz! Ah... Bir şey daha var, herkes sizin ölmenizi bekliyor. Bu para var ya, bu para... "

Kadının yüzüne baktığımda cesetten farksızdı. Bembeyazdı. Bana, "Sus! " dedi. Annem kahkahalara boğuldu.

2

Üzerimde siyah uzun kollu tişört, siyah kot pantolon, siyah spor ayakkabılarım vardı. Elimdeki otobüs biletini asabiyetle evirip çeviriyordum. Saçma sapan kanunlara boynumu eğmem gerektiği için sinirliydim. Giriş çıkış yapıp vizemi uzatmam gerekirmiş. İnsanlara eziyet, fuzuli masraf! Bir tek canlı varlığım olsa oralarda neyse. Ama yok. İş mi bu şimdi! Benim aklımı alan topraklara, Türkiye'ye dönecektim. Böyle kanunların Allah belasını versin!

23 numaralı koltuk benimdi. 23 rakamına baktığımda içim burkulup titriyordu. Rakamlardan nefret ediyordum çünkü kendimi bildim bileli bu tuhaf rakamların içindeydim. Yurtta benim denilen aslında benim olmayan her şey numaralanmıştı. Adımın önünde 72 yazıyordu. Orada her adımımın önümde karşıma rakam çıkıyordu. Onların her birini kafamdan sildim. Benim hakkımda tutulan suç dosyası hariç. Onu da sileceğim. Onun için dile getirmekten kaçıyorum.

Muavin Trabzon otobüsünün hemen kalkacağını, yolcuların aşağıda kalmamasını söyledi. Otobüse bindim ve o kahrolası koltuğa doğru yürüdüm. 23 numaralı koltuğu bulup oturdum. Memleketime gitmekten nefret ederdim, onun için epey gergindim. Kanım çekiliyor, beynimde kasırgalar uğulduyordu. Boğuluyordum. Kendimi oyalamak için siyah el çantamdan kitabımı çıkardım. Güya okumaya başladım. Kendimi kitaba veremesem de gözümü sayfalardan ayırmıyordum. Yan koltukta birinin oturduğunu hissettim. Kafamı çevirdiğimde orta yaşlı kadın bana selam verdi. Sahte bir gülümsemeyle karşılık verdim ve tekrar kitap okumaya başladım. Otobüs hareket etti. Muavin su dağıttı. Kadın bana su içip içmediğimi sordu. Kafamı hayır anlamında salladım. Aklımdan, inşallah kadın gevezelik yapmaya başlamaz, diye geçirdim. Kadının birkaç kez beni süzdüğünü hissetsem de görmezden geldim.

Tanımadığım insanlarla muhabbete girmekten hep çekinmişimdir. Çünkü benim onlara anlatacak, onlar gibi övünecek bir şeyim yoktu. Bana soru sorulmasından hep korkmuşumdur çünkü cevabım yoktu hiç. Yalan söylemekse canımı acıtıyordu. Yalanların içinde huzur bulamıyordum.

"Nereye gidiyorsun kızım?"

"Trabzon'a."

"Ee desene yolumuz bir."

Yandık, diye geçirdim aklımdan ve kadına yan yan bakarak yarım ağız gülümsedim. Gözlerimi kitaba odakladım.

"Nerelisin kızım?"

"Karadeniz teyze."

"Neresinden?"

"Gürcistan."

Kadın yüzüme baktı, burnunu kıvırttı. Oturduğu yerden huzursuzca kıpırdandı. Ses etmedim ama öfkem içimi deldi.

Ona dönüp, ne oldu benim domuza benzer bir tarafım mı var yoksa, diye bağırmak istedim ama kadın merakına yenik düşüp sanki burun kıvıran o değilmiş gibi, "Burada ne yapıyorsun kızım?" diye sordu yüzüne sahte şirinliğini katarak.

"Hizmetçiyim teyze."

"Ya! Kimin yanında?"

"Arzu Hanım'ın yanındayım."

"Tanımıyorum," dedi ve sustu. Ben de kitabı okumaya devam ettim.

Otobüs Denizli'de mola verdi. Çoğu kişi otobüsten indi ve sağa sola dağıldı. Kadın da kalkmış gitmişti. Bense hâlâ orada oturup kitap okuyordum. Yaklaşık yarım saat sonra otobüs tekrar dolmaya başladı. Kadın ellerinde hediye torbalarıyla geldi. Koltuğuna sığmaya çalıştı. Az sonra bana doğru döndü ve elinde tuttuğu bir paket şekeri uzattı.

Teşekkür edip tekrar kitabın içine daldım. Belli etmeden derin nefes aldım. Ama belli ki kadının canı sıkılıyor, muhabbet edecek insan arıyordu.

"Benim kızım çok istedi sizin memleketten birini evinde çalıştırmayı ama nasip olmadı."

Kafamı evet der gibi salladım. Ama ses etmedim. "Ee sizinkiler yatılı kalınca rahat oluyor, tercihimiz ondan." Kadının yüzüne bakmadım sadece gülümsedim. "Neyse ki Mine'yi bulduk. Ondan memnunuz. İyi bir kadın, güvenilir, temiz, ağzı sıkı."

"İyi..." dedim ve sustum. Ama kadının susmaya niyeti yoktu.

"Diyorum ya kadın iyi biri. Geçen bize başına geleni anlattı. İş çıkışında metroda üç temizlikçinin kalabalıkta ev sahiplerinin şu böyle pis bu böyle pis diye anlattıklarını duymuş.

Geçmiş karşılarına, utanmıyor musunuz o insanlar hakkında dedikodu yapmaya? Onların sayesinde ekmek yiyorsunuz," demiş.

Kadın yüzüme bakıp huzurla gülümserken benim başıma cinler toplandı.

"Ne diyorsunuz siz!" dedim. "O sizin kadın ya aptal ya da size yalakalık olsun diye bunları anlatmış. Pisliği anlatmayacakmışız ha! Ne güzel! Yapmayın kardeşim! Bizi çileden çıkarıp konuşturmayın! Hizmetçiyiz diye midemiz yok mu? Her şeye göz yummak zorunda mıyız? İnsanlarda utanma diye bir şey kalmamış! Donları, sutyenleri ortalıktan topluyoruz.

Burnunu silip peçeteleri yerlere atıyorlar. Prezervatifleri burnumuzun dibinde! Sürpriz! Dün gece beni becerdiler der gibi.

Bizim de midemiz var kardeşim! Var yok mu? Yapmayın da konuşmayalım!"

Çevredekiler bizi duyuyordu. Kadının yüzü utançtan kızardı. Asabi bir tavırla o hantal bedenini kaldırdı. Muavini yanına çağırdı. Kulağına bir şeyler söyledi. Sonra da onun gösterdiği başka bir koltuğa oturdu. İç geçirdim ve yanıma oturmuş, yüzüme sırıtan anneme baktım.

Trabzon'a vardığımızda bir günü daha geride bıraktığımı, memleketime iyice yaklaştığımı düşünmek beni bunalıma sokmuştu. Otobüsten keyifsiz indim. Muavin bana bagaja koydukları küçük kareli çantamı uzattı. Sadece iki ya da üç adım attım ki otogarda çalışanlardan biri bana doğru koşup, yüzüme bakarak memleketimin başkenti Tiflis'in adını söylemeye başladı. Ne evet ne de hayır dedim ama o beni her üç ayda bir burada gördüğünden yanıma koştu. Elimdeki çantama sarıldı ve sırıtarak "Hoş geldiniz, nasılsınız?" diye sordu. Kafamı iyi anlamında salladım ve onun peşinden gittim. Az sonra tekrar rakam yazılmış olan bilete bakıyordum. Kendimi berbat hissettiğimden soğuk soğuk terliyor, biri yüreğime çullanmış ve nefesimi çalmaya çalışıyormuş gibi panikliyordum. Bu, kahrolası annemdi. Beni burada da bulmuştu. Buna şaşırmamalıydım çünkü ona birkaç yüz kilometre daha yaklaşmıştım. Otogardaki banklardan birine bıraktım kendimi. Alnımdaki teri elimin tersiyle sildim. İç geçirdim ve kendime "Anneni dinleme!" dedim. Sanırım beni duyan yoktu. Annemin hayali gözümün önündeydi. Sesi kulaklarımda çınlıyordu. Elim kolum bağlı, terliyor, donuk bir şekilde bankın birinde oturuyor, memlekete giden otobüsün kalkış saatinin gelmesini bekliyordum. Tam karşıma dikilen orta yaşlı, zayıf bir kadının yüzüme dikkatli dikkatli baktığını hissettim. Hiç kimseyle konuşacak halde olmadığımdan kafamı çevirdim. Ama o Gürcüce, "Yolculuk nereye?" diye soruyordu. Kadına dönüp dik dik baktım, zoraki gülümsedim, "Siz benim Gürcü olduğumu nereden bildiniz?" dedim. Ses etmedi ama yaptığı işaretten yüz simasından tanıdığını anladım. "O kadar mı?" diye sordum.

"Ha... Dahası var, perişan ve yorgun yüz ifaden var, memleketinden kötü bir haber mi aldın?"

"Hayır," dedim ve sustum. Kadın yanıma oturdu.

"Bugün hava sakin şansımıza, her zaman öyle olmuyor," dedi. Öfkemi kime kusacağımı bilmediğimden kendimi tutamadım. "Ne yapacaksın havayı sanki tarlanın ortasında kalakalmış gibi."

Kadın bu ters tavrıma karşın sakince gülümsedi. "O da doğru ya," dedi. İkimiz de sustuk. Ben karşı duvardaki saate sık sık bakıyor otobüsün kalkmasına ne kadar kaldığını hesaplıyordum. Bunu fark eden kadın, "Zaman her zamankinden ağır ilerliyor sanki. Çocuklarımı çok özledim," dedi ve gözümün içine bakarak, "Senin çocuğun var mı?" diye sordu. "Hayır," dedim sert ve soğuk bir sesle. Kadın bir müddet sustu, sonra "Bende iki tane var. Onların hasreti ile ölüyorum zaten. Kahrolası aç memleketimizde iş yok ki çalışalım. Kocam senelerce iş aradı. Ama bulamadı. Baktım olmayacak sürüklendim ta buralara. Seneler önce bana biri Türkiye'de bir evde hizmetçi olacaksın deseydi gülmekten ölürdüm herhalde. Ama şimdi, bu kahrolası açlık bak nerelere sürükledi."

"Kocan da buna razı oldu ha? Karısının kilometrelerce ötede çalışmasına razı oldu ha!" "Ne yapsın adamcağız? Gururuna dokunmuyor desem yalan olur. O çok iyi biri. Vurdumduymazlık yapmaz, yapamaz ama... İşte."

Birden annem karşıma dikildi. Ellerini sinirle sallıyor "Ona inanma!" diyordu. İyi koca yoktur! Bu bir yalan! Ona, "Git başımdan!" dedim. Az sonra kadın kalkıp gitti.

Başımı yere eğdim ve biri beni dürtene kadar kirli ayakkabılarıma baktım. Muavinin biri otobüsün hareket halinde olduğunu ve beni beklediklerini söyledi. Oturduğum yerden hızla kalktım ve otobüse doğru yürüdüm. Son iki adımımı yavaşça attım. Otobüsün içi tıklım tıklım dolmuştu. Herkes bir telaşla yerleşmeye çalışıyor, homurdanıyor, kaderine isyan ediyor, anlamsızca gülüyor, şükrediyordu. Hemşerilerimi gördüğümde yüreğim daraldı. Sanki hayatım deşifre olmuş, herkes her şeyi biliyor, benden iğreniyordu. Utanmasam gözümü kapatıp kulağımı tıkayacaktım. Ama bunu yapmadım.

Derin nefes aldım ve benim için boş bırakılan koltuğa zoraki oturdum. Sırtımı koltuğa yaslayıp gözlerimi yumdum.

Yüreğim daralıyor, beynimin içinde fırtınalar kopuyordu. Neredeyse her yerde, herkesin içinde annemi, babamı ve kardeşimi görüyordum. Kardeşim yaşasaydı şimdi baya büyümüş olacaktı. Bu kâbustan her seferinde kaçmayı denedim senelerdir. Ama kaçacak yer bulamadım. Bakın yine başa döndüm. Biliyordum ki bu hayatta bana yer yoktu. Diğer hayatta yüzünü görmek istemediğim annem vardı. Peki, nereye kaçabilirdim? Kulaklarımda derin bir uğultu... İsyanım beynimi kemiren bir fare gibiydi. Otobüsün penceresinden öteye baktım. Deniz deli deli dalgalanıyor, beni kucaklamayı ister gibi her seferinde bana daha çok yaklaşıyordu.

İçim topuklarıma, topuklarımdan toprağa süzülüyordu.

Ben tükeniyordum. Aklımdaki şeytan usulca pusmuştu. Biri omzuma dokundu. Otogardaki kadındı bu. Nasıl olduğumu soruyordu. Onun boynuna sarılıp ağlamak, içimdekileri dökmek istedim. Ama yurtta duygusallığı içimize bastırmayı o kadar iyi öğretmişler ki bunu da yapamadım. Pencereden griye boyanmaya başlayan sokakları izlemeye başladım. Çoğu binada ışıklar yanmış bile. Bu evlerin içinde kim ne yaşıyordu bilinmezdi ama ben onları çok kıskanmıştım.

Çünkü hiçbir yerde bana ait bir ışık yanmıyordu. Kendime aklımdaki şeytanın hoşuna gitmeyecek bir oyun oynamaya karar verdim. Evlerin ışıklarından birinin benim olduğunu düşünecektim ve bu ışıklara rastladığım sürece ben de yaşamış olacaktım.

Cep telefonum çaldı. Hanımım arıyordu.

"Efendim!" dedim.

Bitkin ve yorgun ses bana, "Neredesin hayırsız?" diye sordu.

"Gümrüğe yaklaştık neredeyse," dedim.

"Benim siparişlerimi yazmadan kaçtın, taşımak zor mu geliyor yoksa?"

"Tabii ki hayır," dedim ve içimden kahkaha attım. Hanımımın niçin aradığını biliyordum. Aklı sıra ona karşı sabrımı sınıyordu. Oysa ben onu çoktan başımın belası olarak kabul etmiştim. Bu nasıl bir şey biliyor musun anne? Yılanla ayının kafesini paylaşmak gibi bir şey, Ah gülüyorsun şimdi...

Yorucu geceden sonra sabaha karşı Tiflis'e geldik. Otobüsün tozlu penceresinden şehri içimi çekerek süzdüm. Asker gibi sıralanan kavak ağaçları ılık rüzgârla okşanır gibi bir sağa bir sola eğiliyordu. Ama ben rüzgârın niyetini gayet iyi biliyordum. Ilık rüzgâr ihtiyar binaların arasında günaha düşürdüğü durağı arama telaşı içindeydi. Kimin canını yakacağı bilinmezdi. Titredim ve otobüsten aceleyle indim. Taksiciye Sandro adlı otele gideceğimi söyledim. Eski fakat şirin olan bu otel Tiflis'in dışında, çamlığın göbeğindeydi. Kırmızı yanık tuğladan inşa edilmiş otel üç katlı bir treni andırıyordu. Katlara ulaşım sağdan ve soldan beton döner merdivenlerle sağlanıyordu. Üç katın da boydan boya geniş verandaları vardı. Odaların giriş kapılarında oda numaraları iri iri yazılmıştı. Otelin çevresindeki çam ağaçları bana öfkelenmiş insanların ayaklanışını anımsatıyordu. Bir an bir güç onları tutuyormuş gibi hareketsiz kaldılar. Ama sık sık esen sert rüzgâr onları bana karşı doldurup kötü hikâyeler anlatınca kıyamet koparcasına yeniden sallanmaya başlıyorlardı. Sanki ağaçlar kuvvetle sarsılıp beni altlarında ezmeyi arzuluyordu. Ama bunun iyi bir tarafı vardı, beni burada kimse tanımıyordu. Soru soran, rahatsız eden yoktu.

Beş senedir burada konaklıyordum.

Otelin sahibi Saşka Bey orta yaşlı, gür ve kır saçlı bir adamdı. Benden tiksinirdi. Bunu yüz ifadesinden, soğuk ve tedirginlikle parlayan bakışlarından anlıyordum. Sebebini ise ilk karşılaştığımızda ondan otelin en karanlık odasını istememe bağlıyorum. Şaşırmıştı. "Kimse karanlık, basık odayı sevmez aslında," demişti. "Ben severim," diye cevap vermiştim.

O gün gene beni kapıda gördüğünde omuzlarını huzursuzca silkti. Gülümsedi ve on yedi numaralı odanın anahtarını uzattı. Teşekkür edip odama uzanan koridorda yürüdüm.

Arkamdan bir ses duydum: "Lena Bagaşvili!" Dönüp baktım. Otel sahibi Saşka Bey daha sakin, kontrollü bir bakışla gözümün içine bakıp soru sormak için cesaretini toplamaya çalışıyordu. "Evet!" dedim ve onun ağzından çıkacak olan kelimeleri bekledim.

"Restoranımızı kapatmak zorunda kaldık ama sizin menünüzü eşim hazırladı."

"Öyle mi!" dedim ve ekledim. "Evlendiniz demek. Tebrikler. Karnım aç, evet yemek yemeyi düşünürüm."

"Peki," dedi adam. Bu kez gülümsüyordu.

On yedi numaralı kapıya anahtarı sokup, çevirdim. Kapı açıldı. İtekledim. Odadaki vanilya kokusunu hemen hissettim. Şaşırdım. Bu odada her zaman ağır bir koku olurdu.

Peki, kim? Annem... Annem koku bulamadığı zaman vanilya sürünürdü. Bunu düşününce kahkaha attım. Annem ölmüştü çünkü. Kemikleri kalmıştı sadece. Belki onlar bile yoktu. Odaya girdim. Her zaman kapalı olan pencere bu kez açıktı. Gri, eski perdeler değişmişti, yerlerine beyazlar asılmıştı. Pencerenin dibinde duran dar, tek kişilik yatağın üzerine beyaz pike örtülmüştü. Yatağın göbeğine de pembe havludan yapılmış bir kelebek konulmuştu. Yatağın başucunda lacivert komodinin yerini beyazı almıştı. Çantamı yere bıraktım. İçinden üç kitabımı ve üçgen takvimi çıkardım, komodinin üzerine düzgün bir şekilde koydum. Duşa girip rahatlamak istedim.

Sonra yemeğini yiyip dinlenecektim. Bunu yapacağımı tekrarladım birkaç kez. Bunu yapmak zorundaydım çünkü. İç geçirdim. İçimdeki dürtüyü dikkate almak istemedim. Ama o kadar kuvvetli ve ısrarcıydı ki her an canımı yakarak sözünü geçirebileceğinden korkuyordum. Sinirle takvimi elime aldım. İşaretli olan 10, 11, 12 rakamlarına baktım. Bu üç gün bu otelden dışarıya adım atmayacağıma dair yemin ettim kendi kendime. Bu kelimeleri birkaç kez tekrar etmek zorunda kaldım. Sadece üç gün kâbus yaşadığım o yere gitmemek için kendimi frenleyecektim. Ne vardı ki orada, hiçbir şey. Geçmişimi geçmişte bırakmak zorundayım, bunu yapmak zorundayım kendi iyiliğim için yoksa zaten delirmeye yüz tutmuş beynimi şeytanlara kaptıracağım, annem de bunu istiyor.

Bağırdım kendime! Ferahlamak için kendimi banyoya attım. Oradan çıktığımda daha iyi hissediyordum. Üzerime siyah kot pantolonumu ve havanın sıcak olmasına rağmen siyah uzun kollu tişörtümü geçirdim. Küt kesilmiş kestane rengi gür saçlarımı yüzümün yarısını kapatacak şekilde taradım. Kadınlara mahsus makyaj yapmayı hep istemişimdir ama... Aynaya baktım, içimden

"Bu yüze mi?" diye bağırmak geldi. Avucumla yüzümün sol tarafını kapattım. Sağ tarafımı inceledim. Bal rengi iri göz ağlamaklı ve yorgundu.

Gözaltındaki cılız torbalar hafiften mor renk almış elmacık kemiklerine yaslanmıştı. Üç dört senedir göz ve dudak çevresinde kırışıklar oluşmuştu. Burnum kısa ve kibardı. Zayıf bir yüzde iri ve dolgun dudaklar emanet gibi duruyordu. Hoş bir kadın olmalıydım ama gerçeği görmem gerekirdi. Şeytan yüzümü görmem gerekirdi. Yüzümün sol tarafını inceledim.

Yangın o tarafa acımasız pençeyi öyle bir atmıştı ki bakılacak yeri yoktu. Sanki şeytanlar çiğ eti çiğnemiş sonra da yüzümün o kısmına tükürmüş gibiydi. Gözüm hasar görmüştü, göz kapağım gözümün yarısını örtüyordu. Kulağım kulağa, yanağım yanağa, çenem çeneye benzemiyordu. Saçımı sağ tarafından sola tarıyordum. Titriyordum, nefes alışım o kadar hızlandı ki ciğerim dışarıya çıkıverecek sandım. Dişlerimi sıkarak şeytan yüzüme baktım. İçimdeki öfke beni boğmaya başladı. Titriyordum. Lavaboya tutundum. Bütün kuvvetimle bağırmamak için kendimi zor tuttum. Yüzümün bir sağına bir soluna baktım, durdum. Defalarca, "Senden nefret ediyorum! Senden nefret ediyorum!" dedim. O sırada arkamdan bir ses duyar gibi oldum. Bu ses kardeşimin, Manana'nın sesiydi. "Ablam sen güzelsin!" diyordu. O an kendimi aynadan koparmam, ona inanmam gerektiğini düşündüm. Hızlı adımlarla odadan çıktım.

Yemek salonu binanın dışındaydı. Bomboştu. Akşam olduğu için masa ve sandalyelerin sayısı epey azalmıştı. Her zamanki köşede bir masa seçtim. Ağır, ahşap sandalyeyi çekip oturdum. Ağrıyan başımı kollarımın arasına gömdüm.

Biri bana yaklaştı. Kız çocuğunu andıran bir sesle, "Hoş geldiniz," dedi. Başımı kaldırdım. Karşımda otuz yaşlarında kısa, balıketli, uzun atkuyruklu, beyaz yüzlü bayana baktım, "Hoş bulduk," dedim ve onun ağzından çıkacak kelimeleri bekledim.

Kız dikkatle yüzüme bakıp gülümsedi. Sonra sanki biri onu dürtmüş gibi "Restoranımız kapalı fakat size sıcak hacaburi ikram edebiliriz," dedi. "Peki," dedim ve hâlâ gülümseyen kıza ben de gülümsedim. "Yanına büyük bardak çay ister misiniz?" diye sorduğunda "Elbette," diye cevap verdim. Kız dönüp atkuyruğunu sağa sola sallayarak uzaklaştı. Yine yalnız kaldım. Kendimi ağır bir çöp kutusuna benzettim ve az sonra soluk almakta zorlandığımı hissettim. Birinden duymuştum, böyle durumlarda derin, oldukça derin nefes almanın faydası varmış. Tabii ki olumlu düşünmek de gerekiyormuş, olumlu düşünmek, bu bende çok ama çok nadir olan bir şeydi. "Manana..." diye fısıldadım kızın arkasından bakarak. Bu bana iyi geldi, onu kardeşimin yerine koymak, ona benzemesi, en azından şu an öyle düşünmek bana iyi geliyordu. Az önce yok olduğunu düşündüğüm nefesimi geri getirmeyi başarmıştı çünkü. Farkına varmadan çoğu zaman yaptığım şeyi yapmaya başladım.

Saçlarımla kapatmaya çalıştığım o şeytan yüzüme koparırcasına asılıyordum. Kızın elindeki geniş tabak ile yaklaştığını fark etmedim. Onun irileşmiş gözlerindeki korkuyu ok gibi üzerime saldığını gördüm. Canım acıdı. Manana benden korkuyordu. Elimi yüzümden çektim. Saçlarımı çekip o kısmı kapadım. Oturduğum yerde silkindim. Gülümsemeyi denedim. Kız kendini topladı, o da gülümsemeye çalıştı ama gözlerindeki korku silinmemişti. Nihayet yanıma yaklaşıp çayımı ve hacaburimi önüme koydu. "Afiyet olsun," dedi. Tam gitmeye hazırlanıyordu ki, "Üzgünüm," dedim.

Dönüp yüzüme baktı. Bu kez yüzündeki korkunun yerini merhamet aldı. İçim burkuldu. Eğer kardeşim o an bana dokunsaydı, hıçkırıklara boğulurdum. Biri "Tamro!" diye seslendi. Kız uzaklaştı. Hacaburi mis gibi kokuyordu. Fakat ben tıkanmıştım. Kardeşim de hacaburiyi severdi ama o artık yoktu. Ne kadar zamandır hareketsiz oturduğumu bilmiyorum. Bu kez yanıma iki kişi yaklaştı. Saşka Bey Tamro ile el ele karşımda belirdi.

"Tekrar hoş geldiniz," dedi adam gülümseyerek.

Başımı kibarca salladım. Bana bakan kıza göz kırptım.

Adam hiç dokunmadığım tabağı görünce "Hacaburiniz soğudu ise ..."

"Güzel güzel," dedim ve çatalın ucundaki koca lokmayı ağzına attım. Ben kardeşimin dönüp gitmesini beklerken onlar hâlâ oradaydı ve beni ilk defa görmüş gibi izliyorlardı.

Sonunda adam:

"Nasıl, sevdiğiniz gibi olmuş mu?" diye sordu. Pişmiş önüme gelmiş, Allah'tan belamı mı istiyorum da beğenmezlik yapacağım diyecektim ki dilimi ısırdım ve "Güzel, güzel çok güzel olmuş," dedim. Adam hoşnutlukla gülümsedi, yüzünü kardeşime doğru çevirdi ve "Eşimle tanıştınız mı?" diye sordu, sonra da kızın omzuna elini attı.

"Eşiniz mi?" dedim haykırarak. Artık ayaktaydım ve kızla tokalaşmak için elimi uzatıyordum.

"Tamro," dedi kız yüzüme dikkatle bakarak. Kardeşime her şeyi ama her şeyi anlatmak, ondan özür dilemek istedim.

Ama annem masanın altından beni dürtüyor susmam gerektiğini söylüyordu. Adam bana, "Oteldeki değişiklikleri fark ettiniz mi?" diye sorduğunda annem ortalıktan kaybolmuştu.

"Evet, evet..." dedim ve ekledim. "Şahane olmuş."

"Ee kadın eli değdi sonuçta," dedi adam ve yanında duran kızın gözünün içine sevecenlikle baktı, omzunu okşadı.

Belli ki adam kızı seviyordu. Genzimi temizledim ve adama, "Buyurun oturun," dedim gülümseyerek. Oturdular. Adamın gözünün içi gülüyordu. Belli ki mutluydu ve içi içine sığmıyordu. Bunu nasıl dile getireceğini bilmediğinden, küçük çocuklar gibi her şeye seviniyor, durmadan ondan bundan konuşuyordu.

"Burayı seviyorum. Babamdan kalma tek hatıra. Müşterimiz yok denecek kadar az ama olsun. Bununla da yetinmeye razıyım yeter ki kilit vurmayalım. Sizin aileniz var mı?" diye sordu ve gözümün içine meraklı meraklı baktı.

"Yok!" dedim soğuk bir ses tonuyla ve farkına varmadan yüzümün yanık olan tarafını kaşımaya başladım. Adamın yüzü ekşiyince kendimi toparladım ve her zamanki gibi saçlarımdan yardım istedim. Adam sorduğu sorudan dolayı pişman oldu ve konuyu hemen değiştirmeye çalıştı. "Kurumaya başlayan çam ağaçlarını kestirdim ama sizin odanın penceresinin önündeki çamları elletmedim. Gölge yapsın varsın. Siz karanlığı seviyorsunuz diye."

"Karanlığı kim sever," dedim sol gözümü iyice açarak.

"Ben sadece çok yorgun olduğumdan, daha uyumak için yani..." dedim ve adamın bozulduğunu görünce sustum.

"Benimki de saçmalık, konuşuyorum işte..." dedi adam mahcubiyetle.

"Yok yok siz doğru söylüyorsunuz, haklısınız, karanlık oda isteyen benim, siz sadece müşteriyi memnun etmeye çalıştınız."

"Evet evet," dedi adam ama yüzü hâlâ asıktı.

Ben ortamı yumuşatmak için "Aman boş verin, takıldığımız şeye bakın karanlığı annem de sevmez, ta oralardan bana sataştığına göre."

"Efendim?" dedi adam sol gözümün içine bakarak.

"Şaka yapıyorum, tabii ki," dedim ve kahkaha attım.

"Evet," dedi adam, "Biz aslında akşam yemeğinde ne istersiniz diye sormaya gelmiştik." Duraksadım, kardeşimin yüzüne baktım ama o, adama bakıyor ellerini ovuşturuyordu.

"Tamro akşam yemeğini beraber yapmaya ne dersin?"

diye sorduğumda bana bakıp gülümsedi, suskundu, belli ki eşinden destek bekliyordu. "Olur olur," dedi adam ve kızın omzunu okşadı.

Mutfak alt kattaydı. Kız kapıyı açtığı an içeriden yanık yağ kokuları geldi. Burnumu tiksinerek büzdüm ve içeriye göz attım. Gri betonla sıvanmış duvarların birinde mutfak dolapları eğreti duruyordu. Bir zamanlar beyaz olan bu dolaplar kirden kararmıştı. Bazı dolapların kapağı açık kalmıştı. Dolabın içinde eğreti duran tabaklara bakıp burun kıvırdım. Tamro bunu fark etmiş olmalıydı ki, "Birkaç gün evvel aşçımız işi bıraktı," dedi. Ses etmedim ve çevreyi incelemeye başladım. İçeriye doğru bir iki adım daha attım, bu kez ayağım yağlı tabana yapıştı. Belli ki burası hiç ama hiç temizlik yüzü görmemişti. Tam karşıda geniş masanın üzerindekilere hayretle bakakaldım. Geniş gri bir leğenin içi kirli tabak doluydu. Bir adet yağlı boya kutusunun içinde tuzlu suya basılmış ama yine de sararmaya, küflenmeye yüz tutmuş peynir vardı. Ağzı açık kirli bir çuvalın içinde un duruyordu. Kirli elbezleri, dibi tutmuş tencereler, tavalar, kepçe, tahta kaşık... İçimden sinirli kahkahalar attım. Benim kokoş patronlarım burayı görseler acaba ne yaparlardı?

Tahmin etmek zor değildi. İşaret parmağımı iki dudağımın arasına kıstırdım. Hakaretleri duyar gibi oldum o kibar ağızlarından: "Her yeri bok götürüyor, Allah kahretsin seni!"

Sessizce kahkaha attım. Kız utançtan kızaran yüzüyle bana baktı. Silkindim, "Aşçıya neden yol verdiniz şimdi anlıyorum," dedim. Kız, "Evet, bir işe yaramıyordu zaten," dedi ve derin bir oh çekti.

"Kız, sen Saşka ile nerede tanıştın, ben seni buralarda hiç görmedim."

"Haklısın ben buralara hiç gelmedim. Gelemezdim de zaten. Ben Kaheti'de yaşıyordum. Yani ailem oralı. Saşka oraya arkadaşının birine hafta sonları ziyarete geliyor, onunla beraber ava çıkıyordu. Beni ilk o arkadaşının evinde görmüştü.

Arkadaşının eşine benden hoşlandığını ve benimle evlenmek istediğini söylemiş. Tabii ki şaşırdım bunu duyunca. İlk önce hayır dedim ama sonra kısa sürede hayatımdaki tek varlığım olan annem de ölünce..." dedi kız ve iç geçirdi. "Ortada öylece sap gibi kaldım. Gürcistan'ı görüyorsun geçim zor. Hem maddi hem manevi olarak yapayalnız kalınca... Bir de köyde o korkunç olay olunca..." Kız birden sustu, yüzü asıldı ve kireç gibi bembeyaz oldu. Oturduğum yerde biraz daha doğruldum, yüzüne dikkatle baktım ve "Ee ne olduğunu anlatmayacak mısın?" diye sordum. Kız ellerini birbirine sürtüyor, yere bakıp olanları anlatıyordu.

"İki çocuk birden ortadan kayboldu. Köyde herkes onları aradı durdu. Sonra dedikodu mu, doğru mu bilmiyorum, bir söylenti çıktı, çocukları organ mafyası kaçırdı diye."

"Ya..." dedim hayretle açtığım ağzımı avucumla kapatarak.

"Ben de korktum tabii ki ve arkadaşımın eşine Saşka'yı aramasını söyledim. Sonrası malum hemen evlendik."

"İyi olmuş kardeşim..." dediğimde kardeşim kelimesine şaşan kız gözlerini soru dolu bir şaşkınlıkla açtı. Şaşırmakta haklıydı çünkü bizim memlekette sadece gerçek kardeşlere kardeşim diye hitap edilir.

Onun bu tepkisine gülümseyerek cevap verdim:

"Hiç sorma, bu kardeş kelimesi bende de alışkanlık oldu.

Biliyor musun ben de senin gibi yabancılardan bu kelimeyi duyunca şaşırıp kalıyordum. Öyle komik bir durum ki, Türkiye'de neredeyse her yerde abla, kardeş, abi, anne, babaya rastlıyorsun."

"Nasıl yani?"

"Komşu kızı komşu kadına nezaketten anne diyebilir. Ben mesela sana kardeş, eşine abi diyebilirim."

"Peki, bu kelimeleri bu kadar kolay kullanan insanlar, bu kelimelerin değerini de biliyorlar mı?"

Uzun bir kahkaha attım. "Vallahi onu bilemem..."

"Siz orada ne işle meşgulsünüz?"

"İlk önce 'siz' kelimesini kaldıralım kardeş, iyi olmaz mı? Bak ben kardeş diyorum değil mi?"

"Tabii ki" dedi kız ve ikimiz de uzun bir kahkaha attık.

"İnsanlarla uğraşıyorum," dediğimde ona değil de dünyanın pis boşluğuna bakıyordum. Havadan iri bir lokma oksijen koparıp iç geçirdim. "Kendimi bildim bileli insanlarla uğraşıyorum ve sanırım bu en zor işlerden biri."

"Öyledir."

"Tabii ki öyle... İyisi de var kötüsü de, insan bu... İçini bilemezsin, okuyamazsın da!" Kulağımın dibinde annem kahkaha attı ve "Tabii ya... Senin katil olduğunu kim düşünür?

Bunu sadece ben bilirim değil mi?" dedi. Birden oturduğum yerden ok gibi fırladım.

Annem haklıydı ve oradan bile her an beni kışkırtmayı başarıyordu. Bunu nasıl yapıyordu bilmem ama beni çileden çıkarıyordu.

"İyi misin? " diye sordu kız. Cevap vermedim sadece korkudan yuvalarından fırlamış gözlerinin içine uzun uzun baktım.

"Senin nasıl bir çocukluk yaşadığını bilemem, nasıl ortamlarda bulunduğunu da ama ben kendimi bildim bileli insanlarla uğraşıyorum, düşün! Aileme aile diyemem! Kâbus demek daha doğru olur."

Kız duyduklarından sonra kaşları çatıp gözlerini kıstı, yaptığı işi bırakıp huzursuzca kıpırdadı. Belli ki bu cümleler ona oldukça yabancı gelmişti. Belki de anlatacaklarımı duymak istemiyordu. Ama benim susmaya niyetim yoktu. Annem damarıma basmıştı bir kere.

"Fakir bir köyde dam gibi bir evde annem, babam, kardeşim ve ben yaşıyorduk. Babam alkolikti. Annem ondan nefret ettiğini gizlemiyordu. Onun sık sık başka adamların arabalarına binip gittiğini görüyordum. Adamlarla gidip günlerce gelmiyordu. Bizi neden doğurdu bilemem, o yokken, ben ve iki yaşında olan kardeşim ne yiyip içiyorduk düşünmüyordu bile. Çoğu zaman açtık. Bazen insaflı komşulardan biri bir lokma bir şey uzatırdı. Arkasından da, 'Bu karının önceki çocukları açlıktan öldü. Bunlar yaşıyorlar. Ama bu zavallıların başına gelecekler de belli. Biraz ele avuca gelsinler satar bu orospu bunları,' diye dedikodu ederdi. Biliyor musun ben annemi yine de özlüyordum. Onun eve dönüşünü dört gözle beklerdim. Ama onun her eve gelişi yeni bir felaketin başlangıcı olurdu."

Tamro, beni dinledikçe dehşete kapılıyor, titriyordu. Gözleri yaşlarla dolmuştu.

"Lütfen susun. Daha fazda anlatmayın. Yüreğim dayanmıyor. Bence bunları siz de düşünmemelisiniz," diyor, bakışlarıyla adeta yalvarıyordu.

Pekâlâ dedim ve ondan defalarca özür diledim. Ona sadece yaşadıklarımı anlattım. Dinlemeye bile tahammülü yoktu. Bense bunları yaşadım! Yaşadım... Az sonra bir baktım ki kendime verdiğim sözü çoktan unutmuşum. Oradan hızlıca uzaklaştım. Sadece nefes almak istedim. Koridorda yürüdüm. Görünüşte kimseler yoktu ama ben onların seslerini duyuyordum. Tamro, "Bu kadın kaçık, yemin ederim kaçık!" diyordu. Hemen yolumu değiştirdim. Bu seferki yolun ağzında annem dikilmiş aptallığıma gülüyordu. Bu kez o haklıydı.

Kardeşimi korkutmuştum sanırım.

3

Sokak lambalarının zayıf titrek ışığı rutubetli sisle kaplanmış, puslu sokakları zar zor aydınlatıyordu. Direksiyonu sımsıkı tutmuş gaza tüm kuvvetimle basıyordum. İçim öyle daralmıştı ki nefes alamıyordum. Sanki herkes gökte içimin yansımasına rastlamış, okumuş, beni tanımıştı. Sırrım artık sır değildi. Çevreden duyduğum o tuhaf sesler beni, sadece beni suçluyordu. Bu beni kahrediyordu. Kötülüğe karşı kışkırtıyordu. Öfkemi besliyor, şekil veriyordu. Suçlu muydum?

Peki, hançeri kim tutuşturdu elime? Bana bunu yapanlar suçlu değil miydi? Derin bir nefes aldım ve gri yola diktim gözlerimi. Yüzümün sol tarafını avuçladım. Bağırmak istedim ama bağıramadım. Tıpkı o günkü gibi. Bazen kelimeler insanın içinde hapsolur. Ben otuz senedir suskundum, ne zaman nerede kimi hedef alacağımı bilmiyordum. Sadece içimde patlamaya hazır bir barut olduğunu hissediyordum.

En son ailemi bıraktığım yere vardığımda hava karanlıktı. Arabayı yolun sonunda park edip farlarını kapattım.

Sırtımı arabanın koltuğuna yasladım. Bir heykel gibi donuktum. Başını çevirip de bir zamanlar evimiz olan o lanet noktaya bakamıyordum. Sonunda başımı kollarımın arasına alıp direksiyonun üzerine yattım. O gün neler olduğunu anımsadım.

Babam yaralı bir hayvan gibi odanın içinde geziniyor, beton zeminde iki büklüm yatan annemin kan revan içinde bıraktığı yüzüne kuvvetle tükürüyordu. Adam ağlıyor, annemi tekmeliyor ve sürekli söyleniyordu: "Sen bana bunu nasıl yaptın be kadın, elalemin yüzüne bakamaz oldum. Bütün köy üzerinden geçmiş, öyle diyorlar. Yüzüme tükürdüler be! Erkekliğine yazık dediler.

Sen beni utançtan öldürdün! Ölüyüm ben ölü! Ama hayır ben de seni öldüreceğim! Seni de, senin o piç kızlarını da!" Babam annemi itekledi ve sokağa fırladı.

Annem kulağımın dibinde son günkü gibi kendini parçalayarak bağırıyordu: "Allah kahretsin yardım edin! Bu adam hepimizi öldürecek." Korkudan işediğimi anımsıyorum. İki yaşındaki kardeşim Manana morarana kadar ağlıyordu. Ona yaklaşmak, elimi uzatmak istedim ama o an babam tekrar içeriye girdi, elinde tüfeği vardı. Tüfeği annemin alnına dayadı.

"Gebereceğim seni orospu! Gebereceğim..." Onu öldürecekti. Sonra bizi de öldürecekti. Hangi güç, hangi şeytanın aklına uyduğumu bilmiyorum ama o an sokağa fırladım. Henüz on bir yaşında olduğumdan komşunun bahçesindeki yirmi kiloluk benzin bidonunu eve kadar zor sürükledim. Bidonun ağzını zorla açtım. Ben o an bir kahramandım sanki, kendimi korumak için yapıyordum bütün bunları. Evin çevresine ve kapısına benzini döktüm. Sonra mutfaktan kibrit aldım ve...

Her yeri uzun kuyruklu bir ateş kapladı. Son anda aklıma kardeşim Manana geldiğinde evin yanmakta olan kapısına koştum ama biri beni tam kapının ağzında kucaklayıp oradan uzaklaştırdı. Manana! Kardeşim orada yardım edin! Allah aşkına beni bırakın! Kardeşim dayan. Birinin kollarında çırpındım. Manana! Manana! Hayıııır!

4

Dolmuş beni hanımımın kapısında indirdi. Saat sabahın dokuz buçuğu olmasına rağmen sokaklar tenha görünüyordu.

Belki de şiddetli rüzgâr bu kez dişini gösterdiği için kim bilir.

Ağaçlar kuvvetle sarsılıyor, havanın uğultusuyla yarışıyordu. El mi yaman bey mi yaman, diyorlardı sanki diye düşündüm ve güldüm. Bir de Türkler beni sahiplenmeyi aklının ucundan bile geçirmiyorlar. Senelerdir buradayım. Bütün örf adetleri biliyorum ama gelgelelim istememelerinin sebebi çok. Üçüncü sınıf vatandaş diye insan yerine bile koymuyorlar. Vay gariban halime en azından evlerine alıyorlar o da bir şey. En azından burası benim baba evimden daha huzurlu.

Tabii tımarhaneden sonra katı disiplinli hapis. Annemin yüzüme bakıp nispet olsun diye kahkahalara boğuluyordum.

Ben iyiyim dedim kadının yüzüne ve sokak kapısına anahtarı soktum. Anahtar girdi. Ama kapı açılmadı. "Allah Allah..."

dedim yine Türkler gibi ve elimdeki anahtarları incelemeye koyuldum. Anahtar doğru. Ne olup bittiğini düşünmek için beynimi kurcaladım. Aniden biri koluma yapıştı. Dönüp baktığımda orta yaşlarda, bakımsız ve oldukça kötü giyimli bir kadın gördüm. Üzerindeki soluk renkli bluzun kolları erimişti. Bol gelen şalvarını sivri göbeğinin üzerine çekmişti. Ayaklarında kendine büyük gelen erkek terlikleri vardı.

Ayakları pis, tırnakları kalın ve siyahtı. Onun mahalleye dadanan yeni bir dilenci olabileceğini düşündüm. Ama sonra hanımın kapısında ne işi olabilir diye düşündüm çünkü onun dilencilerden nefret ettiğini biliyordum. Onları alıştırmaya gelmez, sonra evin kapısını aşındırırlar, derdi. Onlara asla beş kuruş koklatmazdı. Kadın onu incelediğimi görünce kırışıklarla dolu yüzünü büzdü. Asabiyetle bakan gözlerini kıstı. Kurumuş ağaç dalını andıran ince parmaklarıyla başörtüsünün altından çıkmış iki tutam kırçıl saçını düzeltti ve öfke dolu bir sesle "Beğenemedin mi!" diye bağırmaya başladı. Ona soru soran gözlerle baktım ama ses etmedim. Kadın koluma tırnaklarını geçirdi ve bağırmaya devam etti: "Ne yapalım biz sizin gibi şanslı doğmadık!"

Acı acı güldüm koluma yapışan kadını itekledim.

"Yanlış kapı çaldın. Benden ne istiyorsun?" diye bağırdım.

"Senden ne isteyeceğim be! Allah senin de belanı versin!

Hepiniz aynısınız. Para sizden insanlığı almış. Kocam sizin yüzünüzden az kalsın ölüyordu."

"Diyorum ya sana kadın! Yanlış kapıdasın! Ben seni de tanımam kocanı da tanımam, bilmem."

"Tabii canım işinize gelmeyince insanı öyle kolay harcarsınız siz!"

Kadına şaşkın gözlerle baktım.

"Kocan kim? Ona ne oldu? Benden ne istiyorsun?" diye sordum.

"Kim olacak be! Bahçıvan Temel."

"Ya Temel Amca... Siz eşisiniz demek ki. Tabii ki tanıyorum ben onu. Ben buranın hizmetçisiyim."

Kadının asabi yüz ifadesi birden değişti. Beni şöyle bir süzdü. "Sen mi be! Şimdi sen hizmetçi misin?" diye sordu.

"Evet," dedim ve onun gözüyle kendimi süzdüm. Kadın kolumu bıraktı ve bu kez ellerini eve doğru sallayarak bağırmaya başladı: "Nerede o şeytan suratlı cadı patronun? Temel lazım olunca defalarca arıyor da, şimdi adamı zehirledikten sonra sesi soluğu neden kesiliyor ha? Hani kardeşimsin diyordu! Ne oldu? Bizimki de aptal! Senelerdir eşek gibi iki kuruşa çalışıp onun kahrını çekti! Teşekkürü bu mu?" dedi ve delirmiş gibi bir bakış attı.

"Sakin olun ve bana adamakıllı ne olduğunu anlatın."

"Ne anlatacağım be! Temel o gün burada çalıştı. Yemek yemiş. Eve geldi. Kötüyüm dedi. Baktım adamın önce dudakları sonra tırnakları morarmaya başladı. Birden bütün vücudu şişti. Karnım ağrıyor diye kıvranmaya başladı. Ee...

Sana ne anlatıyorum ki bütün bunları?" Sonunda kadın yakama yapıştı. Pis dişlerini göstererek, "Sen de ne dikiliyorsun kadın! Açsana bu kahrolası kapıyı. Aç! Aç!" diye bağırmaya başladı.

Omuzlarımı büzdüm ve işe yaramayan anahtarı burnunun dibine dayadım. Kadın ellerini havalanmak üzere olan bir kuş gibi kaldırdı. Sonra da bütün asabiyetle kendini tartakladı. "Bak! Bak! Seni de paçavra gibi kullanıp fırlattı. Bak kapının anahtarını değiştirmiş. Bu kadar! Söz yok! Açıklama yok!"

"Burada yanlış anlaşılma olmuştur!"

"Budala şeyler... Kadın bulmuş benim kocam gibi aptal

birini daha. Yahu besbelli kadın artık seni istemiyor! İstemiyor!"

Anahtarı bir kez daha deliğe soktum. Çevirmeye çalıştım ama anahtar dönmedi. Bu kez zile bastım. Bir kez. İki kez. Üç kez. Kapı açılmadı. Cebimden telefonumu çıkardım. Telefon rehberinden hanımın numarasını bulup arama düğmesine bastım. Telesekreter çıktı: "Aradığınız kişiye ulaşılamıyor."

Mesaj bırakabilirsiniz." Birkaç saniye öylece durakladım. Ne yapabilirim diye düşündüm. Sonra aklıma Seçkin geldi. Bir zamanlar hanımım, bana bir şey olursa Seçkin Bey'e haber verirsin demişti ve onun numarasını cep telefonuma kaydetmemi istemişti. Şimdi ben o numarayı arıyordum. Telefon uzun uzun çaldıktan sonra uyku sersemi cevap verdi: "Efendim."

"Ben Lena. Kapıda kaldım," dedim.

"Efendim?" diye geveledi. Kelimelerimi tekrarladım. "Peki, geliyorum," dedikten sonra telefon kapandı. Az sonra çubuklu demir kapının ötesinden onun bize doğru hantal hantal yürüdüğünü gördüm. Üzerinde çizgili pijamaları vardı. Bana bakıp pişkin pişkin gülümsüyordu. Elimi salladım. Birden adamın suratı asıldı. Meğer Seçkin benim arkamda duran kadını fark etmiş. Asık suratla kapıya yaklaştı. Cebinden çıkardığı anahtarı kapının deliğine sokup çevirdi. Kadını görmezden gelip bana, "Hoş geldin," dedi. Nezaketten gülümsedim. Hoş bulduk demeye fırsat vermeyen kadın beni omzumdan çekiştirip kapıdan içeriye girdi. Adam tam onun önünde sessizce duruyor ama yüzüne asabi bir tavır takınarak onu izliyordu. Kadının yüzüne baktım. Sanki az önce lanetler okuyan o değilmiş gibi gülümsüyordu. Birden melek kesildi başıma. "Nasılsınız Seçkin Bey" diye sordu. (Annem kahkahalara boğuldu. "Paranın gücüne bak!" dedi.) Seçkin ona cevap vermedi. Kadın, "Arzu Hanım evde mi?" diye sordu. "Yoklar!" dedi adam ve yürüdü. "Nasıl yok!" diye bağırdı arkamızdan kadın. Seçkin başını kadına doğru çevirdi. "Sana hesap mı vereceğim?" dedi.

Ben onun arkasından yürüyordum.

"Hastane masraflarını ödemeye söz verdi! Size söylüyorum! Hiç mi vicdanınız sızlamıyor? Kocamı senelerdir eşek gibi kulandınız. Bütün pis işleri yaptırdınız ve şimdi..."

Artık kadının sesi uzaktan bölük pörçük duyuluyordu.

Baştan evin giriş kapısını sonra da odanın kapısını kapatmıştık. Seçkin dışarıda olanları çoktan unutmuş yüzüme bakıp yılışık yılışık sırıtıyordu. "Adam zehirlenmiş. Bu evde ölebilirmiş!" dedim ve onu dövecekmiş gibi baktım. Yüzünün rengi hiç ama hiç değişmedi. Elini omzumun üzerine koymaya çalışan adam ben geri çekilince bozuldu ve dargın bir ses tonuyla "Hep kaçıyorsun benden," dedi. Ona ses etmedim ama alaylı gülümsedim. İçimden onu adamakıllı haşlamak geldi.

"Ne biçim insansınız siz!" diye bağırmak. "Yaralı parmağa işemeyi bilmezsiniz! Birbirinizi acımasızca kullanırsınız. Yere düşeni ezip geçersiniz." Annem kulağımın dibine eğildi:

"Bak öğreniyorsun insan hilelerini," dedi. Acı acı güldüm ve genzimi temizledim. Seçkin'e sırtımı dönüp yürüdüm. Ama adam önüme geçip beni bileğimden yakaladı. Çok hızlı bir hareketle beni kendine doğru çekti. Soluğunu sol yanağımda hissettim. O sadece bel altı arzuların peşinde koşan bir zavallıydı. Annem gibi. Beynim onu öldürmeyi düşündü. Bense sadece itekledim.

Merdivenlerden gelen ayak sesini duydum. Sonra hanımı gördüm. Asık yüzü soğuk ve sorgulayıcı bir tavır takınmıştı.

İlk önce Seçkin'i tiksinti ile süzdü, ona "Bahçeye çık ve oralarda kabadayı edası ile gezen Temel'in karısına yol göster," dedi. Seçkin, "Peki," dedi ve istemeyerek de olsa sokağa çıktı.

"Sen Lena, dört kişilik kahvaltı sofrasını kurarsın!"

Odaya girip iki gündür üzerime yapışmış kıyafetlerden kurtulmaya bile fırsatım olmadı. Kendimi mutfakta buldum.

Mutfağı hiç bıraktığım gibi bulmadım. Tezgâhın üzerinde yıkanmamış bulaşıklar yığılmıştı. Lavabonun içi meyve kabuklarıyla dolmuştu. Yerlerde çerez pisliği, ekmek kırıntıları vardı. Alışveriş torbaları buzdolabının önüne bırakılmıştı.

Mutfağın ortasında birinin ayağından çıkmış terliklere takılıp düşmekten son anda kurtulmuştum. Elime kocaman çöp torbasını aldım ve lavaboya yaklaştım. Lavabonun üstündeki pencereden o rezil manzarayı görünce donakaldım. Kadın kendini yere atmıştı. Yolun ortasında dövünüp ağlıyordu.

Seçkin kadının koluna asılmış, hararetli hararetli konuşuyor, belli ki hakaretler yağdırıyordu. Onu sokağa sürüklemeye çalışıyordu. Üzerimde yılan yürümüş gibi ürperdim. Adi şerefsiz adam. O an karşısına geçip, ona balta ile saldırmak istedim. Ama yapmıyordum. Hızlı hareketlerle asabi bir tavırla çöp torbasına lavabonun içindekileri doldurmaya başladım.

Birkaç tekme tokattan sonra kadın elinin tersi ile burnundan akan kanı silerek oradan uzaklaştı. Ona yardım edemediğim için içimdeki öfke alevlenmişti. Beynim uğulduyordu. Kendimi biliyordum. Sakinleşmenin tek yolu, suç işlemekti.

Hava birden sakinleşti. Deli rüzgâr durulmuştu. Suç sonrası doğan masumiyetini kolluyordu sanki. Elime çalı süpürgesini aldım. Ölü yapraklarla ve çiçeklerle dolu olan bahçeyi süpürüp, yıkadım. Çınar ağacının altındaki oval, üstü camlı hasır masaya beyaz örtü serdim. Sandalyenin minderlerini tek tek yerleştirdim. Kahvaltı hazırlamak için mutfağa girdim. Odalarda fısıldaşmalar başlamıştı. Demek ki ev halkı kalkmıştı. Birinin sesini hemen tanıdım. Bu Seçkin'in karısı Hatice idi. Her zamanki gibi yerli yersiz kahkaha atıyordu.

Sanırım onun burnuna şeytan osurdu. Bu da Türk deyimlerinden biri olmalı. Bu kadını hiç ama hiç sevmezdim. Kendini beğenmiş, ukalanın teki. İtici bir yüzü vardı. Alaycı bakan ufak gözlerini siyah kalemi ile kalın kalın çerçeveliyordu.

Hiç yakışmıyordu ama bunu hep yapıyordu. İnce telli sarı kıvırcık saçlarını dağınık topluyor, değişik değişik taşlı tokalar takıyordu. Çok şişmandı. Sırtında adeta iki göğüs daha vardı.

Kusurlarını kapatmak için bol elbise giyiyordu. Ben onu pis bir varile benzetiyordum. Bak yine tok bir kahkaha attı. Seçkin sabah sabah hangi macerasını anlatıysa. Bu sabah bahçede yaşamış olduklarını anlatmış olmalı. Çünkü burada zenginler fakirin derdini zerre kadar umursamazlardı. Konu etmezler yani. Oradan duyulan iki sese biri daha karıştı. Bak bu ses bana yabancıydı. Demek sofradaki fazla tabak onun içindi.

Az sonra merdivenlerden sivri topuklu terliklerin sesi duyuldu. Birbirleriyle yarışan kahkahaların sesleri yükseldi.

Arkama baktığımda sıska, uzun, esmer, yarı çıplak kadının biri tepeden beni izliyordu. Ona gülümsemeye çalıştım. Bu tarz davranış şirin görünmek isteyen hizmetçilerin işidir.

Beni görmezden geldi. Gözü elimdeki salamın üzerinde tuttuğum bıçaktaydı ya da bana öyle geldi. Arkasından Hatice ona yetişti. Elini omzuna attı ve "Haydi şekerim Sinem bahçe bu mevsimde şahane olur," dedi. Allah'tan onlardan kurtuldum. Sus pus bir yerlerde kendini unutturmaya çalışan anneme seslendim. "Bu sıska kadın ne kadar da sana benziyor," dedim. Ayakları uzun, kolları uzun, başı sanki gövdesinden büyük, alnı darbe yemiş gibi bombeli. Yok yok ben anladım.

Beyninin içinde hile çok, başı ondan şiş gibi. Annem hâlâ sessiz. Hayret! Belki de nasıl bir şeytan doğurduğunu düşünüyor. Ne ekersen onu biçersin. Bu da Türklerin sözü. Doğru söylemişler ama ne gördük senden anne? İhanet! Sadece ihanet mi? Oturup güleyim. Hayır ağlamalıyım. Bak yine içim bulandı. Sen zamanın en demode fahişesiydin anne onu söyleyebilirim. Bakımsız ve pis bir fahişe.

Biri beni dürttü. "Haydi sallanma. Demliğe bir kaşık çay daha ekle. Taze ekmekler nerede? Çeşit alsaydın bari. Kaşarı bolca doğra. Biliyorsun Suzi sever." Haha... Güldüm içimden, şu kahrolası kedi Suzi benden kıymetli.

Bahçeye elimde yiyecek dolu tepsi ile çıktım. Masaya yaklaştım. Hatice sandalyenin birine kurulmuş tırnaklarını törpülemekle meşguldü. Masanın başında ne kadar ayıp. Sonra da temiziz diye geçinirler. Sinem elinde laptop, gözünde gözlük kimle konuşuyor kim bilir. Biliyor musun anne sen çok zorluk çektin sokak köşelerinde kamyonetleri beklerken. Şimdi kolayı var, laptop denen bir şey icat ettiler, yazıyorsun iki satır hop, bütün dünya ayaklarının altında. Çoğu şeyi kaçırdın anne.

"Kaşarı iki tabağa bölseydin!" diye bağıran hanımımın yüzüne baktım. Aksi kadın her zamanki gibi kaşlarını çatmıştı. Peki dedim ve tabağı almak için mutfağa doğru yöneldim.

Seçkin'in yanından geçtim. Yüzünü gazetenin içine gömmüştü. Pek ciddiydi. Bana pas vermedi. Namuslu sadık bir erkekti o. Güleyim bari. Bu da Türklerin lafı anne. Nasıl olacaktı başka. Karısı olacak o varilin yanında. Ah anne yaşım ilerledikçe, dünyanı daha net görüyorum sanki. Sana benzer hileci ne kadar da çokmuş. Annemin dudaklarını büzdüğünü gördüm.

Katil diye bağırmak istiyordu sanki. Ama suskundu. Benden korkması gerektiğini biliyor gibiydi. Biliyordu ve korkuyordu. Çünkü ben de içimdeki şeytandan korkuyordum.

Bir tabak ilave kaşarı getirdim. Hanımım herkesi sofraya davet etti. Nihayet popolarını kaldırıp sofraya oturdular. Onlara çay servisi yaptım ve sadık bir köpek gibi bir köşede ellerimi önüme kibarca kavuşturarak gelecek emirleri bekledim.

"Kuşadası şahane," dedi misafir olan ve hanımıma bakarak ekledi: "Arzu Hanım cennette yaşıyorsunuz adeta. Deniz, güneş. Burada insan ölmez. Kesinlikle ölmez." Diğerleriyse ağızlarındaki lokmayı yutup cevap vermek yerine onaylamak adına kibarca sadece başını sallamakla yetindi.

Gördün mü anne, neredeyim ben. Burada güneş ve deniz var. Tıpkı çocukluğumda beyaz bir sayfaya karaladığım gibi deniz, güneş ve ben. Evet, anne deniz güneş ve ben. Karaladığım gibi... Sadece karaladığım gibi. Sen sadece kendine değil, bize de ihanet ettin anne. Elimizde olanı da kuruttun.

Huzurlu bir ailenin kızı olsaydım. Fakir ama aklımla varlıklı olsaydım. Olmaz mıydı? Yuvam olsaydı. Burada değil de kocamın, çocuklarımın yanında olsaydım. Katil olmasaydım anne olmaz mıydı?

"Lena! Lena! Yine nerelerde aklın fikrin? Senden şeker istedik diyet olanından, duymuyorsun bile."

"Hemen," deyip sırıttım. Mutfağa gittim ve oradan altın kaplı şık şekerliğin içindeki kahverengi şekeri getirdim. Bana şekeri Hatice'ye ikram etmem emredildi. Ona doğru eğildim ve küçük maşa ile beyaz fincandaki limonlu çayın içine iki tane şeker attım. Sinemse deney yapan birini izliyormuş gibi bütün dikkatiyle beni izliyordu. "Aa sizinki de pek süslü. Giyime kuşama bakın. Bordo strec pantolon, beyaz, kurdeleli gömlek. Nereden buldunuz yahu bunu? Tırnakları ojeli. İddiaya girelim, bunun ayakları da ojelidir."

Herkes beni şöyle bir süzdü, kahkaha attılar. Sadece Seçkin gülmedi. Yüzüme baktı. O benim duruşumdan burnumdan soluduğum derin nefesimden sinirimin bozulduğunu hissetti. Ah anne ah... Tırnaklarım ojeliymiş. Bir insan değiliz ya, hayvanız, bizim tırnaklarımız neden ojeli olsun. Kendini ne sanıyor bu budala, anne bilmem. Allah kahretsin bunları ne istedikleri belli değil. Hani hizmetçiyi alırken eline ayağına bakıyorlarmış, eğer temizse, içlerine sine sine işe alıyorlarmış.

Meğer bunların birbirlerinden haberleri yok.

Seçkin'in gözü bendeydi. Bende bir anormallik olduğunu fark etti. Burnumdan soluyordum. Oradan hemen uzaklaşmak istiyordum. Birkaç sakin adım attım. Artık beni gören olmadığını bildiğimden geri kalan mesafeyi topuklarımı popoma vurarak eve kadar koştum. Kendimi odamda bulduğumda şeytanımla kanlı bıçaklı savaş içindeydim ve kendi kendime yırtındığımı anımsıyorum. Orada hepsinin pislik olduğunu haykırıyordum ve onları yok etmeyi delice arzuladığımı hissediyordum. Dişlerimi sıktım ve öldür kelimesinin ezildiğini hissetmek için kaskatı kasıldım. Ama vahşi arzularım sadece soluğumda değil bedenimde de kasılmış, şiddetli bir güç olmuştu, parmaklarımda da bu gücü hissedince kendimi patlamaya hazır bir bomba gibi hissettim. Karşımda gördüğüm her şeyi ellerimde derman tükenene kadar tartakladım. Birden uzaktan sesler duyar gibi oldum. Biri "Suzi! Suzi!" diye sesleniyordu. Sevgili patronum sevgili kediye sesleniyordu. "Ah kahrolası hayvan!" dedim. Hiç kimse ölümü burnunun dibinde hissetmez, değil mi anne? Bu kahrolası tembel hayvan bana bile çok görülen koltuğun birinde gri yumak halini almış hırlayarak uyuyordu. Onu okşadım, gözlerini yarım açtı ve tekrar kapadı. Onun için son kez hizmette bulundum. O çok sevdiği yarım pişmiş tavuk ciğerini mikrodalgada ısıttım ve sarı pakette olan tozunu üzerine serperek ona servis yaptım.

Hanımım oturduğu yerde huzursuzca kıpırdadı. Bir ara ayağa kalkmaya niyetlendi ama kalkmadı, sadece başını sağa sola çevirip "Suzi! Suzi! Kızım nerdesin?" diye birkaç kez seslendikten sonra, "Allah Allah nereye gitmiş olabilir ki bu saatte bu hayvan, pek buradan ayrılmaz ya."

"Arkadaşlarına gitmiş olamaz mı?" dedi Seçkin ve kahkahayı patlattı.

"Olamaz canım! Âdeti değil bir kere sabah kaşar yemeden."

"Aman Arzu Teyze takıldığın şeye bak, bugün kahvaltıya buyurmak istememiş olamaz mı yani?"

"Olamaz!" diye tersledi onu hanımım. Hatice durumu yumuşatmak için, sakin bir ses tonu ile, "Gelir şimdi dert etmeyin, nereye gider ki? Buradan daha rahat yer mi var?"

Baktım ki gülmek için kendimi tutamıyorum, kedi arama bahanesi ile oralardan uzaklaştım. Bahçenin aralarında uzayan patika yolun ağzında dinelip sağa sola bakınmaya başladım. Annemi göremiyordum. Ama sesini duyduğuna göre arkamda olmalıydı: "Biliyor musun Lena, kediye bizden daha vicdanlı davrandın. En azından onu sadece zehirledin.

Acı çekmeden öldü hayvan. Bizim gibi diri diri yakmadın."

Ona sus demek istedim ama gülümsüyordum.

5

Temel Amca'dan sonra iki bahçıvan birer gün çalıştı. Hanım açgözlü olduklarını düşündüğü için onları yolladı. Böylece bahçe işini de benim başıma yıktı. Sabahın altısında kalkar kalkmaz ilk işim bahçeye inip çiçeklerin aralarında uzayan parazit otları toplamak, çapalamak ve bahçeyi sulamaktı.

Hanımımın her dediğini kabul ettiğimden işim hiç bitmiyor, aksine çoğalıyordu. O gün birkaç ağaç budayıp, adamakıllı yorulmuştum. Ağır adımlarla eve dönüyor ve duşa girmeyi hayal ediyordum ki, biri "Lena!" diye seslendi. Hatice'nin sesini duyunca, ah yine ne isteyecek bu kadın diye düşündüm.

Yanlarına yaklaştım ve o aptal gülümsemeyle karşılaştım. İki şekerli, iki sade köpüklü Türk kahvesi istedi. Pişirdim. Servis yapmak için yanlarına vardım. Fincanlarını ellerine verdim. Hatice fincanı kırmızı ojeli elleri ile tuttu ve silikonlu dudaklarına götürdü. Kahveden bir yudum içti. Bana baktı ve "Mersi," dedi. Teşekküre şaşırdım doğrusu. Kibarca gülümsedim.

"Geçen ay sizin paskalyanız varmış değil mi?" diye sordu.

"Evet," dedim ve başını salladım.

"Peki, pasta yapmayı biliyor musun?"

"Hayır," demek âdetim değildi. İyi hizmetçi her şeyi bilmek zorundadır.

"Evet," dedim ve gülümsedim. Annem beni hayretle izledi. Demek ki ondan daha iyi bir yalancıydım. Mutfağa girdim.

Buzdolabından yumurta süt, tereyağı çıkardım. Tezgâha sıraladım. Terden ve yorgunluktan yanan gözlerimi elimin tersi ile ovaladım. İç geçirdim ve anneme nasıl pasta yapıldığını sordum. Annem yüzünü çevirdi. Beynimde içimi parçalayan kahkaha sesi yükseldi. "Annem ve kutsal günün sembolü olan pasta (kek) hah..." dedim. Hayatımın nasıl tepetaklak olduğunu bir kez daha anladım. Ya dışarıdakiler? Paskalyanın ne olduğunu tam olarak biliyorlar mı? Yoksa sadece gırtlaklarına bir şeyler tepmek mi istediler. Birinin gölgesinin yaklaştığını hissettim. Hanımım tepemde dikilmiş, "Yeter yarım saattir yumurta çırpıyorsun, kafamız şişti burada!" diye bağırdı. Silkindim ve kafamı topladım. Mikseri durdurdum.

Dışarıda sala okunuyordu. Sala ne biliyor musun anne, hani bizim köyde biri öldüğünde kulaktan kulağa yayılıyor ya, burada bu durum farklı, hoca camide mikrofonla ölenin adını yüksek sesle okuyor. Öyle bir sesle ki neredeyse bütün şehir duyuyor. Hoca o an Temel Öz adını veriyordu. Temel Amca ölmüştü. Hanımımın yüzüne baktım. Onun o an ne düşündüğü benden iyi kimse bilemezdi. Katil, mantıklı düşüncelere yatkın olsa zaten katil olamazdı. Kadın çok sakin bir tavırla bahçeye çıktı. Seçkin de salayı duyduğu halde gayet sakindi.

Burnunun önünde tuttuğu gazeteden gözünü ayırmamış, sadece gözlüklerini düzeltmişti. Hatice kocasından istediği bulmacayı çözüyor, sarı başını kalemi ile kaşıyordu. Misafir olan kadınsa laptopun ekranından gözünü ayırdı ve oradakileri şöyle bir süzdü. Birkaç saniyelik sessizlikten sonra merakına yenik düştü ve hanımımın yüzüne bakarak: "Az önce salada adı verilen sizin bahçıvanız değil mi?" diye sordu.

Hanımım, "Ya... Bizim bahçıvanımız mı ölmüş?" diye haykırdı sesine ustaca üzüntüsünü katarak. İçimden ona küfrettim. Bu kadar kalleş olamaz bir insan dedim. Seçkin gazeteyi masaya fırlattı. "Yazık!" dedi ama bir damla üzülmediğinden emindim. Hanımım ve Seçkin bakıştılar. Fakat ikisi de susmaya yeminliymiş gibi ağızlarına kilit vurdular.

"Hasta mıydı yoksa?" diye sordu Hatice, hanımın yüzüne bakarak, kadınsa onu tersledi:

"Nereden bileyim ben canım, kendi derdim başımdan aşkın."

"Haklısınız ama belki size..."

"Ne sanıyorsun sen, ben her gelenle muhatap mı oluyorum? Bahçıvanla ne muhabbetim olur ki o bana kendinden bahsetsin! Üstelik o kişi sabıkalı ise!"

Kulaklarıma inanamadım. Temel Amca sabıkalı biriymiş.

Suç işlemiş yani. Nasıl bir suç acaba? Katil mi yoksa...

"Sabıkalı mı? Ne yapmış?" diye sordu meraklı Sinem.

"Birilerini dolandırmış."

"Yani para mı çaldı?"

"O kadarını ben de bilemem. Bakma insanlık bizde ona acıdık ve işe aldık."

"Ben istemem doğrusu. Ne zaman ne yapacağı belli mi?"

"Artık bir şey yapamaz," dedi Seçkin ve kahkaha attı.

Ben kendimi zalim bilirdim anne, meğer zalim olmayan insan yokmuş. Birinin damarına basmayıver. Damarına basmak mı? Peki, Temel Amca hanımımın damarına mı basmıştı?

Eğer öyleyse bunun bir sebebi olmalıydı. Peki ne? Hanımım benim oralarda oyalandığımı fark etti.

"Ne dikiliyorsun sen burada! Sana ağzımızın içine bak diye mi para ödüyorum ben!" diye bağırdı. Oradan uzaklaştım ama hanımın bu yersiz tavrı beni daha da meraklandırdı.

Uzağa gitmedim. Konuştuklarını duyabileceğim uzaklıkta olan mutfağa girdim. Penceredeki ince perdenin ötesinden hanımı izliyordum. "Oh..." dedi birden ve oradakilerin korku dolu bakışlarını üzerine çekti. Seçkin oturduğu koltukta kendini doğrulttu ve "Ne oldu?" diye sordu hanımımın yüzüne bakarak.

"Sıkılmadınız mı çocuklar?" diye sordu hanımım. Bakıştılar. Hatice, "Ben oturmaktan çok sıkıldım burada, sahile mi insek?"

Hanımım yangından kaçar gibi oturduğu yerden fırladı ve coşkulu ses tonu ve el işareti ile, "Haydi, kalkın toparlanın gidiyoruz!" dedi. Herkes aynı anda, "Nereye?" diye haykırdı.

"Pamucak'a."

"Peki. Harika!" diyen bayanlar çoktan ayaklanmışlardı ki, Seçkin, "Durun bakalım! Bekçiye telefon edelim bari, ev ne durumda. Geçen sene habersiz gittik de iyi mi oldu. Tam adam evi ilaçlamıştı. O gece hepimizi kaşıntı tutmadı mı?"

Herkes bir an durakladı. Ama hanım onu dinlemiyordu.

"Ben yanıma alacaklarımı hazırlamaya çıkıyorum," dedi.

Herkes ayaklandı. Hatice, "Lena burada kalsın. Evi toparlasın. Sonra nasıl olsa dolmuşla gelir," dedi. İçimden güldüm, sanki arabalarını yiyecektim. Ben de meraklı değilim sizin kıçınızın dibinde oturmaya. Kader utansın. Allah size yağdırırken, benden esirgedi. Ama bak arabası var ama Seçkin benim gözümde bir böcek. Sarı olmasa karafatma derdim. Yersiz güldüm sanırım. Dönüp bana baktılar. "Yazlık... Yazlık güzeldir şimdi hanımım..." Kadın yüzüme iğrenerek baktı ve "Gevezeliği bırak işine bak!" dedi. Yukarıya çıktı. Hatice kısa fakat alaycı bir bakışla beni baştan aşağı süzdü ve tok sesi ile, "Buzdolabındaki soğuk içecekleri arabaya taşı bir zahmet!" dedi. "Peki," dedim ve başımı öne eğerek mutfağa doğru yürüdüm. Kaçın bakalım. Tıpkı benim kaçtığım gibi tıpkı dün geceki yabancı filmde katilin kaçtığı gibi. Olan zavallı, sefil Temel Amca'ya olmuştu. Ama ne olduğunu tam olarak bilmiyordum henüz.

Beyaz cipin arkasından hanımımın isteği üzere bir tas su döktüm. Arkamdan sokak kapısını kapattım oracıkta ağacın dibinde duran bambu sandalyelerden birine oturdum. İçim ağırlaşmıştı. Hiç ama hiç rahat değildim. Sanki arkamdan biri beni sürekli çekiştiriyor, dürtüyor, aklımda gizli tuttuğum planları biran evvel yapmamı emrediyordu. Bana kimin yardım edebileceğini düşündüğümde birden ayağa fırladım.

Komşularımıza Temel Amca'nın adresini soracaktım. Ama bunu yapamazdım. Çünkü onlara güvenmiyordum. Aklımı kurcaladım ve sonunda sadece doktora güvendiğimi anımsadım.

Doktorun verdiği adrese göre, burası olmalıydı. Burası, Kuşadası'nın en perişan sokaklarından biriydi. Küçük kayalıklı tepenin üzerinde oldukça eski, biçimsiz barakalar birbirlerinin sırtına binmiş gibiydi. Mahallenin önünde delik deşik, yabancı otlarla kaplı bir arsa vardı. Arsanın ortasından eğri büğrü yol tepeye doğru uzanıyordu. O yolu hızlı adımlarla tırmanmaya başladım. Yolda üstü başı kirli, perişan halde insanı ürküten iki orta yaşlı kadına rastladım. Kadınlara bahçıvan Temel'in evinin nerede olduğunu sordum. Biri yola dönüp barakalara doğru parmağını uzatarak "Ha... O önünde incir ağacı olan ev," dedi. Onlara teşekkür edip yürüdüm.

"Teşekkür" anne! Senden ve babamdan hiç duymadığım bir kelime. Ha... Şimdi anımsadım. Ben sizden sonra hizmetçi olmadım. Zaten sen beni kendine hizmetçi doğurmadın mı?

Küçücük ellerimle az mı hizmet ettim sana? O kahrolası pis saçlarını az mı yıkattırdın, tarattırdın? Nadir de olsa kullandığın ve ocakta unuttuğun tencereleri az mı ovdurdun komşudan çaldığımız ince çakılla? Parmaklarımın ve avuçlarımın kanadığını acı acı yandığını hâlâ unutmadım biliyor musun?

Ne kadar çok ezmişsin sen beni. Ama olsun, öcümü aldım senden. Bak ben kazandım. Senden kurtuldum. Utancımdan kurtuldum. Beni itip kakmandan kurtuldum. Şimdi de itilip kakılıyorum ama olsun onlar benim kanımdan olmadığı için ciğerime dokunmuyor, zoruma gidiyor tabii ki ama içimi o kadar acıtmıyor. Bunları düşünürken farkına varmadan incir ağacını da Temel Amca'nın evini de geçip gitmişim. Durdum, sağa sola iyice bakındım ve geri döndüm. Taşlardan yapılmış, oldukça alçak olan barakanın kapısı açıktı. Kapının eşiğinde yaşlı bir kadın iki büklüm oturmuş, bitmiş olan sigarasının son dumanını içine çekiyordu. Beni görünce terli ve güneşten yanmış, kırışmış cılız yüzünü gri yemenisinin köşesiyle sildi.

Bana ses etmedi sadece derin, feryat dolu bir iç çekti ve yaşlı, yorgun ağlamaktan kızaran gözlerini kapının önünde duran erkek ayakkabılarına çevirdi. Burada adetmiş anne, ölen insanın ayakkabılarını sokak kapısının önüne koyarlar. Benim bildiğim, birinin onları alması gerekir. Ama ayakkabılar hâlâ orada. Beğenen olmamıştır. Kim ne yapsın yırtık çamurlu yüzüne bakılmaz eski ayakkabıları. Kadına, "Başınız sağ olsun," dedim. Zorla açtığı gözlerini kaldırıp bana baktı ve iç parçalayan sesiyle "Gitti! Gitti!" diye bağırmaya, eteklerini dövmeye başladı. Kadının omzuna dostça dokundum ama ses etmedim. Az sonra içeriye girdim. Burası dar bir odaydı. İnsan kaynıyordu. İki karyolanın üzerinde, sandalyelerde, yerde, başı örtülü kadınlar ellerinde dua kitaplarını tutuyor sesli dua okuyorlardı. Birkaç kişi gözünü kaldırıp bana baktı ama sanırım duayı kesmemek için ses etmediler. Kendime bir köşe bulup yere beton tabana oturdum. Başörtümü iyice düzelttim ve oradaki insanlar gibi iki avucumu da Tanrı'ya açtım. Dudaklarımı kıpırdattım. Ben dua bilmiyorum anne, sen ne duadan ne de Tanrı'dan bahsettin. Bizim memleketimizde, yok namazmış, yok ezanmış hiç bilmezdik. Bilmiş olsaydık belki sana da bana da faydası olurdu. Mesela, az da olsa Tanrı'dan korkardık. Bizi cezalandıracağından korkardım.

Biz yapacağımızı yaptık o da yapacağını yaptı. Yüzümün yanık olan tarafına dokundum. İç geçirdim ve tekrar dudaklarımı kıpırdatmaya başladım. Sonradan odada orta yaşlarda, kötü giyimli birbirlerine oldukça benzeyen üç kadını fark ettim. Bu kadınlar Temel Amca'ya o kadar çok benziyorlardı ki kardeş olabileceklerini düşündüm. Ellerinde peçete vardı. Sık sık gözyaşlarıyla ıslanan yüzünü kuruluyor, okunan duayı takip ediyorlardı.

Geç de olsa Temel Amca'nın karısını da gördüm. Başka kadınlarla beraber eski halının üzerinde eğreti oturuyordu.

Perişan halde olan bu kadın şimdi yere yığılacak gibi duruyordu. İki gözü iki çeşme ağlıyordu, beton gibi gri ve donuktu suratı, sadece kirli halıya bakıyordu. Onun arkasında tahta taburenin üzerinde oldukça yaşlı, kara kuru, başında beyaz örtülü bir kadın oturuyor, Temel Amca'nın karısını arkasından kucaklamaya, onu teselli etmeye çalışıyordu. Yaşlı kuru elleri ile kadının yüzünü gözünü görmeden elindeki mendille kuruluyor, göğsünü pışpışlıyor "Ağla, ağla," diyordu.

Dua epey sürdü. Sonunda bitti. Kadınlar ayağa kalktı, birbirlerine sarıldı, sonra da vedalaşıp gittiler. Geç de olsa Temel Amca'nın karısı beni fark etti. Beni gördüğü an surat ifadesi değişti. Asabiyetten parlayan gözleri irileşti. Yüzü kızardı.

Bağırarak benim üzerime yürüdü.

"Buraya seni, şeytan suratlı, cadı patronun yolladı değil mi?"

Aklını yitirmiş gibiydi. Başörtüme asıldı. Saçlarımı eline doladı, bütün kuvvetiyle beni yere savurdu. Acılar içinde kıvrandım. Biri bana tekme tokat girişmiş, üzerime tükürüp bağırıyordu: "Adi şıllık seni! Orospular! Öldürdünüz adamı şimdi de seyretmeye mi gönderdi seni!"

Bunu duyan çevredekiler de başıma çullandı. Kendimi başımı ellerimle kapatarak korumaya çalıştım. "Yapmayın! Beni kimse yollamadı buraya!" diye bağırdım. Sonunda sabrım taştı, başımdakileri iki elimle iteklemeye başladım. "Dur be!

Dur be!" Kendime bile yabancı gelen vahşi bir sesle bağırdım "Buraya acınızı paylaşmak için geldim! Anlıyor musunuz?

Neden öldüğünü! Ne olup bittiğini anlamaya geldim, anlıyor musunuz? Ben onun düşmanı değildim. Olamam da. Aynı kaderi paylaşıyorum ben onunla! Ama sizin yaptığınıza bakın!

Öfkenizi üzerime kustunuz, çünkü gücünüz anca bana yetiyor. Korkaksınız hepiniz. Beni döveceğinize gidin hesabını ona sorun! Benim gösterdiğim cesareti siz gösterin!"

Kadınlar ağızları açık, önümde dizildiler. Suratlarında hâlâ memnuniyetsizlik ve asabiyet vardı. Elimin tersi ile yüzümü silip, ağırlaşmış bedenimi oradaki eski sandalyenin birine bıraktım. İç geçirdim. Göğüs kafesimdeki acı tarif edilmez şekilde yayılmıştı. Yüzümü büzüştürüp gözümü yumdum. Sadece birkaç saniye sonra gözümü açtığımda, Temel Amca'nın karısı karşıma dikilmişti. Ellerini beline koymuştu.

Derin nefes alıp veriyordu.

"Ne istiyorsun?" diye sordu gözümün içime keskin keskin bakarak.

"Hiç," dedim ve az da olsa doğrulmayı denedim.

"Nasıl hiç! Buraya niye geldin?

"Sizce? Sebep ne olabilir? Ya kadın! Ben de o evde yaşıyorum. Yarın benim başıma aynı şeyin gelmeyeceği ne malum.

Korkmakla, buraya gelmekle haklı değil miyim?"

Kadının dudaklarının arasında ne homurdandığını duymadım ama bana inandığı yüzünden okunuyordu. Sandalyenin birini kendine doğru çekti ve karşıma oturdu. Yüzünü büzüp ağlamaya başladı. "Benim kocam ölümü hak etmedi,"

dedi. "Belki bir zamanlar suç işledi ama kalbi iyi olan biriydi o. Sen onu tanıyordun değil mi?"

"Tabii ki."

"O zaman ne istediler söyle!"

"Öğreneceğiz," dedim ve derin bir boşluğa daldım.

6

Son dönemeçli yolu tamamladıktan sonra, düz asfaltlı geniş yola çıktım. Bu yol hanımın yazlığına giden yoldu. Burada dolmuş falan işlemiyordu. Malum elit tabaka insanlar gürültülü ve tozlu yollara tahammül edemiyorlar. Bizim gibi hizmetçilere ise tabana kuvvet. Ama ben bugün yürümek istemiyordum. Belki de bu yüzden gelmişime geçmişime sövüp durdum. Neyse ki zaman çabuk geçti ve yolun sonuna geldim, siyah demir korkuluklarla çerçevelenmiş yeşil çimlerin arasında dev, üç katlı, yavruağzı renkli yazlığı gördüm.

Birkaç adım daha attım. Sonra yavaşladım. Siyaha boyanmış demir çubuklu kapı eşiğinde çömeldim. Kendimi kötü hissediyordum. Etlerim, kemiklerim sızlıyor; başıma dokununca elime binlerce saç musallat oluyordu. Kasırgalara, cenaze ritmine kaptırdığım beynim uğulduyor, sancıyan bedenimi kan revan içinde bırakıyordu. O an kendime çok ama çok acıdım.

Bu kapının ötesinde hesap vermem gereken gestapo vardı.

Ben onu şu an hiç ama hiç görmek istemiyordum. Başka gidecek yerim yoktu.

İsyanlar içinde boğulduğumu biliyor musun anne? Eğer hizmetçiysen yükün ağır demektir. Sırtına yük yüklenmiş eşekten farksızsın demektir. Az sonra elimi öpecek olan işlerim gözümün önünde sıralandı. Yazlıktaki evin orta katında geniş salon ve mutfak vardı. Muhtemelen temizliğe oradan başlardım. Sonra üst kattaki yatak odaları ve banyolar temizlenirdi. Bütün bu işlerin bitmesi, yaklaşık gecenin on birini bulurdu. Tabii ki bu işleri yaparken bodrum katında barınmam için bana verilen odanın küçük penceresini açmayı unuturdum. Yatağıma neredeyse dört ayak giderken de yanından geçip açmazdım o pencereyi. Binanın dışında denizden dönüşte kum akıtmak için yapılmış banyoyu da kullanmazdım.

Oracıkta demir başlıklı toz kokan yatağın üzerinde birkaç şişe içmiş ve sızmaya yer aramış sarhoş gibi yatardım.

Cebimdeki telefonum ince sesi ile vızıldanınca düşüncelerimden arındım ve silkelendim. Oturduğum yerden asker gibi esas duruş için ayağa fırladım. Hanımım beni mi gördü acaba düşüncesiyle telaşlanarak, iyice kontrol ettim etrafı.

Orta katın geniş terasında masanın çevresinde oturan birkaç kişiyi gördüm. İyice bakındım, sofranın çevresindeydi herkes. Belli ki benimkiler yemek yemekle meşguldü. Yanılmıştım beni arayan hanım değil de telefonun telesekreteriydi. Çantamdaki bir yığın anahtarın arasından beyaz işaretli olanı çıkardım. Eve girdim ve emir almak için onların karşısına dikildim. Seçkin beni görünce elindeki lokmayı düşürüp, oturduğu yerden ayağa fırladı. Kaşlarını çatmıştı, gözlerinde korku vardı. "Ne oldu sana?" dedi endişe dolu bir sesle. Ben balon gibi şişmiş yüzüme yavaşça dokundum. Yediğim dayakları unutmuş gibi "Hiç," dedim ve hanımın yüzüne baktım. Az önce yüzünü buruşturan kadın, şimdi gayet sakin bir tavırla, bendeki değişikliği hiç görmemiş gibi, yapılacak işleri sırayla söylüyordu, ev temizlensin, çarşaflar değişsin, hepsinin bugün yapılmasını istiyordu. "Peki," dedim ve bir an Hatice'ye ve arkadaşına baktım. Başlarını kıymalı pide dolu tabaklarından kaldırmadılar bile. Çeneleri bir sağa, bir sola oynuyordu. Seçkin de az önce verdiği tepkiden utanmış gibiydi, normale dönmüştü. O da ağzına pidenin iri lokmasını sokmuş, çevirmeye çalışıyordu. İşte böyle anne, ben burada bir hiçim. Bu beni her zaman kışkırtmıştı. İçimdeki öfke benden iyi olan herkesi kemirmekteydi.

Sofraya sırtımı dönüp yürümeye başladım. Ben de açtım.

Ama aç olup olmadığımı soran olmamıştı. İnsan yerine koyan yoktu beni anne. Bunun da sebebi sensin. Herkes kendi çöplüğünde öter diyorlar ya, benim kendi çöplüğüm bile yoktu.

Sofrada birinin Suzi'yi andığını duydum. Kuytu köşenin birine sırtımı dayadım ve kulağımı kabarttım. "Allah belasını versin ona zehir verenin. Hayvandan ne istediler bilemem!" diye kükredi hanımım. "Onun hesabını öbür dünyada nasıl ödeyecekler bilemem."

"Yedi tane cami yapmaları lazım," dedi misafir kadın.

"Efendim?" dedi Hatice, "yedi tane cami mi?"

"Evet! Her kimse, günahı affedilsin diye, yedi tane cami."

Biran evvel oradan uzaklaşmak için merdivenlerden yukarı doğru hızla çıktım. Yedi tane cami dönüyordu başımın içinde. "Yuh..." dedim Allah'ın adaletine aklım ermiyor anne. Ya bana hayatım boyunca yapılanlar? Onun günahını kim ödeyecek? Kim? Adalet zengin olanlara vardır. Fakirler avucunu yalarlar. Aklımdan köyümüzün sefaletini hiç silememiştim. Bak şimdi de gözümün önünde. Bir damla su için uzun kuyruklar. Ya burada şu an elimde tuttuğum hortumdan kaç ton su aktı sadece bu üst katın terasını yıkamak için. Bunun orta katı da var, alt katı da. Bak Tanrım! Adaletsizliği sen en baştan yaratmışsın meğer. Biri omzumu çekiştirdi. Korkuyla sıçradım. Dönüp baktığımda hanımım kalemle çizilmiş cılız sahte kaşlarını çatmış bana bakıyordu:

"Ne olduğunu çabuk anlat!" dedi asabi ve tok bir sesle. Bu soruyu beklediğim için hazırlıklıydım.

"Ne olacak!" dedim biri eğri biri normal gözlerimi iyice açarak. "Birileri yolumu kesti! Sizi sordu!"

"Kim?" diyen kadının rengi değişti, gözlerinde tarif edilemez bir korku vardı.

Bu korkuyu daha önce de gördüm senin gözlerinde anne.

Babamı başka biriyle yatakta yakalandığın an. Ama o korku, bok yemene engel olmadı. Olmadı, bunu sen de iyi biliyorsun. Karşımdaki şeytan senden farksız. Bunu biliyorum. İyi bir oyuncu. Zalim bir yaratık. Ama ben ondan daha iyi bir oyuncuyum bunu bilmediğinden eminim. Ben düşmanımı tanıyorum ama o tanımıyor.

"Bilmiyorum," dedim sessizce ve iyice şişmiş ve morarmış yüzümü elleyerek.

"Ee sonra?"

"Belli değil mi?"

"Üzüldüm."

"Evet."

"Evet ne?"

"Üzülmüşsünüz. Nerede olduğunuzu sordular. Söylemedim tabii ki. Onların buraya gelmelerine zor engel oldum."

"Neden beni aramadın?"

"Korkudan unutmuş olmalıyım."

Kadın balkondaki korkuluklara yaslandı. Başını yere eğdi.

Durgun ve düşünceliydi. Tıpkı senin gibi anne. Durgun ve düşünceli. Ben senin o hallerini görünce hep o an ne düşündüğünü merak etmişimdir. Bizden önemli derdinin ne olduğunu bilmek istemişimdir hep. Şimdi ise kendime acıyarak gülüp kızıyorum. Senin aklında pislikten başka ne olabilirdi?

İşin gücün hileydi değil mi? Bak karşımda senin bir benzerin daha. Bir yılan daha.

"Başka kimseyi sordular mı?"

Soruyu cevaplamadan önce biraz düşündüm. Sonra "Hayır," dedim. Bu cevap onu sevindirmiş olmalıydı ki derin bir nefes aldı.

Başka kimseyi sordular mı, diye sormuştu kadın. Duydun mu anne? Bu kadın birilerinin adına korkmuş olmalı. Ama kimin? Kim olabilirdi? Onun kimsesi yok ki?

Birden oralarda Seçkin göründü. Belli ki bizi merak etmiş, aramaya çıkmıştı. Hanımım onu görünce birden doğruldu. O an yüzünde bir gülümseme oluştu. Aptal aptal gülümsüyordu. Seçkin'in omzuna dokundu ve "Sen de Lena'yı merak ettin değil mi?" diye sordu. "Evet," dedi adam bana bakarak.

"Yolda minibüs kaza yapmış," dedi kadın ve onun koluna girdi ve uzaklaştılar. "İyi küçük sıyrıklarla atlatmış," dediğinde merdivenlerden aşağı iniyorlardı.

Hava iyice kararmıştı. Bense hâlâ temizlikle meşguldüm.

Seçkin ve Hatice'nin yatak odalarına ait özel, jakuzili banyoyu bol ilaçla ovmakla meşguldüm. İnatçılığımdan, hırçınlığımdan, açlığımdan bahsetmek istemiyordum. Kendileri düşünsün istedim. Tıpkı anneme yaptığım gibi. Hiçbir zaman sesli şikâyet etmezdim ama içlenirdim ve bir gün hepsini bir anda kusuverirdim. Pire için yorgan yakan cinstendim. Kötü bir huy biliyordum. Ama adı huy işte. Nihayet biri benim varlığımı hatırladı. Kapıda Seçkin belirdi. Onun varlığını şahane kokusundan bildim. Ama işimi bırakıp arkama bakma ihtiyacı duymadım. Çünkü onu samimi bulmuyordum. O da tıpkı annem gibi hile dolu bir insandı. Bana yaklaştığını hissettim.

Omzuma dokundu. Dönüp ona baktığımda, o gözlerini kalçama dikmiş, bel altı hayallerini besliyordu. Omzumu hızla silkip, doğruldum. Bu kez yanağıma dokunmayı denedi. Elimin tersi ile engel oldum.

"Minibüs kaza yapmadı değil mi?" diye sordu ve yüzüme dikkatle baktı.

Şüphe uyandırıcı bir şekilde gülümsedim ve başımı çevirdim. Bu kez bana yaklaştıkça yaklaştı. "Sana üzüldüm," dedi gözümün içine bakarak. Uzun uzun kahkaha atmak istedim ama ağrıyan çene kemiklerim buna müsaade etmedi. Başımı o ve Hatice için hazırladığım yatağa çevirdim, "Yanlış kişiye üzülüyorsunuz," dedim. Kendi kalesine gol atıp hayal kırıklığına uğramış bir futbolcu gibi havaya yumruk salladı ve kapıya doğru yürüdü. Arkasından kapıyı kapatmadan önce "Aşağıdakiler, çayın yanına poğaça istiyorlar," dedi.

"Hah... Şöyle sadede gel..." dedim ve alaylı alaylı, gülümsedim. Seçkin çoktan odadan çıkmıştı ama ben öfkemi duvarlara savuruyordum. Kıçımda motorum var sanki. İnsan değil de robotuz sanki. Pisboğazlı Hatice, bir tarafını yayıp, çevresinde fır fır döndürüyor insanı. Sarı köpek ne olacak! Başımı cama çevirdim. Ah Tanrım geceleri yaratmasaydın ne olacaktı halim? Bunlar birer sülük mübarek.

Mutfakta biri bir şey kırdı. Acele koşmak zorunda kaldım.

Biri bardak kırmıştı ve cam kırıklarını toplama zahmetinde bile bulunmamıştı. Sabır diye diye oraları temizledim ve hanımın bir kez daha hatırlattığı poğaçaları yapmak için kolları sıvadım. Yumurtaları bir kap içine kırdım ve mikserle çırpmaya başladım. Zil sesini duyunca durakladım. Kapı açmak benim görevimdi. Geç olmuştu. O saatlerde hanımımın misafir ağırlamayı hiç sevmediğini bildiğimden salonda koltuğun içine gömülerek oturan kadının yüzüne kararsızca bakakaldım. "Kapıyı aç! Ne duruyorsun?" dedi bana telaşlı ve kızgın bir ses tonuyla. Kapıya doğru yürüdüm. Ağır demir kapının koluna asılıp açtım. Karşıma dikilen kapıcı Ecevit biri arkasından kovalamış gibi telaşlıydı. Kızıl, fırçayı andıran saçları karışıktı, çilli yüzü terden kızarmıştı. Orta yaşın üstünde olan bu adam deli tavırları ile yuvarlanan göz bebeklerine bakılırsa sıra dışı bir haber getiriyordu. Bir elinde beyaz bir zarf gördüm, öbür elinle ise kırışık gömleğinin köşesine asılıyordu. "Buyurun," dedim adamı soğuk bir tavırla. "Arzu Hanım evde mi?"

"Evet."

"Ona verilecek zarfım var."

"Gelsin!" dedi kadın konuşmamızı duyarak.

Adam başını öne eğerek kapıdan içeriye girdi. Hızlı adımlarla hanımımın oturduğu koltuğa yaklaştı ve beyaz zarfı uzattı.

"Ne bu?" diye sordu kadın. Ecevit bir müddet sustu, Hatice'ye Sinem'e ve Seçkin'e baktı. Herkesin sabırsızca onun ağzından çıkacak kelimeleri beklediğini görünce:

"Sanırım sizi birileri şikâyet etti," dedi.

Sevindiğimi belli etmek istemedim ve ben de herkes gibi kaşlarımı çattım.

Bu kelimeleri duyan Seçkin, erkekliğini göstermek adına oturduğu yerden fırladı. Hanımın elinden zarfı aldı. Kapıcının önüne dikilip, zarfı sallayarak "Ne şikâyeti!" diye bağırmaya başladı. "Bilmiyorum efendim," diyen adam müsaade istedi ve oradan kaçarcasına uzaklaştı. Hanımımın yüzüne baktığında çene kemikleri bir yukarı, bir aşağı hareket halindeydi. Yutkunmaya başlayan kadın soğuk soğuk terliyordu. Birden ayağa kalktı. Seçkin'in elinden zarfı koparcasına aldı, "Ben daha ölmedim. Kendi işimi görecek kadar da aklım başımda!" diye bağırdı. Seçkin kızarmıştı anne ve bu durum benim hoşuma gitmişti. Aslında elimde iki sevinç bayrağını sallıyordum. Hanımım benim yapamadığımı yapıyor, Seçkin'i azarlıyordu. Biri hanımımın canını yakmak için kolları sıvamıştı. Hatice kızarıp bozardı, laf söylemeyi bilirdi ama şimdi değil. Sinem orada fazlalık olduğunu anlamıştı.

Aa... Anne son bir aksilik daha poğaçaya kabartma tozu koymayı unutmuşum.

Ama sanırım o günkü poğaçalar kimsenin aklına gelmedi.

Hanımım zarfı okuduktan sonra benden ağrı kesici istedi.

Vermidon ve bir bardak soğuk suyu uzattım. Kadın kendini koltuğa bırakmıştı, oldukça bitkin bir hali vardı. Ama onu iyi tanıyordum. Az sonra öfkesine yenilip aklındakileri sivri dili ile savuracaktı. Dediğim de oldu. Az sonra doğruldu, işaret parmağını havaya kaldırdı ve emirler yağdırmaya başladı:

"Seçkin! Kapıcıyı bul buraya getir! Buralarda ne olup bittiğini onun ağzından öğrenelim bakalım."

Seçkin'in yüzüne sinsi bir gülümseme yansıdı. Tıpkı az önce kümesten kovulmuş, sonra da tekrar kümesine itilmiş horoz kadar mutluydu.

Kapıcı geldi. Adam hanımın karşısında altına etmiş çocuk gibi başı önde dikildi. Biliyor musun anne bu patron denilen insanlar, bizim de insan olduğumuzu unutuyorlar. Bu durumun aramızda görünmez uçurum yarattığını ya bilmiyorlar ya da bilmek istemiyorlar. Sence kim kaybediyordur. İstersen iddiaya girelim anne. Bu adam konuşmaz. Bildiklerinin hanımımın işine yarayacağını bile bile susar.

"Ecevit sen buranın gözü kulağısın, beni kim şikâyet etmiş olabilir sence?"

"Bilmem abla. Ben bir şey işitmedim."

İçim kıkırdadı. Biliyor musun anne abla denilen kelime burada kazandığı ekmeğin hatırına. Yoksa Ecevit verip veriştirecek ama... Zavallı Ecevit bu cadı karıya iyilik yapacağım diye neredeyse işten oluyordu. Bütün suçu bizim yazlıktan temelli taşındığımızı sanıp, açık olan sigorta düğmelerini kapatmaktı. Hanımım buzdolabında bozulmaya dönmüş birkaç parça etin ve sebzenin hesabını sormuştu ona. Kadın o kadar abarttı ki onu başkana şikâyet etti. Adam etin ve sebzelerin parasını ödedi.

"Ecevit düşün!"

"Bilmiyorum abla."

"Sen zaten ne bilirsin uyuz şey! Çekil başımdan!"

Ecevit iç geçirdi ve kapıya doğru yürüdü.

"Dur!" dedi kadın. Adam dönüp baktı. "Git ve komşulara sor bakalım, kime ne zararım var ki, çatıyı kaldırmak istemişler. Benim varlıklı olmam ne kadar da gözlerine batmış meğer. Bilmiyorlar ki kocam bana paradan çok borç bıraktı.

Hangi deliğini tıkayacağımı bilmiyorum be..."

"Borç mu? Çatı mı?" diye sordu Hatice, hanımımın yüzüne irileşmiş gözleriyle bakarak. Hanımım ses etmedi. Sadece dudağının sol köşesini büktü. Bu onun keyifsiz olduğunu gösteriyordu. Alnı ise açıktı. Demek ki olanları fazla sorun etmiyordu.

Hatta az sonra kadın bana keyifli göründü, söylemeye çalıştığı şeyi çoktan söylediği için. Benden para, miras bekliyorsunuz ama bende para yok; yani avucunuzu yalarsınız, der gibi.

"Kime ne zararı var?" dedi Hatice sinirden kızarmış yüzünü kaşıyarak.

"Onu bilemem. Tek bildiğim buranın insanları, bir garip.

Bir bakıyorsun yüzüne gülüyorlar, bir bakıyorsun kuyunu kazmışlar. O kadar da söyledim rahmetliye. Ne işimiz var Kuşadası'nda. Sonuçta İstanbul'un insanları farklı. Görgülü, bilinçli. Burası ise toplama kampı gibi mübarek. Aklına esen gelmiş yerleşmiş. Kendi kabuğuna sığmayan insan, başka yerde rahat durur mu?"

İlk kez hanımım doğru bir şey söyledi anne.

Hanımım ortaya bir bomba attı. Bundan sonra her şeyin değişeceğini hissediyordum.

7

Diyorum ya anne bu villa şahane. Hanımım bugün kahvaltı sofrasını teras katında kurmamı emretti. Hay hay dedim içimden ama tabii ki kadına bunu bu şekilde söylemeye cesaretim yoktu. Hem de bu gergin zamanında. Ben hizmetçiyim ve patronumun dediğini yapmak zorundayım.

Kısa bir zamanda şahane sofra kurdum. Sofrada bir kuş sütü eksikti anne. Karşımda deniz manzarası. Ama deniz asabi. Kendini bilinçsizce kayalıklara çarpıyor. Bazen düşünüyorum da onun varlığı bizim varlığımıza benzeseydi ne olurdu?

İnsanlar öfkelenince kendilerini sivri taşlara çarpsaydı... O zaman ürperiyorum anne, çünkü deniz kan rengi olurdu, ya ceset sayısı, ya koku... İçimdeki şeytansa denizin öfkesine hayran.

Arkamdan ayak sesini duyunca silkindim. Karşıma çıkan hanımımın yüzüne o aptal gülümsememle baktım. Onun son günlerdeki karın ağrısını iyi bildiğim için, "Burası şahane. İnsanın burada ömrü uzar vallahi," dedim ve ekledim, "buranın yıkılmasına çok üzüldüm." Kadın söylediklerime tabii ki inanmadı. Onun adına üzüldüğüme inanmazdı. Onu sevdiğimi düşünmüş olamazdı. Çünkü onu sevmeme bir sebep yoktu. Yaratmamıştı. Biz kimdik, hizmetçi parçası! Manzarayı sevebilirdim. Ama kadın bunu da düşünemezdi. Çünkü bizde o inceliğin varlığını aklının ucundan bile geçirmezdi. Belki de haklıydı, belki de onun da benim aklımdaki şeytandan haberi bile vardı, kim bilir.

"Hani semaver!" bağırdı kadın. "Hemen..." dedim ve delirmiş olan denize ben seni anlıyorum der gibi baktım.

Biliyor musun anne, bazen sen bu evin hanımı olsaydın ne olurdu diye düşünüyorum. Yine babamı aldatır mıydın?

Aldatırdın çünkü senin kanın bozuktu. Bunu komşular söylüyordu anne. Kendimi bu kez hanımın evladı olarak görüyorum. O sırada bir titreme geldi, "O kimseyi sevemez," dedi.

Ya Seçkin'in eşi olsaydım. O beni başka karılarla aldatırdı.

Tıpkı senin yaptığın gibi. Allah kahretsin seni. Beni ne hale getirdin. Hayatımı çaldın be!

"Sen ağlıyorsun," dedi Seçkin.

"Hayır. Çayın buharı kaçtı."

"Çatı katı yıkılacak diye üzülüyor," dedi hanımım.

"Evet," dedim ve tekrar köpürmüş denize baktım.

Biliyor musun anne bazen insanın üstüne ağırlık çöker ya, işte o gün o haldeydim. Elim kolum görünmez bir güç tarafından bağlanmış gibi. Hatta o gün eşeğin kuyruğu gibi ağır ağır hareket ediyordum. Sanırım deniz deli ruhumu süpürdü. Ağır ve boştum, tıpkı hareketsiz mermi gibi.

"Lena!" diye seslendi hanımım, "bizim eczaneye git ve bana raporlu ilaçlarımı alıver."

Patronların istekleri benim için emirdir anne. Ama bu isteğine bayıldım. Bu, güneşin altında da olsa kendimle yürüyüş yapmak demekti. Bu dolmuşla yarım saat de olsa seyahat etmek demekti. Üzerine rahat spor kıyafetler geçirip sokağa fırladım. Kendimi o an kafesten uçmuş kuş gibi rahat ve özgür hissediyordum. Keşke hep özgür olsam anne. Ama ben özgür değildim ve hiçbir zaman olamazdım. Sen benim içimi de gözümü de kara tülbentle sardın. Her gördüğüm şey benim için sahte ve yalandı. Hızlı çok hızlı yürüyordum. Adı olmayan öfkemden olmalı. Gözlerimi kısmış çevreyi şeytan gözümle süzüyordum. Kuşadası'nın sokaklarında yanımdan geçen cipin içinde çığlık çığlığa şarkı söyleyen yarı çıplak, çılgın gençler sahte, güzel bir film izler gibi. Mavi dalgalı denizin içinde yüzen yüzlerce insanlar sahte, alımlı kızlar, kendine ve cebine güvenen tatilciler, onlar da sahte, hayat sahte. Neden diye soracaksan, cevabını veremem, bütün bunları yaşamadığım için olabilir mi acaba? Kahkahalar sahte anne, gözyaşı ise hakikat.

Her insanın ensesinde keder vardır. İnan bana. Ölüm vardır, inan bana.

Yoldan geçenlere keskin, ürperti ile baktığımdan haberim yoktu. Ta ki biri beni itekleyip, "Delirdiniz mi?" diye bağırana kadar. Üzerine yürüdüğümden bahsetti. Yaptım mı böyle bir şey, yapmışımdır. İçimde iki kişi olunca... Affederseniz dedim ve o aptal gülümseyişimi takındım. Sonra sadece yolun çizgisini takip ettim. Eczanenin kapısına vardığını fark ettim.

İçeriye girdim ve ilaç raporunu bana seslenen ince genç sese doğru uzattım. Eczanedeki kız değişmiş. Öbürüne ne oldu acaba? Alnımdaki teri sildim ve ondan rapordaki ilaçları istedim. Beni biraz oyaladı ama sonuçta ilaçları verdi. Elimde ilaç torbası ile kendimi sokağa attım. Çıkışta kaldırımın birine oturdum. Alnımdaki teri bir kez daha sildim. Belki de birkaç kez. Hatırlamıyorum şimdi. Terden yanmakta olan gözlerimi kırpıştırdım ve kumsalın bitişindeki geniş yürüyüş yollarında tatlıya koşan karıncalar gibi hareket eden insan kalabalığının içine daldım. Kalabalığın göbeğinde Seçkin'i görünce şaşırdım. Ben onu evde biliyordum. Ama o burada. Tam ona doğru adım atmayı düşündüm ki onun yanında yürüyen siyah atkuyruklu, beyaz elbiseli bayanı gördüm. Az önce Seçkin'in elinden tuttu, sonra yolunu kesip, hafif ayakuçlarının üzerinde yükseldi ve onun dudaklarına dokundu. Orada durakladım. Yanlarına gitmekten vazgeçtim. "Şerefsiz! Şerefsiz!" diye bağırmayı arzuladım. Hatta daha kötüsü, elimde ağır bir balta ile onun üzerine yürümek istedim. Evet, bunu bütün kalbimle istedim. Ama o ne yaptı biliyor musun anne, kulağıma seni fısıldadı. Annen de fahişeydi dedi alaycı bir tavırla. "Herkes kendi kapısının önünü süpürsün," dedi. İçim acıdı, beynim acıdı. O an bağırmak istedim. Ben o değilim!

Beni onun adı ile anmayın! Ve o an senden daha çok nefret ettim anne. Baltayı sana çevirdim, ama sen yoktun. Varlığın benim beynimin içindeydi. Benim beynimden kurtulman mümkün değildi.

Eve pestil gibi geldim. Bodrum kata inerken kimselere görünmemeye çalıştım. Odama girdim, temiz çamaşırları alıp kendimi serin suyun altına attım. Beynimin kendine gelmesi için sıkça kullandığım bir yöntemdi bu. İşe yarıyor muydu?

Hayır, işe yaraması için bedenimin süzgeç olması gerekirdi.

Başımdan aşağı akan belediye suyunun yerine nehir olmalı ki içimdeki pislik arınsın. Tek tesellim içimdekileri kimsenin görmemesi. Aynanın karşısına geçtim. Saçımı yavaşça taradım ve kendime sık sık söylediğim kelimeleri tekrarladım.

Ben faydalı biri olacaktım. İçimden bu kelimeleri mırıldanarak oturma odasına girip koltuğa kendini teslim etmiş ve solgun yüzü ile güya televizyon izleyen hanımın önüne geçtim. Ona akşam yemeğinde ne istediklerini sorduğumda beni duymadı ve ben bu soruyu birkaç kez tekrarlamak zorunda kaldım. Sonunda kadın söylediğime kulak verdi ve cılız bir sesle sadece çorba içeceğini söyledi.

O akşam nedense kimse yemek yemek istemedi. Herkes mercimek çorbasıyla yetindi. Kimse sofrada konuşmadı. Hanımım birkaç kez iç geçirdi ve iki dudağının arasında fısıldayarak, "Ben kendimi keyifsiz hissediyorum, müsaadenizle gidip yatacağım," dedi. Bu kez benden eşlik etmemi istemedi. İlaçları da sormadı. Bu durum beni şaşırttı, hatta onun hasta olabileceğini bile düşündüm. "Sizin için ne yapabilirim?" diye sorduğumda. Yanıtı soğuk bir ses tonu ile "Hiç!" olmuştu. Kadın uzaklaşınca Hatice kocasına bakarak, "Bugün halan birilerini ziyarete gideceğini söyledi. Kadın taksi çağırdı ve birkaç saatliğine yazlıktan ayrıldı. Geldiğinden beri de böyle," dedi. Konuşmalarını duymazlıktan gelsem de, çoktan başımda soru ordusu toplanmıştı. Hanımım nereye gitmiş olabilirdi? Üstelik beni yanına almadan. Hemen hemen her sokağa çıkışında beni kuyruğu gibi yanından ayırmazdı. Birilerini ziyaretlere de beraber giderdik. Orada da özel istekleri bitmediği için bana muhtaçtı. Hatta bazen bazıları kıskançlıktan çatlasın diye beni yanında taşırdı, diye düşünüyordum. Ya bugün? Demek benden onun için bir bir buçuk saat de olsa kurtulmak istedi. Demek benimle gidebileceği bir mekân değildi burası? Peki, nereye gitti? Kimi ziyaret etti?

Seçkin'in ağzından çıkacak olan kelimeleri merakla bekledim. Seçkin'in o an karısının söylediklerini duyduğunu sanmıyordum. O hâlâ bugün benim gördüğüm kadınla maceralı buluşmasını yaşıyor gibi mutluydu ve yüzünde hâlâ aptal bir gülümseme vardı. "Sen beni duymuyor musun?" diye sordu kadın asabiyetle. "Evet... Ne bileyim ben..." dedi Seçkin. Oracıkta koltuğun birinde oturan Sinem burnunu öyle kuvvetle çekti ki herkes dönüp ona baktı. O ise kimseyi görmüyor, kan çanağına dönmüş gözlerini ovuşturuyordu. Hayret ettim içimden, bugün herkes neden bu kadar uysaldı. Hatice ne olduğunu anlamadan onu bir müddet sessizce süzdü. Seçkin'se sabredemeden, "Ağladın mı kız?" diye sordu. Kadının yanıtı soğuktu. "Hayır, mevsim alerjisi."

Yalan söylüyordu anne. Bal gibi ağlamıştı işte... Alerji bahane, bence onun bu duruma düşmesinin sebebi başka, yakında kokusu çıkardı nasıl olsa. Üstüne durmanın anlamı yoktu.

Hem bana ne, benimle alay eden biri için mi tasalanacaktım. Bu gergin ve mutsuz ortamdan ayrılmak en doğrusuydu. Zaten mutfakta ertesi günün yemeği için sebze ayıklamam lazımdı.

Mutfakta ne kadar oyalandığımı bilmiyorum en son saate baktığımda gecenin on birini gösteriyordu. Bu saatte evdekiler ya yatmış ya da yatmaya hazırlanıyor olmalılardı. Neyse ki her iki ihtimalde de ben evde sık sık açık unutulmuş olan televizyon ve lambaları kontrol ederdim. Tabii ki bu kez de biri oturma odasında televizyonu açık bırakmıştı. Oradan ayrılıp odama doğru yol aldım ki, Hatice'nin sesini duydum.

"Bıktım senin yalanlarından!" diye bağırıyordu. İçimden öğrendi demek, diye düşündüm. Ama az sonra yanıldığımı anladım.

"Babamın parasını yedin! Ben de seni affettim! Çünkü ödeyeceğine söz vermiştin. Hani haladan para isteyecektin?"

"İsteyeceğim."

"Ne zaman?"

"Uygun bir zamanda."

"Tabii canım, halan da seni düşünüyor. Ayol görmüyor musun kadın neredeyse açım diye ağlayacak. Borçlardan bahsediyor. Ben de aptal gibi senin arkana takılıp buralara geldim. Moruk halanın iğneli sözlerine katlanıyorum. Onun ağzının kokusunu çekiyorum. Ama yeter yarın toplanıp gidiyorum!"

"İşte bu kadar senin sevgin! Senin anlayışın! Borcumuz var ya ez beni ezebildiğin kadar! Hep öyle olmadı mı?"

Seçkin'in sesi bağırmaktan çatallaşmıştı. Biri oradan uzaklaştı yere sertçe vura vura. Ben ne olacak şimdi diye düşünürken Seçkin'in sinirden sivrilmiş sesi kulak zarlarımı titretti.

"Lena hangi cehennemdesin? Seni yanık suratlı orospu!"

Orospu kelimesi sinirimi bozdu. Kollarımı sıvadım üzerine atlayıp onu boğmaya hazırdım. Artık aklımı sadece katillere mahsus maceralar meşgul ediyordu. Yangın, duman, koku, baltanın ucundaki kan, tabutlar, mezarlıklar... O an nefes almayı kesmiştim, boğuluyordum. Kendime gelmem için kurban seçmem gerekirdi. Kurban anne, duyuyor musun kurban...

"Ne bakıyorsun kız aptal aptal! İlk defa görmüş gibi. Rakı getir bana. Peyniri de unutma."

Tek kelime etmeden onun bütün isteklerini harfiyen uyguladım. Ona şahane bir sofra kurdum, müzik istedi, açtım.

Sonra karşı odadan onu izlemeye başladım. Seçkin sofrada epey kafayı çekti. Sonra telefonda kısa bir görüşme yaptı. Görüşme yaparken Hatice'yi de onunla ettiği kavgayı da unutmuş gibiydi. Konuşmadan sonra kalktı, lavaboya girdi, işedi, ellerini yıkadı, pahalı kokusunu sıkmayı da unutmadı. Az sonra kapıya doğru yürüdü. Ayak sesini takip etim. Gecenin karanlığı onun ince bedenini siyaha boyamıştı resmen. Onu gözümden kaçırmak istemedim, hele görünmek, hiç. Seçkin bahçe kapısını araladı ve sahile doğru yürümeye başladı. Yarı yolda durakladı. Ellerini cebine koydu ve sabırsızca sağa sola bakındı. Ben bu arada palmiye ağacının arkasına saklandım.

Az sonra biri kollarını onun boynuna doladı. Kafalar birleşti.

Sonra tek beden gibi hareket etmeye başladılar. Ben de sessiz ve sinsi adımlarla onları takip ettim. İyi de ettim onlar beni hiç fark etmediler. Kara bedenler plajda kumun üzerine serildiler. Bir müddet hareketsiz durdular, sonra yavaş yavaş hareketleri hızlandı ve daha sonra ahtapota benzediler. Tam o anda tepelerine dikildim. Elimde kum tırmığın sapı vardı.

"Dünyanın çivisi çıkmış!" diye fısıldadı kulağımın dibinde biri. Gözlerimi nefretle kıstım ve her yerde seni gördüm anne.

Diz boyu utancınla rezilliğinle sen vardın! Duyuyor musun sen vardın?

Kâbus dolu günler geri gelmişti. Biri beynimi ele geçirdi.

Artık aklım şeytanca düşünüyor katilce hareket ediyordu.

Kırmızı renk gören boğa gibiydim kuvvetli ve acımasız. Tırmık sapını hedef aldığım kurbanların üzerinde kırmalıydım.

Daha hızlı daha hızlı. Yerdeki bedenleri böcek gibi ezmem gerekirdi. Onları yok etmem gerekirdi. "Daha hızlı! Daha hızlı!" diye bağırıyordu biri, bu babam olmalıydı, bu Hatice olmalıydı. İhanete uğrayan insanlar olmalıydı. Onların yalvarmalarını ve çığlıklarını duydukça zalimliğim artıyordu. Sonunda ses kesildi. Elindeki tırmık sapı sadece iki karış kalmıştı. Onu da iğrenerek ileriye fırlattım. Derin nefes aldım.

Biliyor musun anne sabah uyandığımda kollarımın ağrısı yurttaki eziyetli günleri anımsattı bana. Kalın odun kütüklerini kör balta ile parçaladığımız günleri. Ve Allah'ın sopasını hep sırtımda hissettiğimi. Ben bedelini ödedim, ödüyorum da! Ödemeyenler de ödemeli. Dün gecenin sonrasını merak ederek yattığım yerden fırladım. Parmak uçlarımın üzerine kalkarak pencereden sokağa baktım. Her şey yerli yerinde görünüyordu. Elektrik kablosunun üzerindeki sıra tutmuş kuşların sayısı epey azalmıştı o kadar. Ve sen anne sen yoktun. Bana sırtını dönmüştün, kaçıyordun, öz kızından kaçıyordun. Benim zalimliğimden kaçtığını anlamak zor değildi.

Sokağa çıktım ve seni izledim. Orada iki sıra kan damlası gördüğümde senin hâlâ nefes aldığını anladım. Seçkin'in odasına koştum. Oda boştu. Ama sanki buralarda biri elinde başı kopmuş bir tavukla gezinmişti. Aynı manzaraya Sinem'in odasında da rastladım.

O sabah kahvaltıyı iki kişilik hazırladım. Arzu Hanım burnunun dibinde olanlardan habersiz, sabah gazetesini okuyor ve olayları yorumluyordu. Hatice başını sallasa da boş bakışlarından onu dinlemediği anlaşılıyordu. Sanırım odalarda gezen başsız tavuklardan kimsenin haberi yoktu.

8

Sanırım o gün yazın en sıcak günlerinden biriydi. Gölgede oturan insan bile kan ter içinde kalırken, ben sürekli hareket halinde hanımımın emirlerini yerine getiriyor, ev temizliyor, ocak başında yemek pişiriyordum. İsyan etmiyordum anne, çünkü daha beter günler gördüm ben. Memleketimizdeki sıcak kuru günleri unutmadım, insanın dilinin damağına yapıştığını. Yurttaki yaz günleri daha da çekilmez oluyordu. Su mu vardı sanki oralarda. Ter ve pislik kokmasın diye birileri su taşımak zorundaydı ve iki günde bir su taşıma sırası bana geliyordu. İki kilometre öteden akşama kadar su taşıdığımı biliyorum. Alnımdan akan terin gözlerimi acı acı yaktığını hâlâ anımsıyorum. Ve vücudumdaki kasların sancıyarak titreyişini... O günkü ödülümüzse bir parça sabun olurdu.

"Lena!" diye seslendi hanımım. Yanına koştum. Yeni emirlerini beklemek üzere tam önünde durdum. "Telefonlara sen cevap ver. Beni soranlara burada olmadığımı söyle."

"Nerede olduğunuzu sorarlarsa?"

"Sormasınlar!"

Biliyor musun anne o gün hanımım da benim kadar mutsuz ve agresifti. Sebebini tabii ki bilmiyorum ama zamanla öğreneceğimden emindim. Onun benden başka kimsesi yoktu ve ne olup bittiğini bana açılmak zorunda kalacaktı.

İlk arayan Seçkin olmuştu. İstanbul'dan arıyordu. Para tatlı tabii ki hanımımdan vazgeçmeye niyeti yoktu. Burada yok dediğimde şaşırdı. "Ya..." diye uzattı telefonun öbür ucundan. Ben de, hanımım görmeden sanırım kafa dinlemek içindir bu numara, dedim. Kahkahası hâlâ kulaklarımda. Kapıya gelen komşularsa kaşlarını kaldırarak, ellerindeki kurabiye dolu tabaklarla geri döndü. Ben insanları geri yollarken hanımım oturma odasında geniş koltuğun birinde oturuyordu.

Her zaman açık olan televizyon kapalıydı. Oda sessizdi. Bu durumda çoğu zaman uyuklayan kadın bu kez uyumuyordu.

Senin gibi anne, sanki o da evden kaçmak için fırsat kolluyordu. Odaya birkaç kez girdim. En son gece birde benden ayran istedi. "Tuz koyma," dedi. Ayranı içti ve yatağına yattı.

Bodrum kattaki odama gittim uyumak için. Kendimi yatağa attım. Kısa sürede uyumuşum. Ne kadar uyuduğumu bilmiyorum. Sanki tuhaf bir ses duyar gibi oldum. Sanki biri, "Lena, Lena!" diye bana sesleniyordu. Gözlerimi açmadım.

Yastığıma daha sıkı sarıldım. Duyduğum sesi babamın sesine benzettim. Onu anımsadım. Yüreğimin acıdığını hissettim.

Sanki içim eriyordu. Titredim, ayaklarımı karnıma çektim.

Artık ses duymuyordum. Ama babamın görüntüsü aklımdan çıkmıyordu.

O gün babam benim yatağımın başucuna oturmuştu. Gözlerim kapalıydı ama uyumuyordum. Kim bilir kaç dakika beni uyurken izledi. Saçıma yavaşça dokunduğunu anımsıyorum.

Sonra yüzümü okşadı. O zaman yüzüm güzeldi. Sonra tıpkı şimdi duyduğum sesle, bana "Lena, Lena!" diye seslendi.

Gözlerimi daha sıkı yumdum, açmadım. Korktum. Bana annemizin öldüğünü söyler diye korktum. Çünkü babam anneme, "Bir gün bir yerde ölüp kalacaksın ve o pis leşini ben gömmek zorunda kalacağım ne yazık ki," diyordu. Sonunda babamın hâlâ orada olduğunu hissedince inadımdan vazgeçip gözlerimi açtım. O gün babam ağlıyordu. Babalar hiç ağlar mı? Benim bildiğim babalar ağlamaz, babalar güçlü kuvvetli olur. Filmler de böyleydi, komşu çocukların babaları da öyle. Baba küçük kardeşimin elinden tutmuştu. O ağlamıyordu ama oyuncak Dodo'ya sıkı sıkı sarılmıştı. Belli ki o da benim gibi korkuyordu. "Haydi kızım sallanma kalk, babaanneniz bizi bekliyor," dedi babam. İsteksiz isteksiz kalktığımı anımsıyorum. "Neden babaanneye gidiyoruz?" diye sordum. Babam susmuştu. Sadece ne söyleyeceğini bilmediği zaman susardı. Bu beni daha da çok korkuttu. Babamsa beni kolumdan çekiştiriyordu. O zaman kardeşim "Kalk abla! Kalk!" demişti. Kalktım ve babamın elinden tuttum. Babam bizi arkadaşından ödünç aldığı, üç tekerli motora bindirdi. Zindan gibi karanlığa karışarak babaannenin evine doğru yol aldık. Evden çıkarken annemin yatağına bakmıştım, annem orada uyuyordu. Aklımda bir sürü soru uçuştu. Neden annemizi evde bırakıyorduk? Neden babaanneme gece gidiyorduk? Kaçıyor muyduk? Kardeşim küçücük kollarıyla bana sarılmıştı. Başını göğsüme koymuştu. Titriyordu.

"Üşüyor musun?" diye sorduğumu anımsıyorum. Hayır diye başını salladı. Ne kadar yol aldığımızı bilmiyorum. Ama babaannenin evine vardığımızda hâlâ karanlıktı. Kadın bizi kapının eşiğinde bekliyordu. Bizi görünce ayağa kalktı, kollarını açıp ikimizi birden kucakladı.

Evi çok eski ve küçüktü. Bizim evden daha kötü koktuğunu anımsıyorum. Elektrikler yoktu. Gaz lambası yanıyordu. Kurumuş ve tekrar ıslatılmış ekmeği vardı. Yatak yayları sırtımıza batıyordu. Ağlamaya başladım çünkü bu babaanne komşu çocukların babaannelerine benzemiyordu. Ondan korkuyordum. Bir bakmışsın sevecen bir bakmışsın cadı olmuş.

Ne zaman uyuduğumu hatırlamıyorum ama bir ara babamın sesine uyanmıştım. Babam gelmişti. Babaannemin önüne oturmuş ağlıyordu.

"Yapamadım! Onu öldüremedim. O ise o beni her gün öldürüyor. Namusumu, şerefimi iki paralık etti bu orospu! Ama işte bende cesaret yok ki. Elime baltayı aldım. Onun yatağına yaklaştım. Ölü gibi uyuyordu. Kendime emrettim. İşini bitirecektim. Öldür ki nefes alasın dedim. İki kolumu birden havaya kaldırdım. Ama indiremedim. Vicdan anne, vicdan, huyum kurusun işte, yapamadım. Kolumu indiremedim. Oysa o ölmeyi çoktan hak etmişti."

O gece altıma işedim. Suçu da yanımda yatan ve benimle birlikte ıslanan kardeşime attım.

"Lena! Allah'ın cezası kalk! Ölü gibi uyuyorsun," diye bağırdı biri.

Gözlerimi açtığımda hanımım tepemde dikiliyordu. Hemen ayağa kalktım ve o aptal gülümsemeyi takındım. "Sırıtma sırıtma! Hazırlan gidiyoruz!" dedi kadın ve odamdan çıkmaya hazırlandı. Sokakta taksi kornayı çalınca, kadın geri dönüp açık olan pencereye doğru koştu. Allah bilir oradan taksiciye bağırmak, küfür etmek istedi ama sadece pencereyi sertçe çarpmakla yetindi. Sonra da söylene söylene merdivenlerden çıktı.

"Geri zekâlı adam! Gece yarısı korna mı çalınır? Elaleme burada olduğunu duyuracak. Yarın işin yoksa herkese dert anlat. Ah Tanrım neden bütün çatlaklar beni buluyor?"

Bu laflarla ne demek istediğini bilmiyordum ama artık onun arkasından yavaş yavaş yürümekten vazgeçmiştim.

Hızla yanından geçerken kadını neredeyse düşürecektim. O bunu hak ediyordu ama benim sinirlerimi zorluyorsa, beni tanımıyor demektir. Ben yanıma sadece cep telefonumu aldım ve onunla beraber taksiye bindik. Sürücü konuşmayı seven bir tiptendi ki, birkaç kez hanımıma soru sordu. "Hastanız mı var?" falan filan. Ama hanımım onu "İşine bak kardeşim," diye tersledi.

Biliyor musun anne hanımım o gün sinirliydi, bu yolunda gitmeyen bir şeyler olduğunu gösteriyordu.

Yirmi dakika sonra Kuşadası'ndaydık. Kapının önündeki sokak lambası yanmıyordu. Hanımım bana sokak kapısının anahtarını uzattı. Sabırsızca kapının açılmasını bekledi. Bahçeye girdiğimizde sanırım düşme korkusundan koluma girdi ve sessizce yanımda yürüdü. Bahçenin öbür kısmı aydınlıktı, artık bana ihtiyacı yoktu, iki adım öne geçti ve onu kimse duymuyor düşüncesi ile içindekileri boşaltmaya başladı:

"İnsanlık ölmüş be, ölmüş!" Ben onun yüzüne şaşırarak baktığımda, "Ne dikiliyorsun oradaki kolileri eve taşı!" diye bağırdı ve bahçenin bir köşesine bizden önce biri tarafından bırakılan koli yığınını parmağını uzatarak gösterdi. Ses etmedim ve hanımımın isteği üzerine kolileri eve taşıdım. İşimi bitirdiğimden gece yarısı olmuştu. Hanımım oturma odasına girdi. Onu takip ettim. Kadın pahalı ahşap dolapların içinde düzenli bir şekilde duran antika ve sanırım maliyeti yüksek sırçaları, gazeteye sarıp kolilere yerleştirmemi emretti. Ben bütün bu işleri yaparken o oradaki koltuğun birine oturup beni izledi. Bir yere mi taşınıyoruz, diye soracaktım ama beni tersleyeceğini ve doğru cevap vermeyeceğini bildiğimden sustum.

Sen de bir gün bohçanı toplamıştın anne. Ben sana anne nereye gidiyoruz diye sorduğumda, "Cehennemin dibine!" demiştin, hatırlıyor musun? Ben o zaman cehennemin dibinin ne olduğunu bilmiyordum ama sayende öğrendim. Ben o zaman sensiz kalmaktan çok korkmuştum. Kardeşim de korkmuştu.

O benim yakama yapışıp ağlamıştı. Sen bizi düşünmedin, bırakıp gittin. Sonra komşulardan, senin bir adama kaçtığını duydum. Komşular başka ne dediler biliyor musun? "Sürtüğün kaşıntısı tuttu. Çocukları, yavruları ezip gitti. Onları Allah'a emanet etti," dediler. Eğer öyle yaptıysan, sana söyleyeyim, bizi bir daha Allah'a emanet etme. Oysa o zaman ben sana ne kadar üzülmüştüm. Senin için ne kadar korkmuştum. Allah bize yardım falan etmedi. İki kez Maro Nene bizi yemek yemeye çağırdı. Başka komşular bizden, bitli olduğumuz için uzak

durduklarını söylediler. Açtık. Kardeşim çok ağlıyordu. Ben onu demir başlıklı yatağa bağlayıp sokağa çıkıyordum. Sabahtan akşama kadar çeşme başında dikiliyordum. Su almaya gelen köylülerin ellerinden kocaman kovaları koparıp zor da olsa onların gideceğe yere taşımaya gayret gösteriyordum. Sadece bunla kalsaydı razıydım. Yanımda yürüyen kendini bilmez insanlar beni soru yağmuruna tutuyorlardı, "Annen nereye gitti?

Gelmeyecek mi artık? Sizin eve adamlar geliyormuş? Tanıyor musun onları? Sana dokundular mı?" Ben o an herkesten nefret ettim anne. Herkesin başına balta geçirip onları susturmak istiyordum, ama... Vicdan sahibi olanlar da vardı tek tük. Onlar susuyordu, soru sormuyordu. Elime arada sırada ekmek tutuşturuyorlardı. O zaman topuklarımı kıçıma vurarak eve dönüyordum. Kardeşimi ağlamaktan uyuyakalmış vaziyette buluyordum. Benim geldiğimi hissediyordu sanki koca gözlerini açıp, "Ablam!" diye haykırıyordu. Ben onu sevip, tatlı sonla biten masallar anlatırken, o bütün masallardaki kötü cadının sen olduğunu bilmiyordu.

Üç hafta boyunca yoktun anne. Üç hafta. Sonra bir gün çıkıp geldin. Saçların kısa kesilmiş, sarıya boyanmıştı. Çok zayıfladığını anımsıyorum. Bir de bronzlaşmış, çikolata rengine dönmüş tenin. Bikinilerin izleri duruyordu. Karnında küpen sallanıyordu. Aa bir de yanık, ısırık diş izleri vardı bedeninde. Suskundun, kusuyordun, su içip onu da çıkarıyordun.

Belli ki hastaydın, belli ki seni hırpalamışlardı. İyi olmuş diye geçirmiştim aklımdan ve sana hiç ama hiç acımamıştım. Babamız senin geldiğini kimden ne zaman duyduysa üç haftadır eve uğramayan adam çıkıp geldi birden. Senin boğazına sarıldı. Seni öldüreceğini söyledi. Epey dayak yedin ama sen onu yine yalan dolanla kandırmayı başardın. Ben bir köşede hıçkırıklara boğulurken, siz bağıra bağıra sevişiyordunuz. O gün ikinizden de nefret ettim.

Hanımım oturma odasında duvarın dibinde boydan boya duran ahşap vitrini öne iteklememi istedi. Vitrinin gizli tekerlekleri sayesinde onu tek elimle ve omzumla itekledim. Arkasında kolilerin içinde ne olduğunu bilmiyorum ama hepsini kapının dibine taşıdım. Sonra hanımın emri üzerine şöminenin üzerinde duran o güzel porselen kızları büyük bir titizlikle beyaz kâğıtlara sardım ve geniş kolilerin içine yerleştirdim.

Belli ki evin değerli eşyalarının çoğu yolculuğa çıkıyordu ama nereye? İçimden acı acı gülümsedim, nereye olursa olsun onlar hep titizlikle ele alınırdı, hoşnutlukla izlenirdi. Ya ben?

Taksi geldi ve kolileri bagaja yüklendi. Taksici kısa sürede bizi deponun birine getirdi. Arabadakileri, hanımımın şoförüne dediğine göre kitap dolu kolileri orada boşalttık. Hanımım,

"Bugün, sen bir şey görmedin! Hatırlatmam gerekmiyor değil mi?" diye uyardı beni. Kafamı evet anlamında salladım. Bir hafta içinde evde kalan antikaları, ipek halıları da taşıdık. Malını neden ya da kimden kaçırdığını anlamış değildim. Ama bir şeyler döndüğünü hissetmemem için aptal olmam gerekirdi. Kısa bir süre sonra, hanımım telefon edenlere ve kapıya onun ziyaretine gelenlere timsah gözyaşları dökerek, rahmetli eşinin borçlarından dolayı eve icra geldiğini söylemeye başlamıştı. İşin aslını öğrenmeseydim çatlardım herhalde.

Nereden başlayacağımı bilmediğimden, ilk olarak rahmetli Temel Amca'nın kapısını çaldım. Evde kimse yoktu. Karşı barakada yaşayan esmer kadın benim sesime kapıya çıktı.

Bana, "Onlar taşındılar kızım," dedi.

"Nereye?"

"Ev aldılar."

"Ev mi?" diye şaşırarak haykırdığımı anımsıyordum.

"He, ev ya..."

"Paraları var mıymış?"

"Vardı demek."

Adresini sorduğumda ise bilmediğini söyledi. Hiçbir şey bulamadan eve doğru yol aldım.

9

Digomi'de beni Saşka Bey'in otelden benim için yolladığı araba bekliyordu. Arabayı otobüsün geniş penceresinden gördüm.

Koltuğa ölü gibi yapışmış bedenimi zor kaldırdım. Malûm, memleketim beni boğuyordu. Ama vizemi yenilemem için bu duruma katlanmak zorundaydım. Başım defalarca darbe yemiş gibi ağrıyordu. Göz kapaklarım ağırlaşmıştı. Gözbebeklerim sulanıyor ve yanıyordu. Neyse ki büyük bir gayretle otobüsten indim, bagajımı bekledim, sonra da arabaya bindim.

Kısa sürede otele vardık. Otelin bahçesinde birkaç lüks arabayı görünce, işlerinin iyi olduğunu düşündüm. Sonra bana doğru hızlı adımlarla yürüyen Tamro'yu gördüm. Mavi renkli bir elbise vardı üzerinde, gür kestane rengi saçlarını salık bırakmış, yüzünde güller açmıştı. Kız ellerini iki yana açmış, "Hayat çok güzel!" diye haykırıyordu bana doğru yürürken.

Onun o sevincine şaşırmıştım, gözlerimi kocaman açtığımı anımsıyorum. "Hoş geldin kardeş!" dedi ve boynuma atladı.

Ona sıkı sıkı sarıldım ve oralarda bizi izleyen anneme tepeden baktım nispet yapar gibi. Ona, "Manana beni seviyor," dedim. Annem güldü ve her zamanki gibi beni şüpheye düşürdü. Bu kız beni gördüğüne bu kadar mı sevindi? Onun yüzüne bakıyor soruya cevap arıyordum ki kızın elimden aldığı valizi birden boşluğa salıverdiğini gördüm. Benden iki adım geriye giden kızın yüzü birden asılıverdi, korkmuş gibi görünüyordu, karnını iki eliyle avuçlayan kız derinden iç geçirdi.

"İyi misin?" diye sordum. "Evet," dedi kendinden şüpheli bir ses tonuyla. "Bir şey mi oldu?" diye sorduğumda, "Hayır," dedi ve oradaki belboya bana eşlik etmesini söyledi.

Odama girip kendimi yatağa attım. Gözlerimi tavana dikip, içimdeki fırtınaların dinmesi için derin nefes alıp vermeye başladım. Birden beyaz komodinin üzerinde duran vazonun içindeki gülleri fark ettim. Sanırım bunlar benim için toplanmış ve buraya bırakılmıştı. Yattığım yerden fırladım, komodinin dibine dizlerimin üzerine çöktüm. Vazoyu sokağa fırlatmak ve gülleri ayağımın altına almak geldi içimden.

Onlara daha kötü ne yapabilirim diye düşündüm. Annem sağ olsun, bu zavallı çiçeklerden de iğreniyordum. Bunlar, bu güller var ya, annemin ve o şerefsizlerin arasında gezen elçilerdi. Al gülüm, ver gülüm. Vazoyu kapı dışarıya bıraktım. O gün odamdan hiç çıkmadım.

Gece yarısı uyandım. Oda karanlık ve sıcaktı. Yatağımın içinde oturdum. Terli saç diplerimi kaşıdım. İç geçirdim, yüreğimin ağrılığı her an beni parçalayacak hissi uyandırıyordu. Boğuluyordum. Bedenimi ağır ağır kaldırdım. Pencereye yaklaştım. Perdeyi kenara çekiştirip camı açtım. Dışarıdan gelen serin rüzgâr yüzümü okşadı. Birkaç kez derin nefes alıp verdim. Bu nefes egzersizini hanımın evine gelen kadının birinden öğrenmiştim. Delirme noktasına gelen insanı bile rahatlatıyormuş. Bir de o an iyi şeyler düşünmek insana moral veriyormuş. İyi şeyler ha... Benim hayatımda iyi şey var mı ki? Beynimdeki çöplüğün içinde parlayan bir şeyler aradım.

Manana, evet Manana. Dün neden bu kadar mutluydu? Garipti. Annemden biliyorum, gariplik insanın ruhundaki çıkmazdır. Çıkmaz...

Ne işler çeviriyor bu kız? Birden sokakta koşan birinin ayak sesini işittim. Eğilip sokak lambalarının puslu ışığının altında az görülen patika yolu süzdüm. Orada iki kişi birbirini kovalıyordu. Tamro ve Saşka'yı hemen tanıdım. Belli ki tartışma yaşanıyordu. Kız kaçıyor adam kovalıyordu. Neyse ki adam kızı kolundan yakaladı. Kız kendini ondan kurtarmaya çalıştı. Kapana kısılmış hayvan gibi çırpındı. Ama Saşka onu öbür kolundan da yakalayınca bu kez kız kendini yere saldı. Adam eğildi onu belinden yakalayıp kaldırmayı denedi ama kız onu itekledi. Bu kez adam da yere eğildi, dizlerinin üzerine bıraktı kendini ve kızı çenesinden tutarak yüzüne baktı. Adam bir şeyler söylüyordu. Belli ki kızı bir konuda ikna etmeye çalışıyordu. Ama kız onu duymuyordu sanırım çünkü durmadan elinin tersiyle yüzünü silmekle meşguldü. Sonunda adam ona sarılmaya çalıştı. Bu kez kız onu iteklemedi. Ama onu kendine yakın hissetmediği de tepkisizliğinden anlaşılıyordu. Adam onun kulağına bir şeyler fısıldadı. Yaklaşık yirmi dakika bu şekilde kaldılar. Sonra savaştan dönmekte olan iki yaralı gibi birbirlerine destek olarak yürüyüp gözden kayboldular.

O sabah isteksiz de olsa indiğim yemek salonunda ne Saşka'ya ne de Tamro'ya rastladım. Cılız genç garsonun biri bana kahvaltı servisini açtı ve iri bardakla çay ikram etti.

Kahvaltı yapmam gerektiği için yaptım. Sonra içimdeki derin kederi dağıtmak için kendimi sokağa attım. Saşka'ya otelin bahçesinde başını yere eğerek boş boş gezerken rastladım. Adam otelin çevresinde yaptığı sürpriz bahçesinde zamansız ektiği gül fidanlarının solmuş yüzlerine bakıp kahrolduğunu açıkça belli ediyordu. Onları okşamak için elini uzatıp sonra geri çekiyordu. Bir müddet onu uzaktan izledikten sonra yanına yaklaşmaya karar verdim. Sanırım birinin onun yanına yaklaştığını hissetti ama öyle keyifsizdi ki, başını kaldırıp gelen kişinin kim olduğunu görmek bile istemedi. "Sizi gördüm," dedim ona iyice yaklaşarak. Adam çatık kaşlarının altından soğuk ve kızgın bakan gözlerini kırpıştırdı. Bir müddet sustu, sonra da benim ısrarcı, soru dolu bakışıma bir cevap verdi:

"Ne olmuş gördüysen?"

"Belki yardımcı olabilirim."

"Hayır," diyen adam bana sırtını döndü ve yürüdü. Ben arkasından ona yetişmeye çalıştım. Sonunda adamın önüne geçip, gözlerinin içine bakarak onu ikna etmeyi denedim.

"Biliyor musunuz bazen bayanların dilinden sadece bayanlar anlar. Bırakın da size yardımcı olayım, onunla konuşayım."

"Odasında," dedi adam ve bana tekrar sırtını döndü. Hızlı adımlarla otele döndüm. Kızın olduğu odanın kapısının önünde durakladım. İç geçirdim. Saçlarımla yanık yüzümü iyice kapattım ve kapıyı çaldım. İçerden ses gelmiyordu.

Ama onun orada olduğunu bildiğimden kapıyı çalmayı sürdürdüm. Baktım ki hâlâ cevap yok, "Tamro, benim Lena! Seni görmek istiyorum," dedim. Az sonra kapıya yaklaşmak üzere olan ayak sesini duydum. Sonra da kapı açıldı. Yüzüme bakıp tek kelime bile söylemeyen kız odanın kapısını açık bırakarak az önce oturduğu yatağına geri döndü. Arkasından içeriye girdim. Onun oturduğu yatağın kıyısına oturdum. Yatağın üzerinde rengârenk iplerle örülmüş birkaç tane bebek yeleği, patiği, şapkası vardı. Tamro'nun elinde mavi renkte bir yelek vardı. Kız hızlı el hareketleriyle yeleği sökmeye çalışıyordu.

Genzimi temizledim. Ona yakın olmak için yer değiştirdim. Eğilip asık olan yüzüne bakmaya çalıştım. O ise benimle ilgilenmiyordu. Onun sökmeye çalıştığı yeleğe dokundum.

"Güzelmiş ama sanırım bir yerlerde yanlış yapılmış değil mi?" diye sordum. Kafasını kaldırdı. Bana öyle bir ters baktı ki, her an tokatlanacağımı sandım. "Özür dilerim, sanırım canın sıkkın," dediğimde her an ağlayacakmış gibi çenesi titredi. Cesaretimi toplayıp omzuna dokundum. "Kötü bir şey mi oldu?" dedim. Kız kendini daha fazla tutamadı, ağlamaya başladı.

"Bebek! Dün akşam bebeğimi düşürdüm," dedi.

"Nasıl yani?"

"Senin o kahrolası valizini kaldırdım."

"Dur! Dur! Dur!" dediğimde kızın iki elini de sıkı sıkı kavramıştım. "Sen benim yüzümden çocuğunu mu düşürdüğünü söylüyorsun?"

Kız kekelemeye başladı. Sanırım bana nasıl izah edeceğini düşünüyordu.

"İki gündür adetim gecikmişti, itiraf et valizin ağırdı."

"Haklısın ama... Sen o zaman neden buradasın? Neden doktora gitmedin?"

"Kocam, hamile olduğunu nereden çıkardın, gecikmiş olamaz mı, diye söylenip duruyor zaten. Ama o erkek, erkekler bu işlerden ne anlarlar... Ama anneler hisseder."

Artık ayaktaydım. Odanın içinde asabi ve hızlı adımlarla dört dönüyordum. Burada gördüğüm duvarlar bebek resimleriyle dolmuştu.

Bebek resimleriyle, duyuyor musun anne? Benimse bebekliğime ait tek bir resim bile yok. Sen bizim varlığımızı öğrenince ne hissettin? Hiç, değil mi? Yok burada benim yanlışım var! Tiksinti hissetmişindir. Tabii başka ne olabilir. Bizi karnında taşımak sana ıstırap vermiştir. Hamile kadını kaç kişi becermek ister ki? Neyse ki memlekette köpek çok. Ya bizden kurtulmak için ne yaptın? Nerelerden atladın? Sırtını kime çiğnettirdin? Ha bu arada hesabını sormayı unuttum babamız denen adam gerçekten babamız mı?"

"Durun artık!" diye bağırdı Tamro. "Sizi suçlamak belki de doğru olmaz, ama özür dilerim ben böyle hissettim."

Kızın yanına yaklaştım. Elimin tersi ile alnımdaki teri sildim. Derin derin iç geçirdim. Onun eline dokundum. "Benden ne yapmamı istiyorsun?" diye sordum. Kız sinirini belli eden bir kahkaha patlattı.

"Haklısın. Sanırım özeline karıştığım için özür dilemem gerek ama bunu yapmayacağım, çünkü ablalar kardeşlerinin hayatına karışırlar."

İçim titredi. Annem oradaysa bizi dinliyordu ve bu durum bana katil olduğumu hatırlatıyordu. Üç kişinin katili. Kendinden ölesiye nefret eden kaç kişi vardır hayatta? Hiç, dedim ve derin bir oh çektim.

Az önce kızın bana gülümsediğini gördüm. Silkindim ve "Biliyor musun, Türkiye'de ne derler?" dedim.

"Ne?"

"Üç çeşit anne varmış. Altın anne, gümüş anne ve bakır anne. Bütün kalbimle inanıyorum ki sen altın anne olacaksın.

Altın anne." Kızın titrek ellerine dokundum. Ağlıyordu.

"Bana güvendiğin için teşekkür ederim. Bana destek olmaya çalıştığın için kardeş," dedi. "Ama sorun sadece bu değil, sorun kocamın çocuk istememesi." Kız da iç parçalayıcı bir oh çekti. "Önce bunu açık açık söylüyordu, ben çocuğa bakamam diyordu. Çocuk bakmak mesuliyet ister diyordu. Ben bu yaşta kız ya da oğlanın peşinde koşamam diyordu. Onun bu söyledikleri bana delice geliyordu. İnsanoğlu kendi kanından, kendi canından evlat istemez mi hiç? Beni sevmediğini, bu yüzden çocuk istemediğini söyledim ona ama bunu kabul etmedi. Peki, o zaman? Evladıma ben bakarım diye bağırdım, ağladım, yalvardım. Ama o karşımda duvardı sanki."

"Belki korktuğu başka bir şey var?"

"Korktuğu mu? Hayır. O söylemiyor ama ben aptal değilim. Maddi durum çok kritik. İki üç müşteri koca oteli ayakta tutar mı? Ne kadar kendimiz idare etmeye çalışsak da bir iki kişi eleman almak zorundayız, her şeyi biz yapamayız ya.

Sonra geçenlerde borular patladı. Masraf çok fazla, personelin maaşı... Bazen kocamı hesap defterinin içine gömülmüş halde buluyorum, ses etmiyor ama çıkmazda olduğu besbelli. Memleketimiz berbat durumda, sefillik diz boyu. Şükret diyorum ona. Ama ne desen ne yapsam onu teselli edemiyorum. Yüzüme bakıp çok biliyorsun sen, diye homurdanıyor.

Son zamanlarda iyice saldırganlaştı. Ufacık bir şey bile onu rahatsız ediyor! Bağırıp çağırıyor. Ben de dayanamıyorum artık. Karşılık verince de üzerime yürüyor."

"Sana el mi kaldırıyor yoksa?" dedim ve oturduğum yerden sıçradım.

"Hayır! Hayır! Daha öyle bir şey olmadı. Keşke aramızda anlaşabilsek. Ama hayır! Biz küseriz ve artık birkaç gün hatta hafta ağzımızı açmayız. Öyle durumlarda kendimi yapayalnız hissediyorum. Kahrımdan ölüyorum. Çocuğum olsaydı her şey farklı olurdu, diye düşünüyorum. Biz hiçbir zaman zengin olamayız, çocuğumuz da mı olmasın yani?"

"Belki biraz zaman gerek ha? Belki kendinizi toplayınca o da razı olur."

"Olur mu canım! Her şeyin yaşı ve zamanı var! Yaşım az değil ki otuzun üstündeyim. Daha ne bekleyeceğim ki? Doğurganlığımı kaybetmemi mi? Hem neden ömrümü yapayalnız geçireyim ki?"

Tamro'nun öfkesi dinmek bilmedi. Anladım ki ne desem boş, onun için bir şeyler düşüneceğimi söyledim. Belki kocanı ben ikna ederim dedim ama hemen şimdi değil, yangına körükle gidilmez.

Tamro ile vedalaşıp odasından ayrıldım. Kendimi karanlık odamda beyaz örtülü yatağın üzerine bıraktım. Dayak yemiş gibi yorgundum. İyi niyetim geçmişime kafa tutuyordu, içimde kanlı bıçaklı savaş yaşanıyordu. Neyse ki az önce Hatun Teyze'yi hatırladım ve düşüncelerim ona doğru yoğunlaştı.

Kadının sokaklarda çıplak ayakla koşması gözümün önünde.

O zavallı kadın hastalanıp ölen çocuğunun bir gün eve döneceği hayaliyle yaşıyor. Onun her ses duyuşunda "Kızım eve geldi!" diye bağırışını hâlâ duyar gibi oluyordum. İnsanlar ona deli diyorlardı. Ana ben onun altın anne olduğuna ta o zaman inanmıştım. Çünkü ben onu herkesten çok dinledim.

Kızını anlatıyordu. Onun yaramazlığını, sevimliliğini, onun saçını tarayışını, bir yastığı ayağının altına birini de başının altına alarak uyuduğunu, kavunu sevdiğini, inatçılığını...

Kadın kızı ile yatıyor, kızı ile kalkıyordu. Ben o zaman ölmüş olan o çocuğu öylesine kıskanmıştım ki... Kadının yanına gidip gidip onu anlatmasını istiyordum. Kadın beni sevmişti anne, çünkü ben onun kızını sevdiğine inanıyordum. Bana onun elbiselerini hediye etmişti. Onun küpelerini, kolyelerini takınmıştım. Ben de o deli denilen kadını sevmiştim. Ama sen bizim sevgimizi de aldın.

O kahrolası olaydan sonra beni yurda kapattılar. Kadın benim ziyaretime gelmedi. Tam sekiz sene sonra ben onu ziyaret ettiğimde beni tanımazdan geldi. O sevginin de öldüğüne inanmak zorunda kaldım. Senden nefret ediyorum anne, bunu bil!

10

"Aslında pazar bu saatte pahalı olur ama sen çürük sebzeleri toplama diye ne yazık ki ben de buralara kadar sürüklenmek zorunda kaldım," dedi hanımım ve burnunu kıvırdı. O gün sanki kadına inat pazar çok kalabalıktı. Birbirlerinin yolu kesen tahammülsüz insanların soğuk bakışları, iğneleyici soğuk kelimeleri her yerden duyuluyordu. Vahşi kalabalığın sesini bastırmaya çalışan pazarcılar malların adlarını ve fiyatlarını herkese duyurmak için gırtlaklarını parçalama pahasına bağırıyor, dikkat çekmeye çalışıyorlardı. Sesi ve dili kuvvetli olan pazarcının tezgâhı insan yığınına uğruyor, insanlar birbirlerini ite kalka alışveriş yapıyordu. Hava o gün serin olmasına rağmen herkes kan ter içinde kalmıştı, sanki pazara değil de savaşa çıkmışlardı mübarek. Hanımım bu tür ortamlardan nefret ediyordu ama nedense her zaman olmasa da benimle pazara çıkıyordu. Kadın pazarın kalabalığını iğrenerek süzdü ve "Sen becerikli olsan benim ne işim var burada," diye homurdandı.

"Size de iyi gelir hanımım, başka türlü sokağa çıktığınız yok," dedim aptal gülümseyişimle.

"Çok biliyorsun sen!" diyen kadın yerlere takılıp düşmemek için kolumu iyice kavradı. "Ben çürük sebze getirecektim eve ha... Bir güzel dayak yerdim."

"Kimden Hanımım?" diye sorduğumda kadın söylediğine pişman bir şekilde, "Sen her şeye burnunu sokma bakalım. İşine bak. Bu domatesleri seçiver bana," dedi ve en sakin olan tezgâhı işaret parmağıyla gösterdi. "Bana bak içi sarı kılçıklı olmasın, biliyorsun değil mi, yemem, ne bu böyle kanserli gibi."

"Pozitif düşünün hanımım."

"Sana düştü bana akıl vermek."

"Yok onu ben demedim. Televizyonda profesör dedi."

"Kim? Kim?"

"Profesör hanımım."

Kadın bana öyle soğuk ve tiksinti dolu bir bakış attı ki, hemen sesimi kestim ve karşımda dağ gibi yığılan domateslerin en iyilerini seçmeye başladım. Aklımdaki şeytansa kadının söylediğini (bir güzel dayak yerdim) sevinçle tekrar tekrar mırıldıyordu. Demek onun da hayatı güllük gülistanlık değildi. Demek hanımım de öfkenin esiri. Demek ben yanılmıyorum. Sessizce onun yanında yürüyor onun ne yapabileceğini düşünüp yakıştırma yapıyordum. Temel Amca'yı tavukla zehirledi. Ama neden? Ne biliyordu bu adam?

Birden biri hanımımı kolundan çekti ve ona sıkı sıkı sarıldı. Bu orta yaşlarda, gayet bakımlı, neşeli, sosyetik bir kadındı. Neşe dolu bakışla hanımımı süzüyor, "Aa... Arzu Hanım uzun zaman oldu, sizi burada göreceğimi hiç ummuyordum," diye haykırdı. Hanımımın yüzüne baktığım da şaşkınlık, tedirginlik ve ani bir sevinç yaşadığını gördüm. Dilini yutmuş gibi bir müddet sustu. Belki de susmayı tercih etti ama kadın onu kollarından sıkı sıkı kavrayıp sarılmaya çalışınca, hanımım da kadına karşılık verdi: "Ayten Demirbaş! Seni tanımak mümkün değil, o insanın içini kavuran tatlı bakış olmasa, seni tanıyamazdım."

"Ya... ya..." diyen kadın uzunca kahkaha attı. Sonra hanımımın omzunu okşadı. "Ah kader, kimi nereye savurur belli değil. Seni buralarda göreceğimi hiç ummazdım.

Senelerdir senin nerede olduğunu, nasıl olduğunu düşünüp duruyordum. Ama seni iyi gördüm. Evet, evet iyi gördüm."

"İyi Allah'a şükür. Sen de iyi görünüyorsun, her zamanki şıklığın, zarifliğin üzerinde. Ya sen, İstanbul'u hiç terk etmedin değil mi? Oradasın?"

"Evet..." diyen kadının yüzüne birden gölge düştü. "Eşimi de toprağa orada verdim. Bu saatten sonra da bir yere kıpırdamam. Torunumun biri Kuşadası'nda mühendis, onun ziyaretine geldim."

Hanımım kadının kolunu teselli adına pışpışladı. Kadının koluna giren genç bayanı şöyle bir süzdü, "Gelinin mi?"

diye sordu. Kadın, "Bu benim kızım Gülsün," dedi. Gülsün gülümsedi. Az sonra benim de orada olduğumu fark ettiler,

"Bu hanım kız?" diye sordu kadın. "Yardımcım," diyen hanımın yüzü özüne döndü. Soğuk ve itici bir hal aldı.

***

Demirbaş ailesi o gün Mustafa Demirbaş'ın ölüm yıldönümü yapıyordu. Sarı taksiler ve özel arabalar misafirleri Mustafa Demirbaş'ın torunu olan Berkay Demirbaş'ın Kuşadası'nda lüks semtlerden birinde, deniz manzaralı arazide bulunan tripleks villaya taşıyordu. Gelenlerin üst tabaka insanlar olduğu besbelliydi. Bayanların kılık kıyafetleri gösterişliydi, apartman topuklu ayakkabılar, kalıcı makyajlar ve orasını burasını şişiren silikonlar... Onları kapıda Gülsün karşılıyordu. Kibarca önlerinde saygı ile eğiliyor, onları içeriye buyur ediyordu. Misafirler ilk olarak evin salonunda parlak taşlarla süslü koltuğun birinde siyahlara bürünmüş ve ağlayan Ayten Hanım'ı ziyaret ediyordu. Daha sonra da gelenler kendilerine oturacak rahat yer aramaya başlıyordu. Hoca gür sesi ile Kuran okumaya başladı. Baktım ki herkes başına başörtü aldı ve hocanın söylediğini takip etmeye başladı ben de başımı örttüm. Onların ne mırıldadığını bilmiyorum ama "mekânı Cennet olsun" dediklerini duydum. İç geçirdim ve kadınlarla birlikte âmin dedim. Bu âmini sana dememi o kadar çok istiyordum ki anne! Ama buna hiç ama hiç dilim varmıyor.

Hatta öfkemden çene kemiklerimin kasıldığını bir yukarı bir aşağı hareket ettiğini hissediyorum da bunu nasıl oradakilerden gizleyeceğimi bilemiyordum ki başımdaki örtüyü anımsadım. İçim acıdı.

Başörtüsü, kılık kıyafet, yabancı olduğumu gizliyordu.

Her şey beni gizlemeyi beceriyor da, ben kendimi kendimden gizleyemiyordum be anne... Hatta şu an kendi ellerimle üç kişiyi toprağa nasıl yolladığımı düşünüyorum. O kâbus dolu gün gözümün önünde. Hayat mı vardı benim için o zaman anne? Aslında olmalıydı. Daha yaşım kaçtı ki... beynimde kelebekler barınmalı ruhumda çiçekler açmalıydı ama sizin elinizde ha... Ah Tanrım, kıymetini bilmeyene neden çocuk verirsin ki anlamam. Kendi elleriyle kendi ciğerlerini lağımın içine atan insanlara çocuk ha...

Daha o yaşta yılanın zehrinden bile daha zehirli bir beynimin olduğumu hissediyordum. Bu ne demek biliyor musun anne? İnsanın öz sinir uçlarına binlerce çivi saplamaktır anne, kendi ciğerini acımasızca sürgüne sürmektir... Öfke krizlerini bilmeden tatlıyı tatmak sonra da cesetleri koklamak demektir anne. Ben bunları hissederken sen neredeydin? Bedeninden beden paylaşan varlık olarak bile yoktun. Yoktun. Ne benim ne de kardeşim Manana için yoktun. Ya kardeşim ölmeseydi.

Ya o da benim gibi pislik koklayan biri olsaydı. Allah korusun bana değil de sana benzeseydi. İtiraf ediyorum o gün o yangının olduğu gün öfkem gözümü öyle kapattı ki onu görmedim bile, görmedim. Hata yaptım görmedim. Şu an kardeşimi görüyorum, karşımda ufacık, ağlamaklı, masum bir yüzü var.

Saf, bana o kadar çok inanmıştı, o kadar çok sevmişti ki beni kördü. Ya ben? Nasıl yaptım bunu? Ondan, kardeşimden ne istedim. Senin karnından olduğu için mi onu cezalandırdım, aslında öyle ama bunu kabullenmek istemiyorum. Acaba ateş ufacık cılız bedenini elbisesinden mi yakalayıp kemikli gövdesine mi yayıldı. Yoksa ilk önce kirli saçları mı tutuştu. Yanarken çığlık attı mı? Ağladı mı? Canı çok yandı mı? Çok bağırdı mı? Çabuk öldü mü? Babam neredeydi? O nasıl yandı?

O katilin kızı olduğunu anlamamıştır inşallah? Ne fark eder ki şimdi. Yok, yok o da senin gibi kalpsizdi, üstüne üstlük o gün kör kütük sarhoştu. Ya kardeşim? Arada sırada beni yoklayan vicdan. O gün o lanet gün, neden geç kaldı, neden her şey bitmişken damarlarıma sızdı? Benim de insan olduğumu, merhametimin olduğunu hatırlatması gerekirdi. Ateşe atmak istedim kendimi, ben de yanmak istedim. Yok olmak istedim. Manana'nın hissettiğini ben de hissetmek istedim ama komşular beni kollarına almış delilik yapmamı engellemişti.

Canımın acıdığını hissediyordum. Beni bırakmaları için yalvarıyordum. Ama çırpınan bedenimi zapt etmek için beni sıkı sıkı tuttuklarını hâlâ o günkü gibi hissediyorum. Bir şeyleri sormaya ne olup bittiğini öğrenmeye çalışıyorlar ama ben avazım çıktığı kadar bağırıyorum. Yok, yok bağırmıyorum dövüne dövüne ağlıyorum. Kardeşimin saçının, elbisesinin, nasıl alev aldığını görmüyordum ama hissediyordum. Sonra bir patlama sesi duydum, yüreği patladı, başı yok, bedeni paramparça oldu. Ağladım, ağladım, ağladım...

Biri bana sert bir tokat attı, biri "Krize girdi, krizde bu zavallı," dedi. Biri, yakını mıydı Mustafa Bey?" diye bağırdı.

Biri ellerimi avucuna aldı ovalamakla meşguldü. Birden ayıldım. Karşımda hanımımı gördüm, eğilmiş bana bakıyordu, korkmuştu, çok korkmuştu. Beni kapı dışarı çıkardılar. Artık kendimdeydim. Hanımım yanımdaki koltuğa oturmuş hâlâ korku dolu bakışlarla beni izliyordu. Belki bir açıklama bekliyordu, kadın kızarmıştı. Benden utanmış olmalıydı. Tabii ya, ben onun utanmasına sebep oldum.

Az sonra yanımıza Berkay Demirbaş geldi. Eğilip hanımımın kulağına bir şeyler fısıldadı. Hanımım hayır der gibi başını hafif salladı, sonra da ayağa kalkarak oradan uzaklaştı.

Tam beni unuttuklarını sandım ki, yanıma Gülsün yaklaştı.

Yüzünde iri duran burnunu kaşıdı ve koyu sarı gözlerini kıstı. Pembe parlak dudağının sol köşesini burnuna doğru kaldırdı, isteksiz isteksiz: "Benimle gel!" dedi. Onu takip etmek zorunda kaldım. Az sonra dev aynalarla süslü asansör bizi zemin kata bıraktı. Dar bir koridordan geçtik ve beyaz bir kapıyı araladık.

Oda tamamen beyaza boyanmıştı. Çift kişilik yatak, yatağın demir başlığı, dört kapaklı elbise dolabı, yatağının sağda solda duran iki komodini, onlar da beyazdı. Gülsün bana yatağının ayakucunda duran beyaz pufu gösterdi ve oturmamı istedi.

Oturdum, o da karşımdaki sandalyede oturdu. İkimiz de susuyorduk. Sessizliği o bozdu: "Eğer kendini iyi hissediyorsan müsaade et gidip işime bakayım, sonra gelip sana yiyecek getireceğim," dedi. Başımı sallayarak onay verdim. Kız oradaki aynanın yanına koştu. İki işaret parmağını tükürükle ıslattı, belli belirsiz sarı kaşlarını düzeltti. Aynada kendine gülümsedi ve iri kalçalarını sağa sola sallayarak odadan çıktı. Geri döndüğünde elinde yemek dolu tabak vardı. "Sana yemek getirdim," dedi ve tabağı bana uzattı. Sonra da beni bir zavallıymışım gibi kaşlarını çatarak, acıyarak süzdü. Yanıma iyice yaklaştı. Bir şey varmış gibi kararsız, tutarsız hareketler yapıyor ama konuşmuyordu. Sabredemedim, "Bir şey mi oldu?" diye sordum. "Hayır," dedi başını sallayarak. Ama sonunda o da sabredemedi:

"Üzüldüm sana kız," dedi ve timsah gözyaşları dökmeye başladı. Onun bu tuhaf haline şaşırdım. Sonunda baktım ki ciddi ciddi ağlıyor, "Ne olmuş bana?" diye sordum.

"Daha ne olacak zavallım, ana babanı yangında kaybetmişsin. Unutmak kolay değil haklısın, şimdi neden krize girdiğini anlıyorum." Kız boynuma atıldı. Başını omzuma koydu ve omuzlarını hoplata hoplata hıçkırıklara boğuldu.

Çaresizce onun omzunu pışpışladım.

"Bak ben artık ağlamıyorum," dedim ve onu iki omzundan da tutarak kendimden çektim. "Sana kim anlattı bunları?" diye sordum.

"İçerde hanımın anlatıyor, baban da annen de öğretmenmiş. İyi bir ailede doğmuşsun fakat yangın onları senden almış. Kız hâlâ ağlıyordu.

"Boş ver!" dedim ve yüzümün yanık olan kısmını sinirle kaşımaya başladım. Kız bu kez yanık yüzüme dikkatle bakıp yaygarayı bastı, "Sen yangın sırasında ateşe mi attın kendini yoksa?"

"Daha neler!" dedim. Gülsün ağlamayı birden kesti ve ne olup bittiğini yüzüme bakarak öğrenmeye çalıştı. "Ben orada yoktum," dedim. "Yani Allah'tan yoktum!" dedim ve ekledim ama keşke orada olsaydım ve ben de ölseydim.

Biliyor musun anne o gün belki değil ama o günden sonra her gün ölmek istedim. Sonra da düşündüm, taşındım. Senin yarattığın canavar neden ölsün? Neden yaşamasın ki?

"Ee başka ne dedi hanımım?" diye sordum saf saf bana bakan kıza.

"Aslında çok iyi ve sakin biri olduğunu. Bir de şahane yemek, börek çörek yapıyormuşsun."

"Ya... Öyle mi dedim ve kahkaha attım. Bana hiç bunu söylememişti."

"Söylemezler bilirim ben bunları. Şimdi de seni değil kendini düşünerek konuştu, rezil oldu. Durumu kurtarmak lazım."

"Sen öyle diyorsan."

"Öyle öyle, senelerdir bunlara köpek gibi hizmet et bir gün karşı çık bak seni nasıl azarlıyorlar. Köleleri satın aldılar mübarek.

"Sen burada mı çalışıyorsun yoksa?"

"Kızım diyor, değil mi? Bana ev verdi ya her yerde övünecek ya, ama ben bu ev uğruna senelerdir kendimi parçaladım.

Köpek gibi çalıştım. Yaa öyle güzelim. Burada kimse kimseye bedavadan günahını bile vermez, bunu bil. Bütün gençliğimi burada harcadım. Yıka pişir temizle... Ayten çağırdığında yanında bitmek zorundayım. "

"Sus kız duyacaklar şimdi!"

"Duysunlar, umurumda sanki! Bir gün tepem atacak, al evini sok münasip yerine diyeceğim, ne bu be!"

Birden bir zil sesi duyuldu. Kız tokat yemiş gibi silkindi.

Duvardaki telefon ahizesini kaldırdı. "Evet," dedi ve telefonu kapattı. Sonra bana dönerek bu akşam bizim misafirimizsiniz dedi. "Ne güzel," dedim ve ikimiz de uzun uzun bakıştan sonra kahkaha patlattık. O günden sonra da ziyaretlerimiz sıklaştı.

Hanımım arkadaşının yanında mutluydu. İki arkadaş kafa kafaya koyarak belli ki eskileri kaynatıyordu. Biz yaklaşınca ikisi birden susuyordu. O gün Ayten Hanım hizmetçinin izin gününü unutmuş bizi davet etmişti. Gülsün bunu pek isteksiz karşıladı. Ama sonra odasına hoplaya hoplaya girdi, ellerini iki yana açtı ve coşkulu bir sesle haykırdı: "Senin moruk beni anlıyor biliyor musun? Ne de olsa o da benim gibi bir zamanlar deli bir aşka tutulmuş. Onun sayesinde benimkinden izin kopardım."

Bunları duyunca gözlerim fal taşı gibi açıldı ve "Neee?" diye haykırdım. Kız birden gereksiz konuştuğunu anlayıp sözlerini toparlamaya çalıştı: "Aa benim dediğim şey bir zamanlardı.

Umarım ağzın sıkıdır, benimkinden duydum, seninki bir zamanlar deli gibi âşıkmış."

"Kime?"

"Vallahi onu bilemem."

Gülsün'den daha fazlası öğrenemeyeceğimi hissedince merakım geçmiş gibi kıza gülümsedim ve "Ee çok seviyorsun onu ha," dedim. Kız güldü, "Evet!" dedi ve bu sırada beyaz dolabın içindeki elbiselerin neredeyse tümünü yatağının üzerine boşalttı. Sonra üzerindeki ince askılı olan mavi elbisesini çıkarıp karşımda don sutyen kalakaldı. Balıketli bedenini göstererek kalçalarını avuçladı ve "Bak bak bunlar eriyor," dedi. Şöyle bir baktım ve sustum. "Hem eriyor hem aşağı düşüyor!" dedi. "Zararı yok herhalde," dedim ve gülmemek için kendimi zor tuttum.

Aklıma sen geldin anne muhakkak seni de kalçanın düşme telaşı sarmıştır. Üstelik senin kalçan da yoktu ya. Kıza bakıp, "Boş ver kız," dedim. O ise telaşla, "Ama olur mu?

Erkekler yuvarlak kalça severler!" dedi. Biliyor musun anne bazen seni hasta olarak kabul ediyorum. Akıl hastası. Sanki o zaman seni daha az suçluyorum. Ruhum ferahlıyor mu, hayır! Demek hasta olan benim. Seni içimden atamadığım için hasta olan benim. Kız önümde durup bir şeyler geveledi. Fakat benim duymadığımı görünce söylediklerini tekrarladı.

"Buzdolabında dünden pişirdiğim yemekler var. Ne isterlerse ısıtıp önlerine koyarsın. Benimki fazla sıcak yemek yemez, ona göre ısıt. Aman boş ver! Benimki de laf, kafana göre takıl işte, ne diyeyim."

"Peki," dedim ve onun hazırlanışını izledim. Kız çiçekli dar omuzları açık bir elbise giydi. Bana ağzındaki bütün dişlerini göstererek sırıttı, "Ya sen hiç evlenmeyi düşünmedin mi?" diye sordu. Ben onu duymazdan geldim, ses etmedim ama o fikrini söylemekten çekinmedi. Yüzümün yanmış olan kısmına gözlerini dikip "Onun için değil mi?" dedi. Kafamı yere eğdim. "Eminim ameliyat için para biriktiriyorsundur," dedi ve odadan çıktı.

Odada yalnız kalınca hanımım kime âşıktı düşüncesinden kendimi alamadım. Hanımıma ve arkadaşına sofra kurarken bu konuda bir şeyler duyarım diye kulağımı açık tuttum ama nafile, kimse bu konuda tek kelime bile söylemedi. Belki geç saatlerde bana ve Gülsün'e uyumak için izin verdiklerinde, kafa kafaya verip konuştular; onu bilemem.

Ertesi gün hanımım keyifsizdi. Sabah baş ağrısı ile uyandı. Birkaç kez ruhunun daraldığını ve içinde kötü bir his olduğunu söyledi. Oturduğu koltuktan neredeyse hiç kalkmadı.

Ziyarete gelen arkadaşının sorularına klasik kısa cevaplar verdi. Televizyonu boş bakışlarla izledi. Bana çatmadı. Benden bir şey istemedi. Sonunda arkadaşı Ayten'in ısrarı üzerine akşam hafif bir şeyler yemek istedi. Ayten Hanım'ın geniş ve ferah mutfağında mercimek çorbası pişirdim, yanına da istedikleri patates salatasını yaptım. Beyaz masa örtüsünü serdim ve sofra kurmaya başladım. Peçete ve tuzluk almak için mutfağa gitmiştim ki odadan ağlamaklı bir ses duydum.

Hanımımın sesini hemen algıladım, uzun ve hızlı adımlarla onların bulunduğu odaya koştum. Kapıyı araladım ve gördüğüm manzara karşısında donakaldım. Hanımım kendi kendine dövünüp "Ona bir şey olursa ben yaşayamam! Ona bir şey olursa yaşayamam!" diye bağıra bağıra ağlıyordu. Orada öylece donakaldım. Ta ki Ayten Hanım beni fark edene kadar.

"Gel öyle dikilip durma! Bu sizin doktorunuzun adı neydi? Telaştan aklımdan uçuverdi. Onu buraya çağır gelsin."

Cebimden telefonumu çıkarıp doktorun numarasını çevirdim. Hanımımın kötü olduğunu söyledim. Hakikaten ilk defa bu halde görmüştüm. Öyle kendinden geçmiş, delirmiş hallerini pek hatırlamıyordum. Şok oldum. Bu kadın kime ağlıyordu?

Kimin ölmesinden korkuyordu? Merdivenlere oturdum. Başımı avuçlarımın arasına aldım. Gözlerimi sıkı sıkı yumdum.

Ama babaannemi düşünmekten alamadım kendimi. Yangın günü beni zapt etmeye çalışanlardan kurtuldum. Babaanneme doğru koştum. Ama o benim orada olduğumu fark etmedi bile.

Çünkü kendinde değildi. Kendini yere atmış, yanaklarına tırnaklarını geçirip avazı çıktığı kadar bağırıyordu: "Allah belanı versin senin gelin! Yaktın yuvamı! Allah belanı versin!"

Biri omzuma dokundu. Titrediğimi söyledi. Bu gelen doktordu. "İyi misin," diye sordu. Evet, der gibi başımı salladım.

"Arzu Hanım'a sakinleştirici iğne yaptım. O uyuyacak. Şimdi gitmem lazım. Ona göz kulak ol eğer bir şey olursa beni tekrar arayın." Tekrar evet der gibi kafamı salladım ve bir müddet onun gidişini izledim.

Odaya girdiğimde hanımım yatakta hareketsiz yatıyordu.

Gözlerini tavana dikmiş boş boş bakıyordu. Ayten Hanım'sa beni görünce yapacak bir şey yok der gibi omuzlarını silkti ve odadan çıktı. Hanımımın yatağının başucuna oturdum. Onun soluk yüzüne bir kez daha baktım. Çaresiz görünüyordu. Konuşmuyordu, bağırıp çağırmıyordu, içini kemiren bir şeyler olduğu besbelliydi ama susuyordu. Kaderine boyun eğmiş gibiydi. Tıpkı benim gibi. Yangın olduğu gün nasıl aptallaştığımı unutamıyorum. Şunu anlıyorum ki o gün şok geçirmiştim. Tıpkı hanımımın yaşadığı gibi. O gün herkes beni sağdan soldan çekiştirip, meraklarını gidermek için ne olduğunu anlatmamı istiyordu. Bense susuyordum. Çünkü söylenecek bir şey yoktu. Çünkü ne yaptığımı, nasıl yaptığımı bilmiyordum.

Çünkü olanları anlatmaya dilim varmıyordu.

Birden hanımım feryat dolu bir sesle ofladı. Ona soğuk ve anlamsız gözlerle baktım. Yüzüne, acımıyorum sana diye bağırmak geldi içimden. Çünkü o gün, yandığım gün bana kimse acımadı. Çığlıklarımı, feryatlarımı, çaresizliğimi öylece izlediler. Sokakta gezen ölmek üzere olan hasta bir köpek gibiydim. Bana yaklaşmaya korkuyorlardı.

Az sonra kapı açıldı. İçeriye Ayten Hanım girdi. Yüzünü hanımımın yüzüne yaklaştırdı ve "Az önce doktor aradı konuşmamız gerek," dedi. Hanımım yüzüme öyle bir baktı ki oradan gitmem gerektiğini anladım. Onları duyabilmek için kulağımı kapıya dayadım ama fısıltıları anlaşılmıyordu.

Ertesi gün doktor evimize geldi. Hanımım onu görür görmez telaşlı bir tavırla yatakta doğrulmaya çalıştı. "Aman durun!" dedi doktor kadına yaklaşarak. "İyi misiniz?"

Hanımım ses etmedi ama benim orada olmamın ona rahatsızlık verdiği havasını yarattı. Kalkıp odadan çıktım. Ama aklım oradaki konuşulanlarda kaldı. Kapıyı dinlerken Deniz adını duydum. Kimdi bu Deniz? Ben daha önce bu adı bu

evde hiç ama hiç duymamıştım. Deniz... Deniz... Deniz...

Bak şimdi bu işe bu Deniz kadın mı, erkek mi onu bile bilmiyorum. Tövbe yarabbi. Her kimse belli ki hanımım için canını verecek kadar değerli ve gizli. O bir sır. Çok da severim sırları anne! Sır olan yerde günah vardır, suç vardır. Sır pislik yuvasıdır anne. Onu sen de bilirsin değil mi? Bilirsin ama bilmezden gelirsin. İşine gelmez çünkü, değil mi? Ama ben sırlardan nefret ederim. Kurtlanırım resmen. Rahatsız olurum. Sır benim için defalarca atılan bir düğümdür. Öyle boş da değil, benim boynumda. Şimdi anlıyor musun anne benim hırçınlığımın sebebini? Anlıyorsun değil mi? Yok anlamazsın sen!

Çünkü senin kafan başka türlü çalışıyor. Ben bu yaşta öğrendim ki, insan ne ise o, değişmesi imkânsız. Bak bana, ben de değişmedim. Bulacağım o Deniz denen kimse? Bulacağım.

Dişlerimi öyle bir sıkmışım ki çene kemiklerim sızladı. Acı acı güldüm ve geçmişimi yüreğimi tırmalayarak anımsadım.

Sır senin için sıradan bir şey miydi anne? Yoksa daha fazlası mı? Bir macera mı yoksa? Bir tutku mu? Ah ah hiç doğru pencereden bakmayı düşünmedin, değil mi? O küçücük beynimle kaç kez ikaz ettim seni ama yok! Neler yaptım hatırlasana.

İya'yı kenara çekip, "Biliyor musun senin baban anneni değil benim annemi seviyor," dedim. Ağlamaya başladı ama ben susmadım, çünkü benim annem de onun babasını seviyordu ya da bana öyle geliyordu. Eğer bunu söylersem babası annesine döner annemiz de bize döner sanmıştım. Ama ne oldu İya annesine koştu ve ona benim söylediğimi söyledi. Sonra ne oldu? Annesi beni bir köşede sıkıştırdı. Kulağımı çekti ve "Kızıma yalan söylemeye utanmıyor musun?" dedi. Korktum ama susmadım biliyor musun anne? Kekeleye kekeleye gördüklerimi anlattım. Ona dedim ki: "İya'nın babası dün gece bizim eve geldi. Annem ona sarıldı, o da anneme sarıldı. Sonra annem, 'Çocuklar yeni uyudular, bekle,' dedi. Bekledi ama fazda değil. Annemi yatağa attı. Sonra da..."

"Sus terbiyesiz!" diye bağırdı kadın bana bir de tokat attı. Öyle böyle de değil ben eski duvarın öbür ucuna düştüm. Nefes almakta zorlandım, doğrulmaya çalıştım, kalkamadım. Ama boş ver içimi boşalttım ya o bana iyi gelmişti. Sonra ne oldu bir gece o adam yine geldi. İya'nın babası yani. Tam annemi yatağa götürdü. Üstüne atladı ki. Birileri kapıyı kuvvetli tekmelerle kırdılar. Bunlar siyah kıyafetli adamlardı. Yüzlerinde kara sakalları vardı. Adamı de anemi de evire çevire dövdüler. Suratlarına tükürüp gittiler. Sonra annem onları kimin ele verdiğini öğrendi. Bana bunu nasıl yaparsın diye, beni öldüresiye dövdü.

O adam bizim evden ayağını kesti ama kısa sürede onun yerini başka birisi aldı. Onu da ihbar etim. Bu sefer evimizin kapısını kıran olmadı ama adam ve annem benim kemiklerimi kırdılar.

Ya sonra ne yaptın anne, onu da anlatayım mı? Sanki bana inat öğrencilerle yatmaya başladın. Peki, beynime barut teptiğin hiç mi aklına gelmedi. Bir gün o barutun patlayabileceğini de mi düşünmedin? Artık düşünme! Çünkü çok geç!

Doktor birkaç gün görünmedi. Ama hanımımı sürekli aradı ve uzun uzun konuştular. Ne konuştukları pek anlaşılmıyordu ama sanırım bu bir alışveriş muhabbetiydi. O gün hanımım beni yanına çağırdı ve evde olan bütün gümüş sırçaları toplamamı istedi. Sonra ne yapmam gerektiğini sordum. Kadın elime diş macununa benzer birkaç tüp tutuşturdu ve "Bu ilacını sürüp, kuru bir bezle temizle," dedi. İki masa dolusu gümüş vazo, şekerlik ve ona benzer eşyaları bütün kuvvetimle parlatmaya koyuldum. Bunları ne yapacağını soracaktım ama yapamadım. Cevap vermezdi zaten. Adım meraklıya çıkardı. Hiç iyi olmazdı bu. Merakımı gidermek için sabretmem gerektiğini biliyordum ve susuyordum. Neredeyse yarım gün bu kahrolası gümüşlerle uğraştım. Artık onları ovmaktan parmaklarımı hissetmez olmuştum. Hanım sonuncusunu parlatmayı bitirdiğimi görünce, elime beyaz bir kâğıt tutuşturdu. Onları beyaz kâğıda sarıp karton kutuya yerleştirdim.

Az sonra kapı çaldı. Doktor gelmişti. Hanım benden iki az şekerli Türk kahvesi istedi. Kahveleri pişirip yanlarına gittim.

Ama onlar benim geldiğimi hissetmediler bile. Çünkü doktor bilgisayarını açmış, antikaların fiyat listesini göstermekle meşguldü. O gün ne konuştularsa doktor ertesi dün de geldi.

Bu sefer hanımım bana, "Hazırlan sokağa çıkıyoruz," dedi.

Aptal gülümseyişimle onun isteğini yerine getireceğimi belirttim. Tam nereye gideceğimizi soracaktım ki "Haydi! Daha ne bekliyorsun!" diye bağırdı. Sokağa çıktık ve doktorun arabasıyla daha önce hanımla antikaları sakladığımız yere geldik. Benden kutuları açmamı istedi. Sonra da bu değerli eşyaları teker teker beyaz örtülü masaya sıraladı. Doktor kaliteli fotoğraf makinesiyle onların fotoğraflarını büyük bir titizlikle çekti. Hanım her şey doğal görünsün diye, duyacağım şekilde, "Epey borç bıraktı rahmetli, bunları satmak mecburiyetindeyim," diyordu. Ben işin böyle olmadığını seziyordum.

Ortada bir iş dönüyordu ama ne? Ben bunları düşünmekten kendimi alamıyordum. Deniz kimdi? Bir erkek mi? Hanımımın sevdiği mi? Bu yaşta, daha neler! Hem öyle olsa bunu doktor bilmezdi. Hem doktor kibar bir adamdı. Öyle olsa adam Deniz değil de Deniz Bey derdi. Peki, bu Deniz bayan mı? Anladım ki işim dedektiflerden daha da zordu. Çünkü bu işi sessiz sedasız çözmek zorundaydım.

11

Bu gün hava iyice karışmıştı. Sabah yağmur yağdı, öğlen fırtına çıktı. Şimdi ise cılız güneş göz kırpıyordu. Sabah hanımım az kahvaltı yapmasına rağmen öğlen yemeğini es geçti. Bu kadını sevmezdim ama onun bu durgun, dalgın hali de hoşuma gitmiyordu. Hatta onunla tartışmaya girdiğim günleri özlediğimi bile söyleyebilirdim. Yanına yaklaştım, bir şeyler istemediğinden emin olup olmadığını sordum. Bir ara hareketsiz olduğunu ve hiç ama hiç tepki vermediğini görünce öldü mü acaba, diye aklımdan geçirmedim değil. Ama sonra onun o büzük ağzından "Hayır," kelimesi zor da olsa duyuldu. "Peki," deyip yanından ayrıldım. Aradan sadece birkaç dakika geçti ki evin telefonu çaldı. Arayan Ayten Hanım'dı.

Ona hanımımın bu tuhaf hallerini anlatmaya başladım ki kadın, "Ben bilirim onu, taktı mı takıyor. Zaten ben de onun için aramıştım. Sen de sor bakalım, akşam programınız var mı?" Olmadığını söyledim. En azından benim haberim yoktu.

"Peki," dedi kadın ve vedalaşmadan telefonunu kapattı. Aradan sadece on dakika ya geçti ya geçmedi, sokak kapısına bir taksi yaklaştı. Taksiden inen Ayten Hanım'ı hemen tanıdım.

Bir yere yetişiyor gibi hızlı adımlarla evimize doğru yürüdü.

Onu kapı ağzında karşıladım. Kadında telaşlı bir hal vardı.

"Arzu nerede?" diye sordu ama cevabını beklemeden içeriye

çoktan girmişti. Hanımım gözüne taktığı gözlüklerin altından süzdü ve isteksiz, neşesiz bir şekilde "Hoş geldin," dedi.

"Ben hoş geldim ama seni hiç hoş bulmadım Arzu Hanımcım!" dedi. Kadının burnunun dibinde bitiverdi. Hanımım ne yapacağını, ne diyeceğini bilemedi ki zoraki birkaç kez öksürdü. "Bak görüyor musunuz evden çıkmadığınız için, temiz havayı almadığınız için hasta oldunuz!"

"Her sabah ve her akşam bahçeye çıkıyorum ben. Temiz havamı da alıyorum. Siz dert etmeyin," dedi hanımım onun yüzüne dik dik bakarak.

"Yok benim bahsettiğim o değil," diyen kadın hanımımın karşısında duran koltuğa bıraktı kendini. "Ben sizin insanlardan kopmanızdan bahsediyorum," dedi. "Bir iki yeni yüz, bir iki muhabbet kime iyi gelmez ki?"

Hanımım tam ağzını açacaktı ki kadın tekrar konuşmaya başladı ve hanımım susmak zorunda kaldı.

"Ben sizi almaya geldim. Lütfen beni kırmayın. Hem hayır kelimesini duymak istemiyorum. Bize gidelim, bir iki komşu ve sizin de iyi tanıdığınız Ümran Hanım ablası ile gelirse gelir. Bir iki laflarız akşam çayı içeriz ve ben sizi tekrar eve bırakırım, ha?"

Kadının hanımımın karşısında bir diz çökmediği kalmıştı. Yalvarmaktan incelmiş sesi titriyordu. Hanımım burun kıvırsa da kaşlarını memnuniyetsizlikten ortaya toplasa da bükülmüş belini doğrultup, ayağa kalktı. Benden üzerini giydirmemi istemedi. Onun giyim odasına girdiğini gördüm.

Merdivenlerden indiğinde üzerinde siyah kısa kollu elbisesi vardı. Sessiz sedasız Ayten Hanım'ın koluna girdi ve kapıya doğru ağır ağır ilerlemeye başladı. Arkalarından "Hanımım akşamları hava serin olur, size bir şal vereyim mi?" diye seslendim ama o beni duymadı.

Aradan ancak yarım saat geçmişti ki kapı yeniden çaldı.

Hanımım çabuk sıkılmış dedim ve kapıya doğru yöneldim.

Karşımda ağlayan Gülsün'ü görünce şaşırdım. Bana bakıp burnunu ve gözlerini elindeki peçeteyle silmeye uğraşıyordu.

Ne olduğunu sordum telaşlı bir sesle. O ise omuzlarını asabiyetle silkip, içeriye girdi. Benim odama doğru giden kızın peşine takıldım. Kız kendini yatağa bırakıp, yüzünü avuçladı ve sesli ağlamaya başladı. Yanına oturdum, omzuna hafif dokundum ve "Kötü bir şey mi oldu?" diye sordum. Suratıma kıpkırmızı, sulu gözleriyle bakıp dudaklarını araladı. Kızın dişlerinin üstten dört, alttan dört tanesi birer pirinç tanesi kadar ufalmışlardı. Gülmemek için kendimi tutsam da beceremedim, kahkahayı bastım.

"Ne bu böyle!" dedim

Kız bu kez daha çok ağlamaya başladı.

"Geri zekâlı diş doktorunun yaptığını gördün mü? En kötüsü de üç gün böyle gezeceğim, sonra üstlere kaplama yapacakmış."

"Ne güzel işte, diş kaplayacakmış, bu şekilde bırakmıyor en azından," dedim ve tekrar kahkahayı bastım.

"Alınıyorum ama, gülme!" dedi kız ve yüzünü büzdü. Bir an kendimi tuttum ama sonra tekrar kahkahayı bastım. O da güldü, sonra yeniden ağlamaya başladı.

"Yapma, en azından öyle kalmayacaksın," dedim ve omzunu okşadım.

"Bugün benimkiyle randevum vardı. Gidemedim tabii ki, bu dişlerle nereye gitseydim."

"Bence de," dedim ama artık gülmüyordum.

"Hanımın bizde değil mi?"

"Seninki geldi ve onu aldı. Sahi sen buradasın. Nasıl oldu da kadın sana izin verdi? Evde misafir varken?"

"Vermek zorunda kaldı, dişçide bugün randevum olduğunu biliyordu. Ama merak etme sabahtan kıçımdan terler aktı ikram hazırlayacağım diye. Sence insanı boş bırakırlar mı?"

"Hayır."

"Aslında paraları var, yok da değil, bir kerelik hazır alsa ne olur?"

"Bak onu yapmazlar, biz varken. Sen şimdi onu boş ver de evlenmeyi düşünmüyor musun?"

"Hiç sorma, anamla bu işe girişirken ilerisine bakamamışız meğer. Kadın bana ev bağışladı, karşılığında da o ölünceye kadar hizmet etmemi istedi. Bu teklif bize tabii ki o zaman cazip geldi, meğer bu günleri düşünmek lazımmış. Şimdi işin yok da evlenmek için kadının ölümünü bekle."

"Başka türlü olmaz mı?"

"Bir gün cesaretimi toplayıp ağzını aradım, olmaz dedi. Sen beni bırak da sen neler yapıyorsun bakalım?"

"Ne yapacağım aynı yerdeyim. Aynı tas aynı hamam. Pişir, temizle, yıka."

"Seninkinin durumu kötüymüş galiba."

"Nasıl yani?"

"Vallahi ben öyle duydum. Bizimkinden 150 bin dolar istemiş."

"Ne?" diye haykırdım birden. "Peki, seninki vermiş mi?"

"Ben de o kadar para ne arar demiş. Benimki de üzüldü durumuna ama yapacak bir şey yok diyor. Kocasının Arzu'ya haksızlık ettiğini söylüyor."

Bu konuşmadan sonra kafam iyice karıştı. Belki hanımım benim gördüğüm gibi kötü biri değildi. Bak söylediği gibi borçları da varmış. Belki Temel Amca'yı da o zehirlemedi.

Onlara ev da almadı. Belki bunların hepsi bir kurgudur. Bunu bilemezdim ama artık kötü düşünmemeye karar vermiştim.

Dün televizyonda profesörün birinin söylediği gibi, olumlu düşünmek lazım.

12

Artık pencereleri kapatıyorduk. Sonbahar deli rüzgârın kolları ile her şeye hükmetmeye karar vermiş gibi sert uluyordu. Pencerenin dibinde koltuğun birinde hanımımla karşılıklı oturuyor sokağı seyrediyorduk. İkimiz de susuyorduk.

Onun beyninin ne halde olduğunu bilmiyorum ama benimki ateş almış tüfek gibi hızla konuşuyordu. Sonbahardan nefret ediyordum. Belki de haksızdım. Ama yine de sevmiyordum.

Hava soğumaya başladığı için sevmiyordum. Ağaçlar her şeyin bir sonu var der gibi yapraklarını üzerinden attığı için sevmiyordum. Yağmuru çamuru davet ettiği için sevmiyordum.

Hanımımın yüzüne bakıyorum da o da sanki benim fikrimi taşıyor gibi asık ve dalgın suratla oturuyordu karşımda. Bir de televizyondaki o profesörün fikrini geçiriyorum aklımdan.

Olumlu düşünmek lazım. Onun için her mevsim mükemmel olmalıydı.

Mükemmel! Öfkemin kontrolden çıktığını hissettim.

Sonbahar bir sürü sorun getiriyordu arkasından, bunu sıcak evinde oturan profesör biliyor mu acaba? Çatlak çatımızdan suyun aktığını anımsıyorum. Küçük kardeşime kuru yer bulmakta zorlandığımı. Soğuktan it gibi titrediğimizi. Gök gürlediğinde kardeşimin çığlık çığlığa bağırdığını. Sokakların felç olduğunu. Sellerin belki de koca kış idare edecek kadar mahsulü silip süpürdüğünü. Daha sayayım mı? Gördün mü profesör her mevsim size mükemmel bize değil. Arkası kış.

Birdenbire bu düşüncelerden sıyrıldım.

"Bahçeyi süpürdün mü sen?"

"Süpürdüm."

Kadın burnunu cama dayadı. Bahçenin her köşesinde yaprak yığını görünce, yüzünü buruşturdu.

"Yine süpür, ama yıkama dünya kadar su parası geldi. Haberin var mı?"

"Peki," dedim ve ayaklandım. Bak bir çatlak daha, bu rüzgârda bahçe süpürülmesi nerede görülmüş, hem de kuru süpürgeyle, artık rüzgârla halay çekeriz, ben yaprakları bir yana süpürürken o çeker öbür yana.

"Bir şey mi dedin?"

"Hayır, bir isteğiniz var mı diye soracaktım."

"Yok, bir isteğim."

"Hanımım, geçen sene bu tarihlerde kalorifer kazanını ve boruları temizletmiştiniz. Bana da seneye hatırlatmayı unutma demiştiniz. Kaloriferciyi arayalım mı?"

"Sen işine bak!"

Oradan uzaklaştım. O sene kaloriferci gelmedi. Kaloriferler yanmadı. Evimize elektrikli ısıtıcı geldi. Onu da idareli yaktık. Odam soğuktu ama şikâyet etmedim. Çünkü daha soğuk günleri bilirdim ben. Ama o televizyondaki profesör şikâyet ederdi. Buna eminim. Üç aydır maaşımı da almadım. Ama hanımıma tek kelime bile etmedim. Benim durumumda profesör olsa protesto edeceğinden emindim. Birbirimize boş boş baktıktan sonra, ikimiz de uyumaya karar verdik. Hanımıma yatağa kadar eşlik ettim. O kollarını yukarıya doğru kaldırdı, bense bluzunu asılıp ona soyunmakta yardımcı oldum. Başından pijaması zor geçti, çünkü düğmeleri açmayı unuttuk.

Kadın kulaklarını tutarak homurdandı ama beni azarlamadı. Bana karşı daha kibar davranmasını bana olan borcuna bağlıyordum. Ona üzülmüyordum. Çünkü ben hiçbir zaman nankör biri olmamıştım. Hanımım benim bilmediğim duasını okuduktan sonra uykuya daldı. Ya da beni başından savmak için numara yaptı onu bilemezdim.

Odama indim. Kitap okumayı düşündüm ama sonra yorgunluktan gözlerimin kapanmak üzere olduğunu hissettim ve vazgeçtim. Birden telefonum çaldı. Yatağın içinde doğruldum ve komodinin üzerindeki telefonumu kaptım. İlk aklıma gelen hanımın uyuyamamış olmasıydı. Ama yanılmışım. "Abla!" diyordu ağlamaklı bir ses. Hemen tanıdım sesi, bu Tamro olmalıydı. Ama beni neden arıyor, neden ağlıyordu. "Ne oldu?

Kötü bir şey mi var?" diye bağırarak sordum. "Yardım et!"

dedi hıçkırıklara boğularak. "Ne oldu anlat!" diye bağırdım bir kez daha. "Kocan mı hasta? Ona bir şey mi oldu?"

"Hayır! Hayır, o iyi; tabii ki de otelde sorun var. Yani otelin vergi borcu çıktı, yüksek miktarda para lazım. Eğer parayı bulamazsak otel mühürlenecek ve kocamı hapse atacaklar.

Eşim ve ben düşündük de oteli satmaya karar verdik. Öyle yüksek fiyatla da değil, kırk bin dolara. Başka çaremiz yok.

Düşünsene abla eğer parayı bulamazsak kocamı hapse atacaklar! Senin orada zengin dostların vardır diye düşünerek arıyorum. Biliyorsun Tiflis'te Türk çok. Belki seninkilerden biri otel satın alır ha!" Kız nefes almadan konuşuyordu. "Oteli satamazsak o zaman benim hemen çalışmam lazım. Abla lütfen! Duyuyor musun beni?"

"Evet, evet," dedim ve sustum.

"Burada iş bulmak zor. Sen oradan bana iş bulsan. Ne iş olursa yaparım. Yeter ki bu iş hallolsun."

"İş mi?"

Dışarıdan kolay görünen bu iş olayı bana hiç de basit gelmiyordu. Ben az sürünmedim orada burada. Hem kız evli, kocasını bırakıp buralara gelmek hiç olur mu? Ne dersin anne? Git anne! Sen karışma! Hatta mümkünse beynimi terk et! Ama onu yapmazsın değil mi? Başka türlü nasıl vicdan azabı çekerim?

"Abla orda mısın?"

"Evet, ben seni sonra ararım," dedim ve telefonu kapattım. İç geçirdim, ah tanrım kırk yılda bir kardeşim benden yardım istedi, benimse elim kolum bağlı. Ne yapabilirim ki ben onun için nasıl ve nerede iş bulurum? Eminim Türkçe bir kelime bile bilmiyordur. Nereden bilecek?

O gece sabaha karşı uyudum. Rüyada cebimde bir sürü anahtar olduğunu gördüm. Onları avucuma aldım. İçlerinden biri ile karşımdaki beyaz kapıyı açtım. Kapıyı itekledim.

Karşımda cennet. Cennet.

Yatağımdan fırladım. Kalbimin deli gibi attığını hissettim.

Rüyaları yorumlamakta üstüme yoktu. Anahtarlar, yeni bir iş olabilirdi. Ah Tanrım sen bana oteli satın al mı diyorsun? Kaçtığım memleketimden? Kardeşim Manana'ya yardım elimi mi uzatayım? Bu fikir benim yüreğimi yumuşak bir sevgi ile kapladı. Hayal kurmak bedava nasıl olsa. Oteli satın aldım. Yani borcunu kapatıp kardeşimle ortak oldum. Ya sonra, içeride epey değişiklik yapılması gerek. Ah Tanrım desene insanlar boşuna para diye yırtınmıyorlar. Kırk bin dolar! Hayatım boyunca kırk bin dolar bir arada görmedim bile. Şimdi bu paraya ihtiyacım vardı. Aynaya koştum. O yanık çirkin yüzümü elledim. İlk önce yavaş sonra vahşi, daha da vahşi, daha da vahşi.

İçimden bir feryat koptu. Baştan birileri boğazıma çullandılar, beni boğmaya kalktılar, sonra beni itekleyip sırtımı çevirdiler.

Derin bir nefes aldım. Yüreğimde sıkışan kederi bağırmak, içimden fırlatmak istedim. Yapamadım. Dişlerimi sıkıp yüreğimdeki kederi yutmak zorunda kaldım. Çevreye şöyle bir göz attım. Her şey yabancı, her şey, her şey! Hava bile.

Allah belanı versin anne! Allah belanı versin! Beni bu dünyada her şeyden mahrum bırakmayı nasıl becerdin? Kırk bin dolar! Kırk bin dolar! Kardeşimin yalvaran bakışı! Onun çaresizliği! Her gün, her gece, her saniye onu görüyorum. Şimdi ona doğru bir adım atmamı istiyor. Evet, benden yardım istiyor. İstiyor. Kapıya koştum. Sokağa fırladım. Sağa sola bakarak epey bir yol yürüdüm. Kırk bin dolar, kırk bin dolar sayıklayıp durdum.

Gülsün beni kapıda görünce kaşlarını çatarak "Ne oldu sana?" dedi. Alnımdaki ter baloncuklarını sildim ve yüzümün çirkin kısmını saçımla kapatmayı ihmal etmedim. Kız kapının önünden çekildi. İçeriye girdim. Ayakta amaçsızca dolandım.

Sonunda Gülsün "Yeter artık! Ne olduğunu anlatmazsan çatlarım," dedi. Ben o zaman kendime oturacak yer aradım ve yatağın kıyısına oturdum. "Söyle!" dedi kız benim kolumu dürterek. İç geçirdim. Söyleyip söylememek arasında kaldım ama sonra, "Bana para lazım," dedim. "Niçin?" diye sordu kız. İç geçirdim, genzimi temizledim, "Yoruldum be Gülsün," dedim. Kız yanıma oturdu, hafifçe bana doğru eğildi.

"Haklısın seni çok iyi anlıyorum." İkimiz de sustuk. Bir müddet sonra sessizliği Gülsün bozdu. "Peki, parayı ne yapacaksın?"

"Otel satın alacağım."

"Kim, sen mi?"

"Evet! Ne oldu, yakıştıramadın mı?"

"Yok, tabii ki yakışır ama..." kız kekeledi. "Ben mesela, otel almak için sülalemi satsam yetmez."

"Haklısın belki ama benim oteli buradan alacağımı kim söyledi."

"Miami'den mi yoksa?"

"Kız alay etme ben gayet ciddiyim."

"Peki, seni dinliyorum." Durakladım. Çoğu zaman allak bullak olan aklımı toparlamak istedim belki.

"Gürcistan benim memleketim. Sana bunu söyledim mi, bilmiyorum. Oteli oradan almayı düşünüyorum."

"Nereden geldi bu fikir. Hem sizin memleketinizde ekonomi sıfır diye duyuyorum ben. Sizin kızlar burada kendilerini pazarlıyorlar."

"Sus Gülsün!" dedim gerisini duymak istemiyordum. Tabii ki kız fahişe kelimesinin beni cinayete bile sürükleyebileceğini nereden bilecekti.

"Özür dilerim ama nasıl olacak o iş. Sen burada işini bırakıp otelcilik mi yapacaksın şimdi?"

"Hayır tam olarak değil. Benim orada dostlarım var. Onlar Sandro otelini işletiyorlar. Otel eski ve bakımsız. Ama mevki olarak şahane yerde. Anlayacağın oteli işletmeyi beceremedikleri için battılar. Vergi borçları kapıya dayanınca ise benden yardım istediler."

"Senin de tecrüben yok ki neden bu işe kalkışıyorsun?"

"Bir işe başlamadan insanın nasıl tecrübesi olur?"

"O da doğru. Bir bakıma haklısın. Ne zamana kadar insanların pisliğiyle uğraşacaksın. Topu topu on sene daha çalışırsın. Ya sonrası? Yaşlı yardımcıyı kim ister sanıyorsun? Bir bahane uydurup kıçına bir tekme. Kalırsın öyle ortada çulsuz."

"O kadar da değil canım, birikimimiz var."

"Kaç para?"

"Yirmi altı falan."

"Yirmi altı ne?"

"Yirmi altı bin dolar."

"Oo... Sen de az değilsin."

İkimiz de sustuk. Gülsün düşünceli yüz ifadesi ile bir bana bir komodinin çekmecesinin birine bakıp durdu. Sonra birden ayağa kalktı çekmeceyi çekti ve oradan mavi banka defterini çıkardı. "Yürü gidiyoruz," dedi ve kolumu asıldı. "Nereye?" dedim.

"Tabii ki bankaya. Senelerdir evlenmek için para biriktiriyorum. Kendime faydam yok bari sana olsun, tabii ki geri ödeme şartı ile."

13

Bugün sanki gözbebeklerim kâbusun acısını sezip canımı yakmıyor anne. Bugün her şey o kadar farklı ki, bugün insanların huzurunu görüyorum. Bugün insanların bana ihtiyacı olduğunu görüyorum. Bugün elim kötüye değil de iyiliğe uzandı anne. Bu senin bilmediğin, görmediğin tarafımdır belki ama bunu şimdi seninle tartışmayacağım. Çünkü iyilik senin için anlaması güç olan bir şeydir. Bugün ben yeniden doğdum, onu söyleyebilirim sana. Bugün sırtını dayayabileceğin koca bir çınarım. Kahkaha atıyorsun biliyorum. Benim temelim olmadığını söylemeye çalışıyorsun. Her an bir daha ayağa kalkamayacak şekilde yıkılabileceğimi söylemekten zevk kalıyorsun. Ama senin düşündüğün gibi olmayacak. Pis ellerini benim gırtlağıma doladın. Sevincimi koparmak istiyorsun ama hayır. Sana bu izni vermeyeceğim. Bugün isyan etmeyeceğim. Bağırmayacağım. Ağlamayacağım.

Birden boğuluyormuş gibi hissetmeye başladım. Tamro oturduğu yerden fırladı. Sırtıma vurmaya başladı. "İyi misin?

İyi misin?" Öksürmeye başladım, ağzımı avucumla kapattım.

Saşka Bey, "Kız yorgun. Yoldan dün gece geldi. Akşama kadar bizim işlerimiz hallolsun diye koşturdu. Belli ki yoruldu.

Biz en iyisi toplantımızı yarına erteleyelim, olur mu? Ha bu gece ha yarın, birkaç saatle bir şey değişmez her halde."

Odaya girdim. Kapıyı kilitledim. Kapıya yaslandım. Sırtımdaki yük azalmıştı sanki. Buna inanmak güçtü. Ama o kadar çok inanmak istiyordum ki, ne duruyordum o zaman?

Ne duruyordum? Sokağa fırladım. Koşmaya başladım. Sonra durakladım. Sırtımı ağaca yasladım. Dizlerimin bağının çözüldüğünü hissettim. Yere çömeldim. Ortalık alacakaranlıktı. Tıpkı kardeşimin mezarlığı gibi. Ellerimi göğsüme kavuşturdum ve olacakları beklemeye başladım. "İşte bu!" diye bağırdım birden otelin çatısında koca ışıklı harflerle Manana yazısını görünce. İşte bu! İşte bu! Sonra birden hıçkırıklarla ağlamaya başladım. Bu gözyaşların adı yoktu. Düğün ve cenaze. Doğum ve ölüm. Derin derin nefes almaya çalıştım.

Ama soluğum kesiliyordu. Ağzımı açıp kendime övgüler yağdırmak istedim. Ama övgü kelimesi boğazımda düğümlenmişti. Kardeşim Manana'nın toprağın dibinde sıkışıp kalması gibi. Ağladım, ağladım, ağladım. O gece o yazıyı izleyerek sabahladım.

Sabah kahvaltı sofrasında Saşka Bey ve Tamro beni beklemekteydiler. Beni gördükleri an ikisi birden önemli bir insan karşılar gibi ayaktaydılar. Yanlarına yaklaştım. Gülümsedim ve rahatsız olmamalarını söyledim. Tamro benim yanımdaki sandalyenin birine oturdu. Saşka Bey de karşıma oturdu.

Tamro hacaburi yapmıştı ama heyecandan onlara dokunmak kimsenin aklına gelmedi. Sonunda Tamro bana "Ne içeceksin ablam," dedi. Onun o nur yüzüne gülümseyerek açık bir çay istedim. Kız kalkıp oradan uzaklaştı. Saşka yüzüme hoşnutlukla bakarak onun çok mutlu olduğunu ve beni çok sevdiğini, o yüzden abla diye hitap ettiğini söyledi.

"Evet, o benim kardeşim Manana."

"Efendim!"

"Ben onu kardeşim Manana'nın yerine koydum bir kere. Bu değişmeyecek Saşka Bey."

"İyi, iyi," dedi adam benim kesin tavırla konuşmama şaşarak.

Az sonra Tamro elinde bir fincan çayla geldi. Gülümsüyordu. "Ne kaynattınız ben yokken?" dedi.

"Ablan seni sevdiğini söylüyor," dedi Saşka Bey yüzüme gülümseyerek. "Tabii ki," dedim. Tamro bir alkış patlattı.

"Yaşasın! Benim bir ablam var!" dedi ve boynuma atıldı.

Heyecan gözyaşlarımı zor zapt ettim. Kendi kendime sordum bu bir vicdan azabının çabaları mı? Annem kahkahalar attı, ona yüz çevirdim ve ne yaptığımı sesli dile getirmek istedim.

"Dün büyük bir adım attık arkadaşlar, ortaklığa imza attık. Bu otelin ayağa kalkması lazım. Bunun için çok çalışıp çabalayacağız. İlk olarak oteli iç mimarın görmesi lazım. Otel konforlu olacak ki gelen müşteri memnun kalsın." İkisi de bunu onayladılar. Kendimi birden kürsüye çıkan başkana benzettim. İçimden kendimi alkışlamak geldi. Oralarda annemin beni izlediğini fark ettim. Bana yaklaşmıyor, laf atmıyordu. Sanırım yalnız olmadığımı gördüğü için. Evet, yalnız değildim. Yanımda beni seven ve sayan dostlarım vardı. Bu duyguyu hiç tatmamıştım, mutluydum.

"Oteli yenilememiz gerekir, bu da işçiye ihtiyacımız olduğu anlamına geliyor."

"O işi bana bırakın," dedi Saşka Bey.

"Bu kış otelin tamiratıyla uğraşırız, ilkbaharda Allah nasip ederse, Manana Otel'in açılış kurdelesini keseriz. Otelin tanıtımı için reklam kartları basmamız lazım. Reklam yapmak şart."

"Evet, evet," dedi Tamro. "Ben metronun vagonlarının içinde yapıştırılmış reklam kartları görüyorum. Biz de kendi otelimizin kartlarını oraya yapıştırıveririz ne olacak."

"İyi fikir ama bu yeterli olmayabilir. Acentelere başvurabiliriz. Daha iyi sonuç alırız. Onlar hem bizim oteli pazarlarlar hem gelenlere turlar satarlar."

"Demek bu işler böyle yürüyor," dedi Tamro ve iç geçirdi.

O gün herkes korkmuştu onu anlamıştım. Bu parasız insanın tereddüt ve tedirginliğiydi. Ben de korkuyordum ama bir ümidim vardı, bir gün Tanrı benim yüzüme de gülecekti.

14

Kapı zilini tam üç kere çaldım ve beklemeye başladım.

Kuşadası'nda kışlar çok soğuk olmazdı. Ama o gün tam yarım saattir kar yağdığını otobüsün penceresinden görmüştüm. Karın toprağa tutunmasına ıslak asfalt fırsat vermedi. Kar eriyip yok olmuştu. Birkaç ağaç dalı ve canlı kalan dirençli çimler kar taneciklerine kısa süre için kucağını açmıştı hepsi bu kadar. Üşümüştüm, elimdeki valizi kapı eşiğine bırakıp beyaz montumun fermuarını sonuna kadar kapattım. Olduğum yerde huzursuzca ve sabırsızca kapının açılmasını bekledim. İçeriden kahkaha sesleri duyuluyordu. Sonunda ayak sesini de duydum. Anahtar sesinden sonra kapı kolu oynadı ve kapı açıldı. Karşımda duran bu uzun cılız, kızıl saçlı bayanı daha önce hiç görmemiştim. Ama o beni tanıyor gibi gülümsüyordu.

Kızı belki bir yerde görmüşümdür düşüncesiyle baştan aşağı süzdüm. Ama eğer görmüş olsaydım muhakkak hatırlardım.

Kızın üstünde dekolteli beyaz kazağı vardı. Açıkta kalan göğsünde kuru kafa dövmesi sırıtıyordu. Uzun kızıl saçlarının alt tarafını kazıtmıştı. Kendinden emin bir duruşu vardı. Onun arkasında ise Seçkin göründü. "Hoş geldin!" dedi bana ve sırıttı. "Arzu Hanım nerede?" diye sorduğumda Seçkin bana çoktan sırtını dönmüş önden yürüyen ve dar pantolon giyen kızın kalçalarına bakarak, "Nerede olacak burada," dedi.

Ev sıcacıktı. Belli ki kalorifer yanıyordu. Demek hanımım para buldu. Onun adına sevindim. Çünkü onun parasızlığı bana dokunuyordu. Aylardır bana maaşımı vermeyen kadının sonunda bana olan borcunu ödeyeceğini umuyordum.

Seçkin'i takip ettim ve oturma odasına girdim. Hanımım beni gördüğüne pek sevinmemiş gibiydi. Daha çok şaşırmışa benziyordu. "Merhaba," dedim ve ondan da bir tepki bekledim ama hanımım başını huzursuzca geri attı ve suskun kalmaya devam etti. Yabancı bu kız belli. Koltuğa iyice yerleşti ve eline çay fincanını aldı. Seçkin de onun yanındaki koltuğa oturdu sonra yatar gibi hal aldı. Beni baştan aşağı süzdü ve "Biz de sen oralarda birine kapılıp kaldın diye düşündük," dedi ve o sinir bozucu kahkahasını attı. Ses etmedim anne, her zamanki gibi sustum. Ne deseydim, öyle bir şey olamaz.

Kimseye kapıldığım yok. Bu imkânsız. Yanımda bırak erkeği erkek sinek bile istemem, annemin soyunu yürütmek mi, Allah korusun.

"Kim ne yapsın bunu, kaldı bu benim başıma," dedi hanımım benim yüzüme iğrenmiş bir şekilde bakarak. Orada oturan kız bilmiyorum ne anladı ama kahkaha attı. "Hanımım!" dedim.

"Yürü git sorumsuz şey üç haftadır yoksun."

"Sizi aradım," dedim ama kadın bana bakmıyor, beni dinlemiyordu. Odamda valizimi boşaltırken bu evde bir şeyler olduğunu sezmiştim ama hanımımın benden vazgeçtiğini o an düşünmemiştim.

Yanılmış olabileceğimi düşünüp kendimi teselli etmeye çalıştım. Yeni iş aramak istemiyordum, bu hem zor hem sıkıcı olurdu. Ah Tanrım ister misin hanımım bana olan borcunu reddetsin. Yaşlı kadın unuttun mu, ben sana parayı verdim der. Öyle bir şey olmamalı, çünkü şu an paraya hiç olmadığı kadar ihtiyacım vardı. Gülsün'e borcum vardı. O gün yol yorgunluğuma rağmen her zamankinden daha fazla iş yapmak zorunda kaldım. Çünkü evde sadece yemek pişmişti. Günlük işler yapılmamış, lavabolar temizlenmemiş, yataklar bile toplanmamıştı. Hanımım nasıl oldu da Seçkin'e ve bu kızıl saçlı kıza katlanmayı göze almıştı. İşte bu durum beni düşündürüyordu. Kulağımın arkasından biri fısıldar gibi, "Çıkarı vardır! Çıkarı!" dedi.

Hanımım beni yanına çağırdı ve bir miktar para ve alışveriş listesini uzatarak alışverişe gitmem gerektiğini söyledi. O sırada tam paramı istemek için ağzımı açacaktım ki:

"Öyle rasgele alışveriş yapma indirimlere bak, indirimlere."

Başımı salladım ve kelimelerimi yutkundum. O gün paramı isteyemedim. Ertesi sabah kapıya taksi yanaştı ve evdekiler arkalarından parfüm kokusu bırakarak evden uzaklaştılar. Benimse ilk işim Gülsün'ün yanına koşmaktı. Kız beni görünce "Ne bu hal?" dedi ve ekledi. "Gir içeri ve ne olduğunu anlat."

"Ne anlatabilirim ki?" dedim kıza ve iç geçirdim. "Başım kazan gibi, hanımdan para alamadım, sana mahcubum, canım feci şekilde sıkkın."

"Evet görüyorum ve şaşıyorum. Karşımda işkadını var ve mutsuz, ben seni zil takıp oynarsın diye düşünmüştüm ama baksana..."

"Ne yalan söyleyeyim ben de bu iş olsun sevinçten çıldıracağımı düşündüm, şimdi ise beni telaş sardı."

"Olacak, olmak zorunda." Gülsün omzumu dostça okşadı. Gözümün içine gül artık der gibi baktı. İç geçirdim, "Memleketimiz ancak ayağa kalkıyor Gülsün. Ekonomi berbat. İnşallah her şey yoluna girer, ben de derin nefes alırım.

Kardeşimin işlerinin yolunda olmasını o kadar çok istiyorum ki."

"Sen neden kendi adına konuşmuyorsun. Her şey yoluna giderse bırakırsın bu işleri. Milletin kahrını çekmek kolay mı?

Hele bu Arzu Hanım olursa."

Öfkeli bir kahkaha attım ama yorum yapmadım.

"Sahi seni nasıl karşıladı?"

"Nasıl karşılar? Hizmetçi nasıl karşılanır? Yüzüme bile bakmadı vallahi."

"Allah Allah bu kadını pek tanımam ama bana göre son zamanlarda davranışları garip."

"Nasıl yani?"

"Geçen hafta bizimki tutturdu Arzu Hanım'a gidelim diye. Çıktık gittik telefon açmadan. Sonra ne oldu merak ediyor musun?"

"Ne olabilirdi ki?"

"Seninkinin bizi bir kovmadığı kaldı."

"Nasıl yani?"

"Tam biz oturmaya kalktık ki iki takım elbiseli adam çıkıp geldi. Seçkin denen şahıs onları kapıda karşıladı, ellerinde evraklarını gördüm, bir de Seçkin'le konuşurken sigorta şirketinden geldiklerini anlamıştım."

"Sigorta şirketi mi? Neyini sigortaladı ki bu kadın?

"Evi herhalde."

"Gayet doğal ama neden şimdi? Diyelim ki bugüne kadar düşünmedi. Neden gizleme ihtiyacı duyuyor?"

"Diyorum ya kadın bir garip."

"Boş ver sen bilmiyormuş gibi davran."

"Oldu. Sanki benim konuşmaya hakkım var da."

"Peki, o garip kız kim?"

"Bilemen, Seçkin'in düşüp kalktığı bir şırfıntıdır herhalde."

"Hanımın da buna izin mi verdi yani?"

"Sanmam ama... Peki, o zaman bu kız kim?" Gülsün başını kaşıdı.

"Bunu bence Ayten Hanım bilir."

15

gün hanımıma pazara gidilip gidilmeyeceğini sorduğumda beni sert bir şekilde tersledi. Buzdolabının neredeyse boş olduğunu söylediğimde ise beni azarladı. Başımı öne eğerek yarım bıraktığım işlerimin başına geçtim. Buzdolabını temizledim ve bu sabah evden çıkıp giden kızıl saçlı kızın odasını temizlemek için elime kova ve bez aldım. Seçkin'le kızın odasının önünde karşılaştık. Seçkin'in asık suratını görünce Allah kavuştursun dedim ve alaylı gülümsedim. Seçkin başını sağ ol der gibi salladı ve başını öne eğerek yanımdan geçip gitti.

Kızıl saçlı kızın odasına girdiğimde birinin beni takip ettiğini arkamdaki gölgeden anlamıştım. Hızlı bir şekilde döndüm ve Seçkin'in arkamda olduğunu gördüm. "Ne oluyor?" diye bağırdım. Seçkin tedirgin görünüyordu. Belli ki bir şeyler söylemeye karar vermişti ama bunu yapmak için düşünmesi gerekiyordu. Ne olduğunu sordum tekrar ve gözlerimi onun üzerine diktim. Bana baktı ve "Sen bu akşam Gülsün'e gitsene," dedi. Alaylı kahkaha attığımı anımsıyorum. "Beni başından savmak istiyorsun," dedim. O an onu ciddiye almadım.

Ama sonra hata yaptığımı anladığımda geç kalmıştım.

O akşam saat dört civarında hanımım beni yanına çağırıp, bu akşam yemeğinde bulunmayacaklarını söyledi. Nereye gideceğini söylemedi. Canıma minnet. Bu konuşmadan yaklaşık bir saat sonra Seçkin ve hanım evden çıktılar. Bense arkalarından kapıları kilitledim ve odama indim. Komodinin üzerinde duran telefonumu elime aldım. Telefonun ekranında sesli mesaj işareti vardı. Ne inatçı çıktın kız Tamro. Mesaj tuşuna bastım: "Ya ablam neredesin? Biz iyiyiz. Otelin inşaatı devam ediyor. Her şey saat gibi tıkır tıkır işliyor. Bir sıkıntımız yok sayende. Ama seni özlüyoruz bunu bil. Telefonlara cevap ver ne olur."

Yatağıma oturup başımı ellerimin arasına aldım. Ah Tanrım hani zaman her şeyin ilacıydı. Yoksa bu da senin yalanlarından biri mi? Hani ben kardeşim Manana'yı unutacaktım.

Ben onu Tamro'da gördüm. Sen bana hiç mi acımıyorsun Tanrım? Senin bana yolladığın zarflarda hep mi felaket notları olmalı? Sen beni aptal mı sanıyorsun? Belki de beni deli sanıyorsun. O gece cinnet geçirdim bundan haberin vardır herhalde. Tamro'yu kardeş bildim çünkü vicdanımın az da olsa rahatlamasını istedim. Ama sen geçmişimi bütün çıplaklığıyla geçmişimi başımın içinde döndürüp duruyorsun. Neden?

Söylesene neden? Neden beni diri diri gömüyorsun Tanrım?

Bıktım senden Tanrım! Bıktım! Yoruldum anlıyor musun, çok yoruldum. Ağlamamak için kendimi zor tuttum ama görünmeyen bir el tarafından boğulduğumu hissediyordum. Bir yerlere kaçıp her şeyi unutmak istedim ama dünyada insanın kendini unutturacağı bir yer yoktu. Toprak hariç. "Hayır!" diye bağırdım kendime. Kendine gel! Odada şöyle bir dolandım. Birkaç kez derin nefes almaya çalıştım. Bitkindim, elim kolum kırılmıştı sanki. Kendimi yatağa bıraktım. Sonunda başımı yastığın altına koyup gözlerimi yumdum. Kafamda dönen sesleri duymak istemiyordum. Bu dolu kafa beni uyutmazdı biliyordum ama şansımı denemek için koyunları saymaya başladım. Bir, iki, üç... Bir, iki, üç, bir, iki, üç... sıralamasını telefonumun sesi bozdu ve başımdan yastığımı attım. Yatağın içinde doğruldum telefonumu elime aldım ve cevap verdim. Karşıdan Gülsün'ün kısık sesi duyuldu. Birinden gizlenerek konuşuyor gibiydi.

"Lena orada mısın?"

"Herhalde!" dedim ve karşı taraftan gelecek kelimeleri dinlemeye koyuldum.

"O kız."

"Hangi kız?"

"Kızıl saçlı, Seçkin'in yanındaki Arzu Hanım'ın kızıymış."

"Ne diyorsun!"

"Evet, Ayten Hanım'ın Arzu Hanım'la konuşmalarını duydum. Adı ise Deniz'miş onu kimse bilmiyormuş. Arzu Hanım da gizlemek zorundaymış, çünkü rahmetli kocası Burak Bey bir vasiyetname bırakmış, eğer Arzu Hanım evlenirse ya da çocuk sahibi olursa onu mirastan mahrum edermiş."

"Yani kadın her şeyini kaybetme korkusundan kendi kızını gizliyor ha!"

"Aynen öyle."

"Şu işe bak!" dedim ve arkamdan duyduğum ayak sesine doğru döndüm. Arzu Hanım odamdan çıkmak üzereydi.

Ne yapmam gerektiğini bilemeden elimde telefon bir müddet öylece donakalmıştım, sonra Arzu Hanım'a "Bir şey mi oldu?" diye sordum ama o beni ya duymuyor ya da duymak istemiyordu.

Az sonra sokak kapısından çıktığını gördüm. İçimi telaş sardı. Kadın konuştuklarımı duymuştu sanırım. Eğer öyleyse bu benim için hiç iyi olmayacaktı.

Yatağıma uzandım ve gözlerimi tavana diktim. Bu halde kaç dakika, kaç saat kaldığımı hatırlamıyorum, sanırım uyuyakalmışım ve gürültüyle uyandım. Yatağımın içine oturdum ve sesi dinlemeye başladım. Sanki çok yakınlarda bir ayak sesi duyar gibi oldum. Ayağa kalktım ve odadan çıktım.

Hava kararmıştı ve ortalıkta bir şeyler görünmüyordu. Koridorun ışığını yaktım ve gelen sese doğru yürüdüm. Ses hanımımın oturma odasından geliyordu. Oraya doğru yavaşça yöneldim. Kapıyı araladığımda fenerin keskin ışığı gözümü aldı. İri gölge üzerime yürüdü. Bağırmak için ağzımı açtım ama kuvvetli bir erkek eli ağzımı burnumu kapadı. Az sonra yerdeydim. Biri üzerime oturdu öbürü bütün kuvvetiyle beni tekmelemeye başladı. Burnumdan kan, gözlerimden yaş aktı.

Nasıl becerdim bilmiyorum ama adamın ellerinden balık gibi kaydım. "Kimsin? Ne istiyorsunuz benden? Komşular! Yardım eden yok mu?"

Avazım çıktığı kadar bağırmaya başladım. Kirli sakallı, delirmiş sıfatıyla, irileşmiş gözleriyle tiksinti ile beni süzen adamın elinde artık Arzu Hanım'ın antika sandalyesi vardı.

Üzerime yürüdü ve sandalyeyi havaya kaldırdı. Birden her yer zindan gibi karardı. Onu gördüm, kardeşimi. Ufacıktı, yandığı gün üzerinde olan kirli beyaz, eski elbisesi vardı. Serçe parmağımdan tutuyordu. Bana güvenip arkama takılmıştı.

Gülümsüyordu. Abla diyordu. Seni özledim diyordu ama birden durum değişti. Parmağımı bıraktı. Ağlamaya, bağırmaya başladı. Elbise yandı, saçı yandı, yüzü yandı eti yandı, kara kemikleri çıtırdadı. Yok oldu, yok oldu, öldü, öldü, öldü…

Göz kapaklarım üzerine birer eşek binmiş kadar ağırdı.

Onları hafif araladım. Önceden hiç görmediğim odanın garip ışığı ince çizginin arasından sızıverdi. Demek hâlâ hayattayım. Gözlerimi tekrar yumdum ve bedenimin sancılarına kulak verdim. Bir kadının "Bugün daha iyi," dediğini duydum.

"Evet," diyen diğer ses Gülsün'e aitti. Ağlıyordu. İç geçirdim ve göğsümün ağrısından soluğumun kesildiğini hissettim.

Biri saçımı okşadı ve benim alışık olduğum şeyi yaptı, saçımla yüzümdeki yara izini kapattı.

"Polise haber verecek misin?" dedi yabancı ses.

"İşte onu bilemiyorum. Daha Lena'dan tek kelime bile duymadık. İfadeyi verecek gücü var mı ki?"

"Ama konuşmak zorunda değil mi? Kızı bu hale getirenler serbest mi kalsın? Hem nasıl bir iş bu? Sen evi soymaya git ve... Yok yok ben sana söylüyorum eve giren her kimse tiner falan çekmiştir. Baksana kadının haline aklı başında insan bunu yapar mı?" Gülsün saçımı bir kez daha okşadı.

"Garibim benim, kadersiz arkadaşım. Nasıl bir kalp var bu insanda bir bilseniz, pırlanta."

"Öyledir muhakkak öyle!"

"Biliyor musun yardımsever biridir arkadaşım. Sabırlıdır, akıllıdır."

"Zaten iyilerin şansı olmuyor," dedi yabancı ses.

"Kimi kimsesi yok mu bunun?"

"Yok herhalde, ilk gece anne beni yanına al diye sayıkladı durdu. Annesi hayatta mı ki?"

"Hayır."

"Ya yanağındaki yara?"

"Bilmiyorum..."

Gülsün bir müddet sustu sonra "Başına kötü bir şey geldiği belli," dedi.

"Haklısın," dedi yabancı ses bu kez.

"Hanımı nerede? İlgileniyordur herhalde?"

"İlgileniyor mu?" dedi Gülsün ve asabiyetle güldü.

"Kadın, hırsızlara kapıyı o açmıştır diyormuş."

"Kadın gamsız olunca..."

"Tüh... tüh ne olacak şimdi bu garibin hali?"

Hum! Hum! İnledim durdum. O an gücüm olsaydı sanırım hanımımı bir kaşık suda boğardım. O günkü öfke, cinnet geçirdiğim günkü öfkeme o kadar çok benziyordu ki... Gülsün saçımı okşadı ve hiç konuşmadı.

İki gün sonra gözlerimi açtım. Gülsün'ün yorgun yüzüyle

karşılaştım. İrileşmiş gözleriyle bana bakarak, "Aferin kız!"

dedi. Sesi heyecandan titriyordu. Ona gülümsemeye çalıştım ama sanırım ilk kez bunu beceremedim. Gözlerimi sağa sola çevirdim, nerede olduğumu anlamak istedim. Burası bir hastane odasıydı ama hanımımın yattığı hastane odalarına benzemiyordu. Birkaç yatak ve komodin vardı. Birden Gülsün'le konuşan bir kadının sesini duydum, başımı çevirmeden yarım açık ıslak gözlerimle odayı inceledim ama odada kimseler yoktu. Yataklar boştu. Belli ki kadın taburcu olmuştu. Gözlerimi Gülsün'ün yorgun ve soluk yüzüne dikip ne olup bittiğini anlamaya çalıştım ama o susuyor, dudağının kenarıyla bana gülümsemeye çalışıyordu. Benden gizlemeye çalışsa da telaşlı olduğu her halinden belliydi.

Belki içimi okumuştu, kim bilir? Belki de hastalığımdan saçmaladım. Annemi, felaket gecesini, cinnetimi, katil olduğumu da anlatmıştım belki. Belki de ben yanlış düşünüyorum, başka bir sebepten dolayı tedirgindi. Belki de benim başıma gelecekleri seziyordu? Ah Tanrım! Hangi felaketin pabucunu giydireceksin şimdi bana? Benim suçsuz olduğumu iyi biliyorsun. Yoksa bu eski günahlarımın bedeli mi? Eğer ben de düzgün bir ortamda büyüseydim yapar mıydım bütün bunları? Yapmazdım. Sen benim elime ateş verdin, cesaret verdin. Şimdi neyle besleyeceksin beni? Sence acıya tok insanın sabrını sınamak doğru mu?

İç geçirmeye çalıştım ama tıkandım. Gırtlağımdan hırıltılar yükseldi. Gülsün bağırış çağırışlarla birilerinden yardım istedi. Hemşire koştu yüzünü yüzüme yaklaştırdı, iki parmak yardımı ile göz kapaklarımı araladı. İç geçirdi ve başucumdaki serum şişesinin içine ilaç enjekte etti. Sonra her şey toz duman olup kaybolmuştu.

Kolumda dirseğime kadar sargı, göğsümde şiddetli ağrılarım vardı. Hastanenin oda kapısında iki polis belirdi. Beni sorduklarını duydum. Demek ki onlar o gün taburcu olacağımı benden önce öğrenmişlerdi. Peki, benden ne istiyorlardı?

Gülsün'e polislerin neden beni beklediklerini sorduğumda kızın yüzü ekşidi. "Sanırım, o gün ne olanları senden duymaları gerekiyor," dedi. Uzun cılız polislerden biri koluma girdi, "Gel bakalım!" dedi, esmer olan da diğer tarafıma geçti. Benim koluma girmedi ama dibimde yürüdü. "Ben bir şey yapmadım!" dedim onlara yardım istercesine bakarak ama onlar beni duymazdan geldi. "Ben bir şey yapmadım!" diye tekrarladım.

Bu kez polisin biri gayet sakin bir ses tonu ile "Hiç merak etmeyin, sadece o gün neler olduğunu anlatacaksınız," dedi.

Ona inanmak istedim ama Allah biliyor ya inanmadım. Polisin biri hastanenin ağır kapısını itekledi. Dışarıdaki soğuk rüzgâr yüzüme duvar gibi çarptı. Bütün bedenim titredi. Çenem zangırdamaya başladı. Tedirgindim ve korkuyordum.

Polisin biri kafamdan tuttu ve polis arabasına binmemi emretti. Eli mahkûm bindim. Araba hareket etti. Pencereden Gülsün'ün ağladığını gördüm. İlk defa benim için biri ağlıyordu, çok tuhaf bir duyguydu bu, sinirden titreyen bedenim, birden çözülüverdi, kocaman bir sevgi topuna benzedi.

Yüreğim kötü arzuları elinin tersi ile itti. Sevgiye kilitlendi.

Gülsün ağladığı için ağladım.

"Nerelisin sen?" diye sordu yanımda oturan polis. Silkindim. Gerçeklere döndüm birden. Sonra tekrar sinir topuna benzedim. Gürcüyüm dedim adamın yüzüne hırlayarak.

Başımı çevirdim, bir daha bir şey sormadı. Beyaz bir binanın önüne geldik. Binanın üzerinde karakol yazıyordu. Arabadan inen polis bana buz gibi bir bakış atıp arabadan inmemi emretti. İki polis beni ortaya alarak karakola doğru yol aldık.

Beni karakolun bodrum katındaki nezaretine koydular. "İfademi alıp sonra bırakacağınızı söylediniz! Ne oldu şimdi?" diye bağırdım ama beni duyan yoktu. Demir parmaklıklara tutundum. Erimeye dönmüş mum gibi yere yığıldım. Birden içimdeki ses yükselmeye başladı. "Ayağa kalk! Seni korkutan bu dört duvar mı? Güleyim bari. Ne gelebilir başına söyle?

Sen gerçeklerden korkmadın. Tavuk gibi boynunu büktün.

Şimdi anlaşılmayan iki kelimeden mi korktun? Bu dört duvardan mı korktun?"

"Hayır!" diye bir ses yükseliyordu içimden. Hayır! Hayır!

Bu teselliye tok kelimeyi hiç unutmadım. Nasıl unuturdum?

Yurtta ilk sayıkladığım kelimeyi unutmak mümkün mü?

Komiser beyaz kaşlarının ve ince çerçeveli gözlüklerinin altından beni şöyle bir süzdü. Orta yaşlı bu adamın yüzü sokakta köpek pisliğine basmış gibi ekşidi. Elindeki kalemini masaya sertçe vurdu. Genzini temizledi ve gür soğuk sesle, "Adın soyadın?"

"Lena Bağaşvili."

Adam masada duran ve belli ki az önce incelediği pasaportumu eline aldı. İçindekilere göz attı ve "Lena ne yapıyorsun sen Türkiye'de?" dedi.

"Misafirliğe geldim."

"Kime?"

"Arzu Hanım'a."

"Arzu Hanım öyle demiyor ama senin hizmetçi olduğunu söylüyor."

"Hayır! Yalan bu!" dedim kendimden emin sesle.

Adam soluğunu sertçe çekti. Yüzüme keskin ve asabi bir bakış attı. Bu tarz bakışları iyi bilirdim, elinden gelse, üzerime saldırır saçımı başımı yolardı.

"Olay olduğu gün evde miydin?

"Evet."

"Peki, kapıyı onlara sen mi açtın?"

"Hayır! Neden öyle bir şey yapayım?"

"Bana soruyla cevap verme! Onu ben bilemem Arzu Hanım sana güvenmediğini söylüyor."

"Onun için mi beni evinde tutuyor?"

"Zaten onun evinde de eski tanıdığının hatırına kalıyormuşsun."

Komiser çoktan ayağa kalkmış, hatta yanıma yaklaşmış üzerime yürümüştü. "Anlat!" Adam öyle vahşice bağırdı ki ağzının kırmızılığını ve kirli dişlerini gördüm.

Ondan birkaç adım geri çekilmeyi denedim ama adam çoktan saçlarımı eline doladı, saç köklerimin derinden dayanılmaz sancı ile beni terk ettiğini anladım.

"Gırtlağına kadar borcun varmış, Gürcistan'da otel almışsın. Onun için mi soydunuz kadını? Sen de kaçacaktın ama sana ihanet mi ettiler? Sizin dilinizde seni sattılar ha?"

"Suçsuz yere beni suçlamaya çalıştığınız için sizi dava edeceğim!" dedim ve öfkemi kusmak üzere ağzımdaki tükürüğü adamın suratına boşaltmak istedim. Adam öfkeme öfkeyle karşılık verdi, göğsüme öyle bir yumruk attı ki bir top gibi ileriye fırladım. Sırtımı duvarın birine öyle bir çarptım ki gözlerimden yaş aktı. Doğruldum. Bir güç bana sakin olmamı ve susmamı emretti. Susmayı başardım ama öfkemi gizleyemedim. Yüzümde acıdan çoğalan ter baloncuklarını elimin tersiyle sildim ve adama katil bakışımla baktım.

"Psikopat mısın sen?" diye bağıran adam göğsüme birkaç yumruk attı. Yere yığıldım. Nefes almakta zorlandım. Ama o pis soğuk bakışımı ondan ayırmadım.

"Konuş! Adamlar onlara bu işi senin verdiğini söylediler. Konuşsana!"

"Yok öyle bir şey! Ben evdeydim. Çünkü başım çok ağrıyordu ve Arzu Hanım'a eşlik etmek istemedim. Uzanmıştım.

Sesleri duydum ama aldırmadım. Pazarcılar toplanıyor sandım. Sonra ses yakınlara gelmeye başladı. Kalktım ve odamdan çıktım. Biraz yürüdüm. İlerideki cılız ışığı gördüm ve sonra bakın halime."

Komiser gözlerini kıstı, ağzını ve burnunun deliklerini oynattı. Kapının arkasında duran polisin birine seslendi. Polis içeriye girince ona baş işareti ile söylemek istediğini söyledi.

Genç polis koluma dokundu ve kaba bir sesle "Yürü!" dedi. O odadan başka bir odaya girdik. Komisere anlattıklarımı orada bir kez daha anlattım. Yarım sayfalık ifademin altına imza attım.

Sonra benden bundan sonra kalacağım yerin adresini istediler. Bilmediğimi söyledim. Sonra aklıma Gülsün geldi.

Gülsün şaşırarak, "Sence kalacağın yerle polisler neden ilgilensin?" dedi ve kafasını kaşıdı. Bilmiyorum, desem de bu durum benim de hoşuma gitmemişti. Gülsün odanın içinde başını yere eğerek dolaştı durdu, konuşmuyordu ama düşüncelerin içinde kaybolduğu besbelliydi. Sonra eline telefon aldı ve bir numara tuşladı. "Merhaba," dedi, daha sonra "bir sorun var sana danışmamız gerek," dedi. Telefondaki ses bir erkeğe aitti ama konuşmaları tam olarak anlaşılmıyordu. Benim durumumu karşı tarafta olan kişiye kısaca özetledi. Sonra polislerin kalacağım adresi istemesinden bahsetti. Karşı taraf ne söylediğiyse Gülsün'ün kaşları çatıldı. Birkaç kez evet dedikten sonra telefonu kapattı. Benim yüzüme merhamet ve acıyan gözlerle baktı, iç geçirdi ve söylemeye zorlandığı kelimeleri geveledi. "Kızım seni bırakmışlar ama ufak bir ipucu bulur bulmaz tekrar içeri alabilirler," dedi.

"Ne diyorsun Gülsün, ne ipucu? Ben suçsuzum sen bilmiyor musun?" diye haykırdım.

"Ben biliyorum ama bu yetmez, onların bilmeleri gerek."

"Ne yapmam gerek?" diye geveledim.

"Hanımınla konuş. Doğrusunu o biliyordur."

"O şeytan suratlı kadınla ha? Asla! Bu kadın polislere benim de işin içinde olabileceğimi söylemiş. Düşünebiliyor musun? Bana attığı kazığı görüyor musun? Ama neden? Ben ona ne yaptım? Zamanı gelince kıçını bile temizlemedim mi? Hem bu hırsızlık olayı nereden çıktı? Neden beni içeriye tıkmak istiyor? Neden bana iftira atıyor anlamıyorum. Neden evi sigorta ettirdikten sonra hırsızlar onun eve dadansınlar ki?

Gülsün başını kaşıdı. Kaşlarını alnının ortasında topladı.

Ama yorum yapmadı.

"Güvenmiyorum bu karıya. Bu işin içinde başka bir iş var.

Bu kadın sigortadan para alabilmek için bu işi tezgâhladı belli. Bak buraya yazıyorum. O benim Deniz'in onun kızı olduğunu bildiğimi öğrenince de benden kurtulmak, beni sınır dışı ettirmek istedi."

Gülsün'ün gözlerinde korku ve merak belirdi. Benimse susmaya niyetim yoktu. "Bu karı var ya bu karı! Temel Amca'yı da zehirledi. Demek adamın bir bildiği vardı ki onu temizledi. Gülsün heyecandan ter döküyor, tırnaklarını kemiriyordu. "Ne bilebilirdi ki kızından başka?" dedi kız irileşmiş korku dolu gözleriyle bana bakarak.

İkimiz de sustuk. Sonunda sessizliği Gülsün bozdu.

"Olabilir de!" dedi kız ve ekledi. "Biliyor musun bir kere benim hanımım Arzu Hanım'a neden İstanbul gibi koca şehirden, bu küçücük şehre taşındığını sordu. Kadın ne dese beğenirsin. Orada durmasının kabahat olduğunu söyledi."

Bunu duyunca ayağa fırlamışım. Demek bu karı kabahat işledi ve oradan ayrılmak zorunda kaldı.

"Ve bu kabahatten kocasının haberi vardı," dedi Gülsün.

İkimiz de sustuk ama ikimizin de aklında korkunç senaryolar vardı. İçimizdeki his bu düşüncelerin gerçek olabileceğini fısıldıyordu.

"Buradan gitmen lazım," dedi Gülsün.

"Evet," diye cevap verdim.

Gülsün gözleri boşluğa daldı. Belli ki benim bundan sonra ne yapmam gerektiğini kara kara düşünüyordu. Haklıydı da, ben de düşünmüyor değildim. Her yerin benim için tehlike yarattığını düşünmek psikolojimi öyle bozmuştu ki, kendi kendini yiyen canavara dönmüştüm. Denizden karaya fırlayan köpekbalığı. Oracıkta can vermeyi arzuluyordum. Ama annem içimdekileri duyar duymaz ayağıma asılınca, direncim artmıştı sanki. Hayır diyerek karşısına dikildim. Gülsün yüksek sesle bağırdığımı duyunca yanıma koştu.

"Sen daha iyileşmedin, bak hayal görüyorsun. Ama korkma biz neciyiz burada seni ortada bırakır mıyız? Ah arkadaşım, bu kadar mı talihsiz olur bir insan? Kim bilir yüreğinde ne fırtınalar kopuyor ki kendinden geçmiş bir şekilde sayıklıyorsun."

Ben onun söylediği kelimelerin dörtte birini ancak duyuyordum. Aklımdaki şeytan bir Gürcüce, bir Türkçe küfrediyordu. Aklımdaki şeytan şuurunu kaybedip kafatasımın içinde hayvanca bir kuvvetle tepinip rahatlamak için küçücük açık bir yer ararken, ben kendimden habersiz kapı dışarı fırlamışım. O an kendimi dizlerimin üzerine bırakıp senelerdir yuttuğum zehri yolun ortasına kusmak istedim. Ama gırtlağımdan hayvan uğultusunu andıran bir ses çıktı. O an çok hızlı koşup Arzu Hanım'ın gırtlağına sarılıp onu boğmak istedim. Onun katili, en korkunç canavar olmak istedim. Bunu bağırarak dile getirdiğimi Gülsün'ün beni tokatladıktan sonra anımsadım. Gülsün beni omuzlarımdan tutup sarsıyordu, bir taraftan da sağa sola bakarak bizi gören var mıdır diye bakınıyordu. "Sakin ol!" dedi kız bana defalarca. "Beni kırma lütfen eve girelim. Şimdi bir gören duyan olur. Hakikaten seni suçlu sanıp, içeriye tıkarlar. Hanımın istediği de bu değil mi?" derken sesi titriyordu. Bense susmuyor, "Artık bıçak kemiğe dayandı. Bırak gideyim ve o kalleş karıya haddini bildireyim!" diye bağırdım.

"Saçmalıyorsun ama! Delirdin galiba! Ya da cinnet geçiriyorsun!"

Cinnet kelimesini duyunca bu kez gözlerimden yaşlar boşaldı, hıçkıra hıçkıra ağladım.

Sabaha karşı Gülsün beni birkaç kez dürterek uyandırdı.

Gözlerimi açtım. Kuvvetli bir yağmur sesi duydum. Ağrıdan patlamak üzere olan başımı kaldırdım. Pencereden sokağa baktım, gün ışığı kararmış bulutların gölgesinden nefes almaya çalışsa da belli ki zorlanıyor kendini gösteremiyordu.

Buna mevsimin kendine öz kirliliği de eklenince gün doğuşunun pek de parlak olmayacağı belli oldu.

"Kalk gidiyoruz," dedi Gülsün. Nereye gideceğimizi sormadım, benim için hiçbir anlamı yoktu bunun. Çünkü benim için hiçbir yerde huzur yoktu. Gülsün'le birlikte yattığım yataktan hantal hantal doğruldum. Bana verdiği gri hırkayı yaralı kolumdan dikkatlice geçirdim ve kızın arkasına takıldım.

Gülsün tedirgindi, bizi gören var mıdır diye sürekli çevreyi süzüyor, oflayıp pufluyordu. Allah'tan ortalık sakindi.

Büyük ihtimal Ayten Hanım uyuyordu. Evden çıkarken de bizi gören olmadı. Gülsün'ün kareli şemsiyesinin altında hızla yürüyorduk. Biraz ileride sokağın köşesinde bizi beyaz bir Şahin bekliyordu. Günaydın, dedikten sonra Gülsün araba sürücüsüne bir adres verdi. Araba hareket etmeye başladı.

Kimse konuşmadı. Herkes durgundu, belki de benim düşündüğünü, Tanrı'nın ağladığını düşünüyordu herkes, bilemem. Ama ben o an Tanrı'nın sebepsiz yere ölümü tadan çocuklara ağladığını hissediyordum. Ağlamak istiyordum ama kendimi kasıyordum.

Araba inleye inleye şehrin dışına çıktı. Dik dönemeçli yollara sahip bir tepeye tırmandık, sonra tepecikten aşağı indik. Sonunda araba bir yolun ağzında durdu. "Geldik," dedi Gülsün, inmem için göz işareti yaparak. Arabanın penceresinden çevreyi incelendim. Sanırım geldiğimiz yol azgın denizin dibine kadar varıyordu. Burası çok tenha bir yerdi.

Beni burada kimseler bulamaz diye geçirdim aklımdan ve Gülsün'ün arkasından indim, peşinden yürüdüm. Patika yol tepenin dibinden derinliklere ilerliyordu. Aşağıda kayalıklı keskin uçurum, uçurumun dibinde ise azgın deniz vardı. Yolun öbür yanında ise tripleks villalar vardı. Pembe olanın önünde durduk. Geniş mermer merdivenden yukarı çıktık. Önümüzde geniş bir veranda uzanmıştı. Yağmur çatının çevresindeki ahşap süslemelerden aşağı iniyordu. "Sana yeni bir yer bulana kadar burada kalacaksın," dedi Gülsün ve demir kapıya anahtarı soktu. Kapıyı itekledi, içeriye girdi ve kapının ağzında benim girmemi bekledi. Başımı yere eğerek içeriye girdim.

"Seni zor durumda bırakıyorum," diye geveledim. Gülsün isteksiz güldü.

"Ah arkadaşım yeter ki sen iyi ol, ben bir şekilde kendimi ifade ederim. Sen burada, yabancı memlekette ne yaparsın yalnız başına?"

"Sağ ol!" dedim ve kızın omzunu dostça okşadım.

"Lena bu ev benim hanımımın torununa ait. Pek buralara geleceğini sanmıyorum ama eğer gelirse, ona gözükme olur mu? Işığı yakma, gürültü yapma olur mu?"

"Peki," dedim yüzümü ekşiterek. Gülsün kollarını boynuma doladı, bana sıkı sıkı sarıldı ve "Hoşça kal!" dedi. Kapı dışarı çıkmış iki üç adım atmıştı ki, durdu ve bana, "Sana biraz yiyecek ayarlamıştım, bekle getireceğim," dedi ve oradan uzaklaştı. Az sonra siyah bir torba ile geri döndü. "Dişini sık arkadaşım," dedi ve gitti. Zaten hayatım boyunca başka bir şey yapmadım.

Bir müddet hiç kıpırdamadım. Sadece gözlerim hareket etti. Burada beyaz koltuklar vardı. Onlardan birine oturdum.

Üşüdüğümü fark ettim, belki de üşümüyordum sadece sinirden titriyordum. Burada gördüğüm her şey; sehpa, üzerindeki resimler, uzun beyaz vitrin, içindeki eşyalar, benden uzun yapma çiçekler, her şey ama her şey sanki buz devrine ait gibiydi. Biri dokunsa dağılacakmış gibiydi hepsi. Ben de onlardan farksızdım aslında. Birden beynimde bir şeyin zonkladığını hissettim, öfke. Öfke beni sinir topuna çevirmişti. Hanımımdan intikam alacaktım, ha bu gün ha yarın ama alacaktım.

Bu evin içinde beş gece dört gün ruh gibi dolaştım. Otursam oturamıyor, uyusam uyuyamıyordum. Sık sık pencereden ıssız yolu izliyor, Gülsün'ün yolunu gözlüyordum. Oysa Gülsün beni bir kez ev telefonundan arayıp bir değişiklik olmadığını söylemişti. Arzu Hanım sigortadan büyük miktarda para alacağı için umutlu olduğunu söylemişti. "Bu düşüncesini pek dile getirmiyor ama benim hanım ile pek samimi olduğunu biliyorsun," demişti. Bir de, benim için iş aradığını söylemişti. Bu durumda sadece beklemek gerekiyordu. Peki dedim ve onun benim için hanımın buzdolabından arakladığı elimde olan son elmayı çöp kutusuna fırlattım. İç geçirdim.

Havaya birkaç boş yumruk salladım sonra yere çömeldim başımı dizlerime defalarca, beynimi dağıtırcasına vurdum. Ama aklımdaki şeytan her geçen saniye kendinde güç buluyordu.

Tıpkı o cinnet geçirdiğim günlerdeki gibi.

"Anne sen beni zehirle beslemişin bunu şimdi daha iyi anlıyorum!" bu cümleyi kaç kez, kaç bin kez tekrarladığımı hatırlamıyorum ta ki o gürültüyü duyana kadar. Ayak sesleri mi? Sokakta hızlı koşan köpek sesleri mi? Bunu ilk önce anlayamadım ama sonra konuşma seslerini de duyunca oturduğum yerden fırladım. Pencereye koştum. İki parmakla perdenin ucunu kaldırdım. Dışarısı alacakaranlıktı. Yoldan eve doğru iki, uzun ince gencin yaklaştığını gördüm. Buraya geliyorlardı. Camdan uzaklaştım. Bir müddet donakaldım.

Ne yapmam gerektiğini düşünemedim. Nereye gideceğini, nerede saklanacağımı bilemedim. Sonra birden kuvvetli bir dürtü ile kendime geldim ve koşmaya başladım, salonu geçtim, bodrum kata inerken demir kapının açıldığını duydum.

Biri elektrik düğmesine basmıştı. Çünkü cılız ışık bana kadar ulaşmıştı. Parmak uçlarımda yürüdüm.

Orada sauna ve havuz bulunuyordu. Gündüz gözü ile oraları gezmiştim. Bodrum katı üçe bölünmüştü. Tam girişte en geniş alanda mavi fayanslardan yapılmış geniş bir havuz vardı. Havuzun içi boştu. Orada iki kapı daha bulunuyordu. Biri saunanın kapısı. Diğer odanın duvarında ise bir sürü elektrik düğmeleri, şalterleri vardı. Ayağımın altında ise derinliklere, karanlıklara inen ızgara şeklinde bir kapı daha vardı.

Merdivenlerin son basamağına oturdum ve olacakları beklemeye başladım. Birden evi sarsan bir müzik sesi duyuldu.

Müziği sevmediğini bilmiyor musun anne? Sinirlerimin tırmandığını bilmen lazım senin. Ses bir azalıp bir çoğalıyordu.

Sonunda sanırım hangi tarz müziği dinleyeceğine karar verdiler ki aynı tempodan caz müzik çalmaya devam etti. Daha sonra eşyaların yeri değişmeye başladı. Birileri bir şeyleri tepemde çekiştiriyordu. Zeminden iç parçalayıcı, rahatsız edici bir ses yükseliyordu. O ses durduğu an müzik sesi daha da yükseldi. Kapının kuş ötüşünü andıran sesi duyuldu. Arkasından coşkulu haykırışlar. Belli ki birilerini karşıladılar. Belli ki gelenler bayandı. Belli ki parti büyüyordu. Allah kahretsin seni anne! Sen benim parti sevmediğimi bilmiyor musun? Yine toplamışsın kardeşime ve bana sormadan birilerini. Biz kardeşimle yatağın altında büzüşüp oturmaya mahkûmuz değil mi? Allah belanı versin senin anne. Vampirsin sen! Kendi öz evlatlarının kanını emen bir vampirsin! Oradakilere bizden bahsetmedin inşallah. Çünkü komşu kadın onların senden istediklerini bir gün bizden de isteyeceklerinden bahsetti.

Tepemde bir patlama sesi duyuldu. Sonra coşkulu kahkaha sesi. Biri şampanya patlattı belli ki. Birileri alkış patlattı.

Konuşmalar hiç kesilmedi. Başım balyoz yemiş gibi şişti. Bu kahrolası müziği ve oradakilerin çıkardıkları gürültüyü duymamak için beynimdeki inatçı keçileri saymaya başladım. Az sonra çok terlediğimi fark ettim. Belli ki biri kaloriferleri çalıştırmıştı. Oradan arakladığım kalın kazağı çıkardım. Dizlerimin üzerine koydum, sonra duvara dayadığım başının altına attım. Göz kapaklarım ağırlaştıkça ağırlaştı. Az sonra karanlığın içinde kayboldum. Rüyamda biri beni uçuruma itti. Çok korktum oturduğum yerde sıçradım. Gözlerimi açmışım.

Benim oturduğum merdiven basamaklarında ışık yanmıştı.

Kimin ne zaman yaktığını bilmiyorum ama hemen oradan yok olmam gerektiğini anladım. Az sonra birinin oraya geldiğini duydum. Deli gibi çevreye bakındım. Hamamın içine girmenin doğru olmayacağını düşündüm ve depoya girdim.

Kapının arkasında duvara dayandım ve neredeyse nefes almayı kestim. Merdivenlerden inen ayak sesleri gittikçe bana yaklaşıyordu. Gelen kimse yukarıda çalmakta olan şarkıyı tekrarlıyordu. Ayak sesi kesildi. Pırıl pırıl ışıklar yandı. Işıklar cam tuğladan örülmüş duvardan görünüyordu. Az sonra burnumun dibinde bir erkek eli uzandı. Biri parmak yardımı ile duvardaki düğmelerin birini kaldırdı. Sessiz ve derin bir nefes aldım. Dizlerim titremeye başladı. Az sonra ayaklarımın altındaki olan ızgaralı telin derinliklerinden hızla ve büyük öfkeyle çalışan motor sesi duyuldu. Adam birini aradı ve suyun havuza dolmadığından bahsetti. Bu da benim gizlendiğim depoyu birilerinin ziyaret edeceği anlamına geliyordu.

Deli gibi o daracık depoya göz attım. Tek şansım ayağımın altındaki ızgara kapının ötesindeki karanlık derinliklere kendimi salıvermekti. Bütün kuvvetimle ızgara kapıya asıldım. Bunu sessiz yapmam gerektiği için ecel terleri döküyordum resmen. Kapıyı yeterince araladığımda önce ayaklarımı sonra gövdemi oraya saldım. Sanırım orada demir çubuklu bir merdiven vardı. Ama merdiven yeterince uzun olmadığından artık adım atamıyordum. Altta ne olduğunu anlamak için ayağımı boşluğa saldım, ayağım sert bir cisme dokundu. Ne olduğunu anlamadım ama gücümü oraya vermenin hata olduğunu anladım. Ah Tanrım dedim içimden, beynimi düşünmek için zorladım. Ama fazla vakit yoktu, merdivenin basamağına tutunarak oracıkta çöktüm.

Yaralı kolumun ağrısına dayanamıyordum. Tam ızgara demir kapıyı başımın üstüne kapattım ki, adamın biri oraya girdi ve ışıkları yaktı. Sonra ayaklarımın altında demirli dişlerin arasında kırmızı ateşi gösteren ve ara ara kıvılcımları sıçratan motorun biri çalıştı, oradaki kalın hortumlar suyun kuvvetinden titremeye başladı. Kablo yanığı kokusu hissedildi. Bir yerlerden su sesi duyuldu. Sanırım havuz suyla doluyordu. Az sonra misafirlerin havuzu ziyaret edeceği gayet açıktı. Bu demek oluyordu ki ben burada epey kalacaktım. Dudağımı acı acı ısırdım. Merdivenin demir basamaklarını daha kuvvetli kavradım. Motorum ateşli kıvılcımlarını görmemek için gözlerimi sıkı sıkı yumdum. Soluk almakta gittikçe zorlandım. Biri benim gırtlağıma çullanmış boğuyordu. Sanırım oksijen azalıyordu. Belki benim beynimdeki kıyı köşede esir kalan pozitif düşünceler tükeniyordu. Ben tükeniyordum. Yüksek müzik sesinden silkindim. Milletin eğlendiğini anımsadım. Bir yerlerde hayat vardı. Bende de hayat olmalıydı. Son arzum bu değil miydi? İnsan gibi yaşamak. Evet, insan gibi yaşamak.

Gözümün önüne birden otelin beyaz olması gereken gövdesini getirdim. Hoşnutlukla gülümsedim. Derin nefes almak için ciğerlerime yüklendim. Bir kez daha, bir kez daha...

Kollarım ağrıyor, ayaklarım ağrıyor, başım bedenim ağrıyor, dişlerimi sıkmaktan çenem ağrıyordu. Beynimin kara defter satırlarını yel almış birbirleri ile harmanlamış, gırtlağımı tıkamıştı. Boğuluyordum. Tıpkı o cinnet geçirdiğim gün gibi boğuluyordum. Hayır, kendimle savaşmalıydım. Ben faydalı biri olacaktım. Tabii ya faydalı biri. Ellerim terlemişti, parmaklarım uyuşmuştu, altta kızgın ateş kıvılcımları beni bekliyordu. Annem mezarda sabırsızca kıpırdandı, bana yer açar gibi bir hali vardı. Birden parmaklarımda güç belirdi. Hâlâ oradaydım, merdivenin üzerinde. Dışarıdan su, şarkı, kahkaha sesleri geliyordu.

16

Gülsün beni havuzun dibinde, hâlâ sıcak olan taşların üzerinde yüzüstü yatar halde buldu. Kız benim öldüğümü sanmış, bedenime yapışmış kuvvetle sarsıyordu. Kendime geldiğimde bir çığlık attım. Onu üzerimden itekledim, "Senin ne işin var burada ödümü kopardın," diye bağırdım.

"Asıl benim ödüm koptu, öldüğünü sandım," dedi. Kötüler kolay kolay ölmez diyecektim ki dilimi ısırdım. "Ölmedim görüyorsun," dedim. Gülsün bu kez sinirinden gülmeye başladı.

"Ben de dün gece seni burada görmüş olabilirler diye düşündüm, oysa sen saklanacak şahane yer bulmuşsun kendine, havuzun dibinde."

"Evet, doğru söylüyorsun şahane!" dedim ve çıktığım deliğe doğru baktım. İçimdeki derin ürpertiden dolayı titredim ve ayağa kalkmak için acele ettim. Gülsün koluma girdi ve bütün samimiyetiyle, "Şaka bir yana senin adına çok ama çok korktum," dedi. O gece yaşananlar aklımın kör bıçağı olmuştu, adeta beynimin üzerinde kuvvetini deniyordu. Sadece derin, ama çok derin nefes alarak iç geçirdim ve sustum.

"Ya seni burada, bu evde görseydiler. Olacakları düşünebiliyor musun?"

"Düşünmek istemiyorum!" dedim kıza soğuk bir sesle.

"Haklısın, haydi o zaman gidiyoruz buradan."

Çevreyi kolaçan ettikten sonra beni misafir ettiği villanın kapısını kilitledik ve arkamıza bile bakmadan oradan çok hızlı adımlarla uzaklaştık. Taksi bizi sitenin dışında beklediği için epey yürümek zorunda kaldık.

Sokaklarda kuru soğuk hâkimdi. Dağlar, evler, taşlı yollar ıslaktı. Ortalık sessizdi. Deniz kendi ölümünü düşünür gibi durgun ve kirliydi. Belirsizlikten boğuluyordum. Derin bir nefes aldım, hızla yürüyen Gülsün'e yetişmek için epey çaba sarf ediyordum. İkimiz de suskunduk, sonunda sessizliği Gülsün bozdu.

"Hepsi benim suçum. Düşünemedim, bu kış kıyamette oraya birilerinin eğlenmeye gelebileceğini."

Ses etmedim. Sadece gülümsedim. Kızın telaşlı yüzüne baktım, şimdi nereye gittiğimizi sordum.

"Gidiyoruz değil, sen gidiyorsun, sen Bursa'ya gidiyorsun canım."

"Bursa'ya mı?"

"Evet. Aslında belki de senin adına karar vermek doğru değil ama başka çaremiz olmadığını biliyorsun. Hasta bir kadına bakacaksın. Bu da senin yapmadığın iş değil."

"Haklısın."

"O zaman acele etmemiz lazım çünkü hanımım beni hâlâ yatakta sanıyor ve her an sesleneceğinden eminim."

Çınar ağacının altında duran sarı taksiye yaklaştığımızda araba çalıştı. Gülsün göz işareti ile arabaya binmemi istedi.

Ben arkaya oturdum. Gülsün yanıma oturdu. Taksi hareket etmeye başladı. Kimse konuşmadı. Sanırım Gülsün'ün konuşmaya cesareti yoktu, benimse ona soracak bir sorum...

Otobüs biletinde Gülsün'ün adı soyadı yazılıydı. Her zamanki gibi sadece gülümsedim. Kime şikâyette bulunma hakkım vardı ki, kim dinlerdi beni? Bu yabancı ülkede derdimi kime anlatırdım. Annem bile benim derdimi dinlemedi be...

"Bana bir şeyi mi dedin?"

"Hayır."

"Bursa'da beni karşılayan olur herhalde. Yoksa..."

"Seni bir adam karşılayacak. Hasta olan kadının oğlu olmalı." Gülsün belki de farkına varmadan tam on beş dakikadır omzumu okşuyordu. O iyi bir dosttu ve içimden ona sarılıp ağlamak geliyordu. Ama onun ruhu temizdi, benimse... Çok tuhaf sanki Türkiye'de de herkes beni tanımaya başlamıştı. Bu olamazdı. O bir hataydı. İstemeyerek olan bir hata, bir cinnet anı. Benim için bir gölge. Korku. Kâbus.

"Titriyorsun," dedi Gülsün.

"Evet üşüyorum. Paranı düşünme sana olan borcumu öderim."

"Biliyorum. Sen onu dert etme. Hayatta paradan daha önemli o kadar çok şey var ki."

"Gülsün arkadaşım!" Bu kez ağlıyordum ve sanırım ılık, sevgi kokan gözyaşlarımla tanışıyordum.

"Her şey yoluna girecek. Ama şimdi gitmem lazım çünkü vedalaşmayı hiç sevmem," dedi Gülsün ve elime küçük bir valiz tutuşturdu.

Gülsün gitti. Onun gidişini otobüsün penceresinden sakin bir şekilde izledim. Her saniye beni takip eden öfkem bu kez paçamı bırakmıştı. Sanki bir kez daha doğmuştum. Acı acı güldüm. Çevreme, yanımda oturan yaşlı kadına etkilenerek baktım. Gerçek yaşamı hisseder gibi olmuştum sanki. Çevremde oturan insanların sakin yüzlerinin altında gizlediği telaşı gördüm, hayatın değişken olduğunu gördüm, iyiyi de gördüm. Allah'ın bir kere de olsa beni gördüğünü gördüm.

"Bir şey mi soracaksın evladım?" diye sordu kadın.

"Hayır, teyze," deyip gülümsedim.

İçimde beni ısıtan fırtınadan özüm sarsılmıştı sanki. Şeytanların sıcağı sevmediğini hiç bilmiyordum, beni o an terk ettiklerinde anladım bunu. Tuhaf bir şekilde rahatlamış hissediyordum. Otobüsün koltuğuna yorgun, bitkin, aç ve susuz bedenimi teslim ettim. Geniş pencereden soğuktan sararıp kararmış, bir zamanlar yemyeşil olan dağlara baktım. İçim titredi ve acı acı gülümsedim. Koca dünyanın da tıpkı benim gibi, gelebilecek felaketlere karşı elinin kolunun bağlı olmasına hayret ettim, kader... Hayat, dedim.

Şimdi ne olacaktı? Akıp giden zaman, bizi nereye sürükleyecekti acaba? Kimlerle tanışacaktım? Orada ne yaşanacaktı? Ürperdim, aklımdaki şeytan bana, Abbas'ın kör kazı gibi yürüyecek kabiliyete sahip olduğumu hatırlattı. İç geçirdim.

Başımı koltuğa yasladım gözlerimi yumdum ve sessizce "Ben seni yenerim," dedim. Sivri kahkaha sesleri duydum. Dişlerimi sıktım. Ben faydalı biri olacağım. Bir kez, iki kez, üç kez...

Tekrarladım bu cümleyi içimden. Sanırım bir ara uykuya bile daldım. Uyandığımda şeytan elini kolunu sallaya sallaya içimde geziniyordu. Arzu Hanım'a küfrediyor, onu tartaklıyor, onun gırtlağını iri testere ile parçalıyordum. Sanırım bu dört tekerlekli dikdörtgen kutuya hızlı hareket ettiği için teşekkür etmem gerekirdi.

17

Bursa... Yeni bir şehir daha. Kuşadası'ndan büyük, otobüsün penceresinden gözlemlediğime göre Kuşadası'ndan büyük.

Sanırım görebileceğim bu kadar. Bir hizmetçi parçası başka neyi görebilir ki? Milletin pisliğinden, derdinden, çöp tenekelerinden başka. Ha... Bir de şu var; eğer burada güven sağlarsam belki buranın pazarını da görürdüm. Otobüsten inenlerin arkasına takıldım. Hiçbir heyecan yaşamıyordum, sadece tuhaf bir huzursuzluk. Daha doğrusu korku. Burada beni ne bekliyordu. Beni hırpalamaya can atanlar olur muydu? Kendimi avutmayı denedim. Hayatta gördüğümden daha kötüsü var mıydı ki? Çevreye şöyle bir göz attım. Hava kararmış olmasına rağmen otogarın güçlü aydınlatmasının etkisiyle çevrede, her şeyin üzerinde gündüzü aratmayan sahte sihirli ışıltılar vardı. Sıralarını bozmadan durup yolcu bekleyen otobüsler, her durakta yolcu alıp indiriyor, yolda onları bekleyen maceralarla bıkmadan usanmadan hayatlarına devam eden yolcular saatlerin sözünü dinliyorlardı. Saat derken, beni beklerler diye düşünerek çevreye göz attım. Beni arayan kimseyi göremedim. Herkes kendi havasındaydı. Sarı beyaz ışıklarla aydınlanan butiklerin önünde insanlar karınca gibi kaynıyordu. Kimi akşam yemeği için ağzına bir şeyler atıyor, kimi ise elinde telefon hararetli hararetli konuşuyordu. Çoğu da bir yolunu tutturmuş ilerliyordu. Bense aptal gibi, nereye gideceğimi bilmeden yolun ortasında duruyordum. Kaç kişi omzuna çarpıp gitti haberim bile yok. Şimdi ne olacağını düşünmekten sersemlemiştim. Yolunu kaybetmiş şaşkın hayvan gibiydim. Çoğu zamanki gibi öfkeliydim ama kime ve neden olduğunu bilmiyordum. Havaya bile öfkeliydim, çünkü soğuktu. Ruhum da bedenim de üşüyordu. Açlıktan midem bulanıyordu. Başım ağrıyordu. Üstüm başım perişan, kazak ve pantolonum kirliydi.

Bir müddet sonra biri burnumun dibine yaklaştı. Yüzüme şaşkın şaşkın tiksintiyle baktı. Şaşırmadım çünkü beni ilk gören insanlarda bu hep oluyordu. Bir kez daha annemi suçladım.

Tam kendimi tanıtmaya kalkıştım ki, karşımdaki kişi "Şekerim senin adın Lena mı?" diye sordu.

"Evet."

"Ben de Deniz," diyen adam ya da kadın pamuk gibi yumuşak elini tokalaşmak için uzattı. Annem sizi bekliyor gidelim dedi ve önden yürüdü. Bana sırtı dönüktü. Onu rahatlıkla izliyor aklıma takılan soruya cevap arıyordum. Vücut yapısı sanki bir erkeğe aitti. Ama üzerindeki dar, kot pantolon bir kadına mahsus parlak taşlarla süslenmiş, parlıyordu. Üzerindeki kısa mont sanırım pantolonun takımıydı çünkü o da aynı taşlarla süslüydü. Bu Deniz sanırım benim yaşlarımdaydı, belki benden daha büyük, onun rahat bir yaşamı olduğunu düşünürsek benim kadar yıpranmamış olabilirdi. Deniz kısa ve kibar adımlar atıyordu. Daha doğrusu kız gibi kıvıra kıvıra yürüyordu. Birkaç kez dönüp bana baktı, kibarca gülümsedi.

Kıvırcık, boynunu kapatan kahverengi saçlarını iki yerinden parlak toka ile toplamıştı. Garajın içinde otoparkla duran siyah Citroën arabaya yaklaştık. Bana arka kapısını açtı ve buyurmamı söyledi. Parlak, pürüzsüz, beyaz bir yüzü vardı. Siyah kaşları alınmıştı. Belki de o uzun kirpikleri takmaydı, kim bilir?

Ne yalan söyleyeyim sakalını falan görmedim. Ama kemerli sivri burnu bir erkeğe aitti. Dudakları ters dönmüştü sanki ya da doktorun biri şişirmişti onları. Çene kemikleri geniş ve kabaydı. Onlar da bir erkeğe aitti. Bir de üç köşeli gırtlağı vardı.

Biliyor musun anne çok kişi gördüm. Ama kadın olan adamı hiç görmedim. Türklerin bir lafı geldi yine aklıma. Dünyanın çivisi çıkmış. Bak bu doğru, dünyanın çivisi çıkmış.

"İyi misiniz?" diye sordu Deniz bana bakarak.

"Evet! Evet!"

"Yolculuğunuz nasıl geçti?"

"Uyudum."

"Ah ne güzel. En iyisini yapmışsın, yoksa otobüs çekilir mi şekerim?"

"Evet," dedim ama tabii ki onun düşündüğü gibi düşünmüyordum. Biliyor musun anne evi barkı olmayan otobüs sever. Başında çatısı var en azından. Yolun ucunda belki hayalleri, belki kâbusları ama hayat var, ilgi var, bir bardak çay, bir bardak su var. Merak etme anne sen beni hep açgözlülükle suçladın, unutmadım. Aslında ben bir şey görmedim ki açgözlü olayım.

"Gülsün size anlattı mı?"

"Neyi?"

"Annemi?"

"Biraz," dedim ve bana inanması için Deniz'in gözünün içine baktım.

"Demek psikolojik rahatsızlığı olduğunu biliyorsunuz."

İçimden bir bu eksikti, bir deli eksikti diye geçirdim. İkimiz de susuyorduk. Ben arabanın penceresinden kararmış günün sağda solda yanan tek tük ışıklarını, hayatta kalma çabasını görüyor, iç geçiriyor, acı acı gülümsüyor, kendi kendime sen bittin, diyordum.

"Pardon!" dedi Deniz.

"Bugün de gün bitti."

Deniz ilk önce anlamadı sonra hak verircesine evet, evet diye geveledi.

Az sonra araba yoğun trafiğe karıştı, sanırım burası Bursa'nın göbeğiydi. Yollar geniş, binalar yüksekti. Lüks bir semt olduğu her halinden belliydi. Binalar iri, çevre aydınlatması şahaneydi. Yolun iki tarafında da lüks mağazalar sıralanmış, parası bol müşterileri beklemekteydi. Vitrinlerdeki fildişi plastikten dökme, uzun boylu sıfır beden mankenlerin benim hayatım boyunca görmediğim kadar çok kıyafet denediklerinden emindim. Neyse ki cicili bicili şıkır şıkır kıyafetler benim tarzım değildi ve ben onları izlemekten sıkılıp binaların büyük pencerelerini izlemeye başladım. İşte bak anne para insanı nasıl değiştiriyor... Bu lüks binalardaki dairelerin çoğu paranın getirdiği lüks hayatı göstermek için perdeleri tepeye kadar sıyırmış, açık tiyatro misali evin içini sergiliyor, güya şehrin manzarasını izliyorlar. Güzel bir kadının vücut hatlarını gösterme çabası gibi. Asabi asabi gülme anne. Evet bana her şey ters ama beni sen böyle yaptın. Bakış açım senin yüzünden değişmiş olmasın? Hayattan nefret ediyorum. Bu sırada suratımı büzdüğümden habersiz birden titredim.

"Bir şey mi oldu?"

"Hayır, neden?"

"Nedense canının acıdığını hisseder gibi oldum."

"Şehir çok büyük."

"Evet, büyük ve güzel. Ben severim Bursa'yı. Umarım sende seversin."

Şehri sevmem için insanları sevmem gerek. Bunu Deniz'e söylemedim tabii ki. İlk günden adamı, pardon kadını korkutmak istemedim.

Dönemeçli yolun birine girdik, az ilerideki sokağa saptık. Deniz kendine ait siyah yavruyu yeni ve bakımlı binanın önünde durdurdu. Arabadan inmek için hazırlandı. Onu takip ettim.

Apartmanın içi gri mermerle döşenmişti. Her yer parlıyordu. Geniş bir asansöre bindik. Deniz yüzümün iğrenç olan kısmına bakmamak için epey çaba harcamıştı ama bunu beceremediği besbelliydi. Sonunda asansör durdu. Deniz bana yol verdi. Bu kibar davranışına şaşırmadım diyemem. Hizmetçi parçasına bu nezaket! Sen inanıyor musun anne? Elbette hayır. Ama ben inanmak istiyorum çünkü buna ihtiyacım var.

"Burası şekerim!" dedi Deniz ve beyaz, üzerinde 53 yazan demir kapıyı araladı. İçeriden bugüne kadar hiç duymadığım yabancı bir çiçek kokusu geldi. Büyük bir istekle derin derin nefes almaya başladım. Önümde geniş bir hol vardı. Deniz boydan boya ayna olan dolap kapaklarından birini hafifçe itekledi. Raflarda sıra sıra düzenli duran terlikler vardı. "Kaç numara?" diye sordu Deniz ayağıma bakarak. "Otuz sekiz," dedim ve ondan hızlı davranarak otuz sekiz olabilecek en soluk olan terlikleri aldım. Deniz yüzüme şaşkınlıkla baktı.

"Yenileri eskitmeyim," dedim. Çok tuhafsın der gibi başını sağa sola çevirdi.

Belki de tuhaf davranışlarım vardı ama bütün bunları hayat öğretmişti bana. Kendimi bildim bileli insanların gözünde değersizdim ve buna bende inanmaya başlamıştım. Bütün öfkelerim belki bundan kaynaklanıyordu. Çok isterdim sakin ve huzurlu bir ruha sahip olmayı ama bütün hayatım tel örgülerle sarılmıştı ve bu durum benim sinirimi bozuyordu.

"Buyurun bu tarafa," dedi Deniz hafifçe omzuma dokunarak. Birkaç adım attım ki karşımda bir kadın belirdi. Kısa boylu olan kadın orta yaşlardaydı. Yüz hatları Deniz'in yüz hatlarının hemen hemen aynısıydı tek bir farkla, onun yüzü kırışmış ve solmuştu. Belli ki boyalı olan şekilli kaşlarının altında gri gözleri boş ve yorgun bakıyordu. Burnu ince kemerli, dudakları incecik ve renksizdi. Kıvır kıvır saçları kısa kesilmişti ve özenerek taranmıştı. Kadın zayıftı ama çenesinin altından yağ torbası sarkıyordu. Göğüsleri büyük ve sarkıktı, ne neredeyse göbeğine varıyordu. Kadının üzerinde mor, yakalı bir kazak ve beyaza yakın ince kot pantolon vardı. Omuzları öne doğru düşmüştü, yorgun ve kuvvetsiz görünüyordu.

Bana doğru kısa adımlar atıyordu ki birden sendeledi. Onu omuzlarından yakaladım birden. Kadın zayıf ve bitkin bedenini üzerime bıraktı. Göğsümde bıraktığı başını kaldırıp gözümün içine bakarak "Aferin sana!" dedi. Ona gülümsedim ama o hizmetçilere mahsus gülümsemeyle değil, candan gülümsedim. Kadını oturma odasının birinde sırtı yüksek olan lacivert koltuğa oturttum, kendi isteği üzerine. Sonra da yine kadının isteği üzerine ben de karşıda duran koltuğun birine oturdum.

"Hoş geldin kızım."

"Hoş bulduk."

Sanırım heyecandan olmalı ellerimi ovuşturduğumu fark ettim. Sonunda ellerimi birbirlerinden ayırdım ve koltuğun kenarına koydum. Bu anlar en nefret ettiğim anlardı anne.

Çünkü ev sahipleri haklı olarak kim olduğumu, nereden ve niçin geldiğimi, annemin babamın kim olduğumu kısacası ahret soruları sorarlardı. Ama bu kadın öyle yapmadı, yüzüme hastalıktan içi boşalmış gri gözleriyle baktı.

"Adın ne?"

"Lena." Tekrar ellerimi ovuşturmaya başladım.

"Benim de Yasemin. Telefon orada aramayacak mısın?"

"Kimi?" dedim şaşırarak.

"Kimi olacak seni merak edenleri."

"Evet," dedim ve sadece oturduğum yerde huzursuzca kıpırdandım.

"Çekinmene gerek yok," dedi kadın ve yüzüme o boş ve yorgun gözleriyle bakmaya devam etti. Sence bu kadın samimi miydi anne, yoksa öbürleri gibi beni denemek için yapılan bir numara mıydı bu? Bugün beni bu şekilde kontrol ederdi.

Yarınsa ütülenecek kıyafetlerin ceplerinde parasını unutmuş gibi yapardı. Ama ben hırsız değilim ve bunu anlamaları için bu yollardan geçmeliyim sanırım. Derin bir nefes aldım ve hayatın bizim gibiler için ne kadar zor olduğunu anımsadım, zor değil iğrenç demeliyim aslında anne. Ben bu evin evladı olsaydım ne olurdu. Şahane olurdu ama bunu benimsemek

ve kabullenmek bana göre değildi. Çevreye şöyle bir göz attım. Telefon tam karşıdaki uzun ayaklı komodinin üzerindeydi. Ayağa kalkıp ona doğru ilerledim. Sol elle ahizeyi kaldırdım, Gülsün'ün numarasını hızlıca tuşladım. Telefon sadece iki kez çaldı. Sonra Gülsün'ün sesini duydum. Ben de yumuşak bir sesle, "Benim Gülsün, iyiyim," dediğimde kadınla göz göze geldik. "Sevindim," dedi Gülsün ve sustu, belli ki yanında birileri vardı.

"Peki, iyi akşamlar o zaman, ben seni sonra tekrar ararım."

"Kendine iyi bak," dedi Gülsün ve telefonu kapattı. Telefon ahizesini yerine bıraktım. Kadına kibarca gülümsedim, teşekkür ettim.

"Lafı bile olmaz, sen bugünden sonra bu evin kızısın, rahatına bak lütfen."

Kadın ne demek istiyordu anlamış değildim. Ne demek rahatına bak, ben buranın hizmetçisiydim ve çalışmam, temizlik yapmam gerekirdi.

"Otur kızım. Bir kâse çorba iç sonra Deniz sana odanı gösterir, dinlenmek istersin herhalde."

Koltuğun kıyısına her an kalkacakmış gibi oturdum. Ellerimi göğsüme kavuşturmak istedim ama bunu yapamazdım, çünkü ben hizmetçiydim ve öğrenci ya da asker gibi esas duruşta olmalıydım. Deniz üç kâse çorba getirdi. İlk olarak bana yaklaştı. Ayağa fırladım, otur dedi ve geniş olan tabağın üzerindeki çorba kâsesini elime tutuşturdu. Biliyor musun anne kendimi bildim bileli kimsenin elinden çorba aldığımı anımsamıyorum. Aklımda sayısız sorular koşuşturmaya başladı ama en mantıklısı maaşımın ne kadar olacağıydı. Bu yoğun ilgiyi neye bağlayabilirdim ki başka? Ne kadar mağdur olduğumdan haberleri var mıdır acaba, diye geçirdim aklımdan ve bunu yaparken kaşlarımı çattığımdan haberim yoktu. Kadının yüzüne baktığımda onun da kaşlarını çatmış olduğunu gördüm. İlk konuşan o olmuştu.

"Çorbanı mı beğenmedin yoksa. Sana başka bir şey ikram edelim."

"Hayır, hayır," dedim ve çorbayı daha hızlı içmeye başladım. Deniz odamı gösterince şaşakaldım. Bu oda küçüktü ama çok şirindi. Sokağa bakan dar bir penceresi vardı. Oradan şehrin en şirin yüzü görünüyordu. Gülümsedim ve bu manzarayı içi kötülüklerle dolu güzel bir kıza benzettim. Gömme dolabın içi boştu, çekmecelere ise birer sabun konmuştu, sanırım güzel kokması için. Oraya koyacak eşyam yoktu.

Gülsün benim için küçük bir çanta hazırlamıştı, içinden iki kot pantolon ve iki bluz çıkmıştı. Bunları kız ya ucuzluktan ya da zengin birinden almıştır. Yatağın üzerinde yumuşacıkiri çiçekli yorgan seriliydi. Komodinin üzerinde şık bir gece lambası vardı. Orada bir kapı daha fark ettim, kapıyı açınca orada tuvalet ve banyonun olduğunu gördüm. Yıkanmak için girdiğimde suyu iplik gibi açtım, içimden bir ses birilerinin su sesinden rahatsız olup kapıyı çalacaklarını söylüyordu. Ama öyle bir şey olmadı.

Yatağıma yattım ama uyuyamadım. Rahat battı herhalde.

Nasıl olurdu da her şey bu kadar olumlu bir şekilde ilerlerdi buna şaşıyordum, bu benim hayatımda hiç olmayan bir şeydi. Aklıma Rusların bir atasözü geldi, "Sakin bir bataklıkta şeytanlar barınır." Ah Lena dedim kendi kendime, neden hep kötülük görmeye uğraşırsın ki anlamıyorum. "Arzu Hanım..." diye geveledi biri kulağımın dibinde. Bırak şu Arzu Hanım'ı da uyumaya bak dedi öbürü. Üçüncü ise koyunları saymaya başladı. Bir, iki, üç, bir, iki, üç...

Rüyamda kardeşimi gördüm, yanık kömür karası kemiklerinin üzerinde et oluşmaya başlamıştı. Yavaş yavaş belirginleşip çocuk halini almıştı, sanki gülümsüyordu ama yüzünü hemen çevirdi ve büyümeye başladı. Artık neredeyse on yaşlarında olmuştu, yüzüme bakmıyordu ama onun annemize benzediğini görüyordum. Yüzünü tekrar bana doğru çevirdi, kanlar içinde bir canavara benziyordu, bedeni bu kez yirmi yaşlarında olmuştu. Toprağı hayvan kuvveti ile yardı.

Bedeninde yabancı otlar yürümüştü. Saçı, gözü yoktu ama ağzı vardı ve bir şeyler söylemeye çalışır gibi açıyordu ağzını.

Bana kirli ellerini uzattı. Ne istediğini anlamadım ama sonra kardeşim canavara benzedi ve üzerime çullandı.

Kan ter içinde uyandım. Bağırdığımı anımsamıyorum ama dişlerimi birbirine kuvvetli geçirdiğimden çene kemiklerim sancıyordu. Yataktan fırladım, bir an nerede olduğumu anımsamaya çalıştım, sonra deli gibi atan kalbimin ritminin nehirlerinde kaybolmaktan korktum. Ölmekten korktum.

Sonra geride bıraktıklarımı anımsadım. Tamro! Tamro'ya bir şey mi oldu? Odada birkaç tur attım. Aklımı yitirecek gibiydim. Kapıya yavaşça yaklaştım parmaklarımın ucunda kapı koluna dokundum aşağı doğru asıldım. Kapı tık sesi yaparak açıldı. Yavaşça araladım. Kapı aralığından başımı çıkarıp beni gören var mıdır diye sağa sola bakındım. Koridorda prize takılan küçücük gece lambası, karanlıktan utanır gibi kızarmıştı. Ortalık loştu. Kimseler görünmüyordu. Herkesin bu saatte odasında yataklarında olacağını düşündüm. En azından öyle olmalıydı. Adımlarımı yavaşça parmak uçlarına basarak attım. Telefonun bulunduğu yeri hatırlıyordum. Sadece birkaç saat önce Gülsün'le görüşmüştüm. Yavaş yavaş sağa sola bakınarak oraya vardım. Bir müddet sessiz kalarak çevreyi dinledim. Sonra telefonu elime aldım. Bir kez daha sağa sola bakındım ve Manana Otel'in numarasını tuşladım. Uzun uzun çaldı telefon ama cevap veren yoktu. İçimi huzursuzluk sardı. Ah Tanrım bir aksilik olmasın ne olur. Daha fazla kötü haber duymak istemiyorum diye aklımdan geçirirken karşı taraf "Efendim," diye cevap verdi. "Tamro nasılsın?" dedim fısıldayarak. Kız sesimi duyar duymaz, çığlık çığlığa "Abla!

Abla!" diye bağırmaya başladı. "Neredesin! Seni çok aradık, ulaşamayınca çok korktuk. "İyiyim Tamro," dedim ve dilimde kalan kelimeleri yutmak zorunda kaldım.

Biri sokak kapısını açmış içeriye giriyordu. Titredim. Bulunduğum yerde sinmek istedim ama bunu yapmak için ne zamanım yoktu. Telefonun ahizesi elimde duvara yaslandım. Biri ışıkları yaktı. Deniz irileşmiş şaşkın gözlerle beni süzdü. Kanımın çekildiğini hissetmiştim, o an yüzüm utançtan alev alev yanıyordu. Doğrulup kaçmak istedim ama tabii ki bunu yapamazdım. Durumu nasıl açıklayacağımı düşünmeye koyuldum. Deniz'in şaşkın ve gergin yüz hatları az sonra normale döndü. O sesi duyulan telefon ahizesine bakarak, "Ben sizi korkuttum galiba, cevap verin," dedi.

Telefon ahizesini Deniz'in gözünün içine bakarak kulağıma dayadım. "Tamro kapatmak zorundayım. Sonra seni tekrar ararım."

Telefonu kapattım ve hiçbir şey olmamış gibi görünmeye çalışan ve mutfağa doğru ilerleyen Deniz'e yaklaştım. "Özür dilerim. İzin almam gerektiğini biliyorum ama gece kötü bir rüya görünce sabahı bekleyemedim, çok mahcubum." Deniz bana doğru beklemediğim bir adım attı, yüzüme dikkatli ve soğuk bir şekilde baktı, sonra agresif bir kahkaha patlattı. Onun alkollü olduğunu fark ettim, üzgün olduğunu da.

Dostça omzuna dokunmak istedim ama beceremedim. Deniz nihayet kahkahayı kesmişti. Sanırım mutfağa gitmekten de vazgeçmişti, oturma odasına girdi, bense arkasından bir şey isteyip istemediğini sormaya girdim.

Onu koltuğun kıyısında beli bükük başı dizlerinin arasında gömülü halde buldum. Omuzları titriyordu. Belli ki ağlıyordu. Yanına iyice yaklaştım dizlerimin üzerine çömeldim. Gür ve kıvırcık saçına dokundum. "İyi misiniz?" diye sordum. Başını kaldırdı, rimellerden siyaha boyanan iri elmacık kemiklerini elinin tersi ile kuruladı. "Midem Allak bullak mutfakta soda olmalı onu getirebilirsen sevinirim," dedi. Mutfaktan geri döndüğümde Deniz koltuğa sırtını dayamış donuk bir hal almıştı. Sodasını uzattım ve onun karşısına oturdum. Bir müddet sustuk. Sonra Deniz, "Demek izin almadan telefon görüşmesi yaptığın için mahcupsun ha kız?" dedi. Sıkıntılı derin bir nefes aldım. "Mahcubiyet..." dedi Deniz ve yüzünü ekşittikçe ekşitti. "Duydun değil mi, sana kız dedim." Deniz ıslak gözleriyle beni süzdü.

"Bana bak bana, ben kime mahcup olayım? Senin en azından adın var kız, ya ben? Ne yapayım? Annem beni erkek doğurdu.

Tanrım bana erkek adı verdi. Benim elimde mi sanıyorsun? Ben kime mahcup olayım? Kendime mi çevredekilere mi? Kendimi bildim bileli bayan ruhu taşıyorum. Ah bu kahrolası mahcubiyet boğuyor beni. Annemi görüyorsun, babam sağ olsun hayatta olduğu sürece kadına gün göstermedi.

Kan kusturdu. Belki şimdi o da mahcup ama ne işe yarar. Ya benim ona karşı duyduğum mahcubiyet... Ne işe yarar? Soruyorum sana ne işe yarar? Kadının halini görüyorsun. Üç erkek evladı dünyaya getir hiçbiri de yüzünü güldürmesin.

Umarım onlar da mahcuptur."

Onu dinlerken mahcubiyetler taş olup gövdeme yerleşiyordu. Kendimi ağırlaşmış, kararmış, dertten boğulmuş gibi hissettim. Ah Tanrım! Belki annem de mahcuptu ama ben bunu bilemedim. Eğer öyleyse mahcubiyetlerim benim katilim olur. Acemi ve beceriksiz katiller. Kendimi şimdiden delik deşik kanlar içinde görüyorum. Bir türlü ölmeyi beceremiyorum. Annemi görüyorum, gözünde yaş var, sanırım mahcup.

"Lütfen susun Deniz Hanım!" dedim ve geri çekildim. Titriyordum ve titrememi Deniz'in gözlerinin içinde görüyordum. Geçirdiğim cinnet değilse ne? Ya ben televizyonlarda, filmlerde gördüğüm ruh hastası katillerdensem. Kedi! Evet, ben kediyi öldürdüm! Arzu Hanım'a kafayı taktım. Sanırım kaçmalıyım! Daha nereye! Kendimden mi? Nasıl?

"Sakin ol, sakin ol," diye fısıldadı kulağıma biri. Bu, yurttaki öğretmendi.

18

Biri kulağıma eğilip, derin ve boğuk bir sesle "Lena, Lena" diye seslendi. Ürpererek oturduğum koltuktan sıçrayıp çığlık attım. Farkına varmadan yumruğum havada, korkudan büyümüş gözlerim kadının üzerindeydi. "Sakin ol!" dedi kadın az önceki boğuk sesiyle. Benden iki adım uzaklaşan kadının yorgun yüzünde zoraki bir gülümseme belirdi.

"Korkutacağımı tahmin etmemiştim. Oğlum işe gitmeden önce senin hesap numaranı sormuştu bana," dedi ama az önceki davranışından rahatsız olduğunu kısa gülümsemesine rağmen gizlemeyi beceremedi. Bir müddet dilimi yutmuş gibi donuk kaldım. Sonra bana bakan Deniz'e baktım, kadına baktım ve Gülsün'ün hesap numarasını söyledim. Deniz söylediğim rakamları son model cep telefonuna kaydetti ve sessiz sedasız oradan uzaklaştı. "Çay içersin değil mi?" diye sordu kadın.

"Evet," dedim ve onun arkasından mutfağa girdim. "Bin dolar," dedi kadın arkasına, bana bakmadan. Ses etmedim, konuşmasının devamını getirmesini bekledim. "Aylık bin dolar maaş vereceğiz sana," dedi. Sevinçten gözlerimin ışıldadığını kadın görmedi. Belki de beni mahcup etmemek için bana bakmadı.

"Oğlum senin hesabına bugün üç bin dolar yatıracak ama acil bir durumun varsa..."

"Hayır! Hayır!" dedim ve kadının titrek ellerinin arasından çaydanlığı kaptım.

"Şu an acil olan bana iş buyurmanız. Ben boş durduğum için huzursuzum. Hak ettiğim parayı kazanmam lazım."

Kadın beni samimiyetin de ötesinde bir bakışla uzun uzun süzdü, hoşnutlukla gülümsedi ve "Ben kahvaltı sofrasını kurana kadar sen istersen evi dolaşıver," dedi. Peki der gibi omuzlarımı silktim, kadın benim ısrarımın kuvvetini ölçer gibi, "İstediğin gibi olsun, kahvaltı sofrasında bu konu hakkında uzun uzun konuşuruz," dedi ve sırtını döndü.

Bu evde bir şeyler var anne, yüzmeyi bilen insanın bir kaşık suda boğulduğuna inanamıyorsun değil mi? Ama bazen inanmak zorundasın, çünkü bu huzur kokan evde huzur olduğuna ben inanmıyordum. İnanmıyorum işte, inandırıcı değildi çünkü. Odalar genişti, fakat üstü kapalı eşyalarla doluydu. Odalar çok sadeydi. Her şey duvara sabitlenmişti. Ayna, biblo gibi basit bir süs bile yoktu. İçimde ağır bir his uyandı, bu evdeki hayat pılını pırtısını toplamış karanlık, belki de kirli dolapların içine tepilmişti. Ruhum daraldı ya da dün geceden beri daralmaya yer aradı. Ya da hayatın kirli yüzünü bir sihirbaz gibi herkesten önce görmeye başlamıştım. Aman anne yoksa sen oradan elini uzatıp arada bir havadan yakaladığım güzel anları boğmaya mı çalışıyorsun? Ama unutma ben artık yoruldum ve bu durum benim canımı sıkanlar için hiç ama hiç iyi olmayacak.

"Lena kızım!" diyordu neşesiz ama kendini neşeli olmaya zorlanan bir ses. Kahvaltıya çağırılıyordum. Kahvaltı tabağıma göz gezdirdim. Ağzımın suları aktı adeta. Burada bir yanlışlık olmalı. Kadının yüzüne soru dolu gözlerle baktım.

"Otur," dedi zor duyulan fakat yumuşak bir sesle. Oturdum ve küçük öğrenci gibi yavaş hareketlerle usul usul ağzıma koyduğum lokmaları ses çıkarmadan çiğnemeye zorladım kendimi. "Rahat ol!" dedi kadın. Yüzüme bakmadı utanmamam için. Sustum ama iç geçirdim. Nedense o an ondan insan olduğumu hatırladığım için özür dileyecektim. Öyle ya huysuz patronlarımın yanında kendimi kasmaktan neredeyse insan olduğumu unutmak üzereydim. Herkesin benden tiksindiği fikri ise hem sinirimi bozuyor hem insanlardan geri adım atmaya zorluyordu beni. Ama burası öyle değildi. Kadın yüzümdeki yaradan bile tiksinmiyordu. Karşımda oturan kadını sevmiştim. İnan anne senden daha fazla. Ama sonu ne olurdu onu bilemem çünkü insanlar gözü kör uçan kuşlar gibi ne zaman hangi kayada başını yaracaklarını bilemezlerdi, belki de hiç beklemedikleri çiçek bahçesi onlara kucak açardı kim bilir.

"Bir bardak çay daha iste misin?" diye sordu kadın. Kalkmaya hazırlanan kadından önce davranarak çaydanlığın kolunu kavradım. Kısa gülüştük ama konuşmadık. Çünkü ilk olarak ne konuşacağımıza karar veremedik. Sonunda kadın bana evli olup olmadığımı sordu. "Hayır," dedim ve sustum.

Ama fark ettim ki o tatmin olmadı ve ekledim.

"Hayır. Ben öksüz büyüdüm. Kendime bakmam için çalışmam gerekiyordu. Evlilik aklımın ucundan bile geçmedi, çünkü annem ve babam hiç geçinemezdi. Sanırım bu durum benim gözümü korkuttu." Kadın yüzüme derin düşünceli gözlerle baktığında, "İçimde erkeklerle geçinemeyeceğime dair bir korku var," dedim.

"Belki de haklısın."

Az sonra sessizliği açılan kapı ve arkasından duyulan ayak sesi bozdu. "Anne! " diye sesleniyordu biri, bu Deniz değildi. Bu ses daha gürdü. Kadının yüzüne baktığımda, içindeki huzursuzluğun yüzünü kararttığı besbelliydi. Huzursuzca kıpırdandı ve gelen sese doğru baktı. Ben de onun baktığı kapıya baktım. Genç, esmer, saçları dikine taramış, ince yüzlü, top sakallı bir delikanlı kapı eşiğinde belirdi. Yaramaz çocuk gibi kapı çerçevesini iki tarafından kavrayıp, "Ne haber valide?" dedi. Kadın, "Bu benim ortanca oğlum Ali," dedi ve sustu. Başını onun arkasından gelene doğru çevirdi. Orada asık yüzlü, balıketli, sarı saçlı, şık genç bir kadın vardı. "Bu benim gelinim Zuhal," dedi. Zuhal delikanlının arkasından bizi, daha çok beni süzüyor, her saniyeden sonra yüzünü daha da büzüştürüyordu. "Buyurun," dedi Yasemin

Hanım sofrayı göstererek, gençler onu duymamış tavrını takınınca kadın, "Aç olan gelsin," diye tekrarladı.

"Vallahi benim karnım aç," dedi Ali ve sofraya doğru yürüdü. Benim karşıma oturdu. Ona tabak almak için hemen ayağa kalktım, raftan tabak indirince bir taraftan asık suratlı Zuhal'e bakıp, "Siz de buyurmaz mısınız?" diye sordum.

Genç kadın benden yüzünü tiksinerek çevirdi ve "Bu evde herkes aynı yalaktan yemek yiyor," dedi sinirinden titreyen, fakat duyurup duyurmamak arasında gezen ince sesiyle. Yasemin Hanım içinde parlayan asabiyeti bastırmaya zorlanarak fakat sesinin tonunu yükselterek, "Benim sofram herkese açık, bu sokakta yatan serseri bile olsa," dedi ve bana işaretle oturmamı emretti. Bir an durakladım ama sonunda sofranın başına oturdum. Kızgınlıkla irileşmiş gözleriyle bizi süzen Ali eline aldığı lokmasını rasgele fırlattı ve ayağa kalktı. İki genç mutfaktan çıktı. Az sonra koridorun bir köşesinde kavga sesleri yükseldi. Hanımım sese doğru bakarak "Biri oğlum, öbürü de gelinim," dedi. Mutsuz bir yüz ifadesiyle gülümsediğimi anımsıyorum. Az sonra sertçe açılan ve aynı sertlikle kapanan kapı sesi duyulunca misafirlerin bizden vedalaşmadan gittiklerini anladık. Başka bir yerde, başka bir ortamda olsaydım çoktan sofrayı terk etmiş olurdum ama karşımda sırtına ağır yük binmiş bir melek vardı ve onun sofrasını terk ederek onu kaybetmek, incitmek istemedim.

"Görüyorsun işte!" dedi kadın öfkeden kararmış, asılmış yüzünü nereye gizleyeceğini bilmeden.

"Boş verin," dedim.

Kadının yüzüne, gözünün içine merhametle bakıp, "Siz yine de boş verin. İnsanın değerini insan olan bilir."

Kadın güçlükle de olsa gülümsüyordu. O an nedense kadını kendime benzettim. O da benim gibi kadersizdi. En azından ben öyle seziyordum. Sanki o da benim gibi kara, dipsiz bir uçurumda yaşıyordu. Uçurumun dibi görünmüyordu ama oradan yükselen lağım kokuları, ha bu gün ha yarın dertle boğulacağının haberini veriyordu. İkimiz için de içim dehşetle acıyordu. Tabii ki ona bundan bahsetmedim. İnanmazdı çünkü. Onu daha dün tanımıştım, bu durum komik görünebilirdi. Ama aslında ben onu hep tanıyordum, doğduğumdan beri, kaderlerimizin aynı şeytanın karalamalarıyla ilerlediğini görüyordum. Onu sayan yoktu. Beni de. O insan sevmeyi biliyordu, bense öğreniyordum.

"Lena, iştahın kaçtı değil mi?"

"Hayır, ben doymuştum."

"Yalan söylemeyi de beceremiyorsun."

"Sizi mi üzeyim şimdi?"

"Üzme çünkü benim yaşlı, yorgun bir kalbim var."

"Peki, ne yapabilirim sizin için?"

"Sen önce kahvemizi pişir, sonra uzun uzun sohbet ederiz."

Kahve fincanlarını elime aldığımda onlardan birini neredeyse düşürüp kırıyordum. Arzu Hanım'ın fincanlarını görür gibi oldum. Ürktüm, onu hatırlamaktan bile ürktüm.

Ondan korktuğumdan değil, yaşadıklarımdan, kendi zayıflığımdan. Ben ne zaman başımı kendi çatımın altına koyacaktım ve her normal insan gibi hayatımı yaşayacaktım? Gülme anne! Bakıyorum da beni sürgüne gönderdiğine çok memnunsun. Ama unutma sen toprağın altındasın bense toprağın üstünde. Bir şeyden korktuğum da yok, senden, seni sırtımda taşımaktan başka. "Lena!" dedi kadın. Ben onun farkına varınca o çoktan yüzünü yüzüme yaklaştırmış, dudaklarını anlıma dayamış ateşimin olup olmadığını ölçüyordu. Ateşim yoktu ama beynimin yorgunluğundan soğuk ter döktüğümü biliyordum.

"İyiyim, iyiyim," dedim kadına. Onun ters çevirdiği kahve fincanının içine kendimi gizlemek için gözümü uzattım.

"Oh... İçiniz kabarmış." dedim ve onun yorgun, solgun yüzüne baktım. Kadın derin bir oh çekti.

"Annem beni şanssız doğurdu. Kendimi bildim bileli mutsuzum. Aksi bir kocam vardı. Kendi bildiği doğruydu ancak.

Çok sorumsuzdu. Çocuklarla ve benimle hiç ilgilenmezdi. Bak sonuç bu oldu. Bütün evlatlarım sorunlu bir hayat sürüyor.

Deniz'i görüyorsun. Kendini kaybetti. Onu görünce dehşete düşüyorum. Çevremdeki insanlardan utanıyorum. Herkesin alaylı, tiksintili bakışları bizi izliyor. Bu ne kadar zor biliyor musun? Ölüme bedel. Ama gel de ona bunu anlat. En sakin, en merhametli oğullarımdan Deniz de beni üzdü. Diğerlerine söyleyecek kelime bile bulamıyorum. İyi bir anne olamadım Lena, ona çok ama çok canım acıyor. "

"Yapmayın kendinizi suçlayarak yaşayamazsınız!"

"Elimde değil desem inanırsın, değil mi?"

"Tabii ki ne demek, herkes derdini sırtına yüklenmiş soluk almaya çalışıyor. Hayat bu, kimin başına ne gelir, kimse bilemez ki."

"Ya senin başına?"

Birden kanımın beynime sıçradığını hissettim. Öfke bedenimi kor gibi kızdırmıştı. Dilim damağım kurudu. Bana bakan o meraklı merhamet dolu gözleri görmemek için kendimce dua ettim. Ama bana gerçekleri itiraf ettirecek samimiyetini gördüm, bana duyulan anlayış kuvvetini hissettim ve senelerdir içime gömdüğüm kelimeler dilimin ucuna yuvarlandı:

"Ben istemeyerek ev yaktım."

Kadının yorgun gözleri yuvalarından fırladı. Kaşları kırışık dolu anlında toplandı. Dudakları titredi sonra kısık bir sesle, "Evde kim vardı?" dedi. Ağzımı açtım, söyleyecektim.

Her şeyi baştan sona kadar anlatacaktım. Tam cesaretimi toplarken, beni dinleyecek insanı bulmuşken... İçimdekini kusup, belki az da olsa rahatlayacaktım. Ama hayır annem o çirkin, kararmış leş kokan ellerini mezarlıktan uzatıp ağzımı kapattı. İçimdeki öfkem dişlerimin arasında koştu durdu, sonunda beni kuvvetli bir öksürük tuttu. Ayağa fırladım ve lavaboya doğru koştum. O günden beni her gün, kadının her yüzüne baktığım an, kadın aynı soruyu tekrar soracak diye hep korktum. Ama sormadı. Belki de cevabımdan korktu. Belki de benden korkmamak için sormadı, kim bilir...

19

"Yasemin Anne!" diye seslendiğimde koltukta kendini unutmuş kadının önünde dizlerimin üzerinde çömelmiş onun dizlerine dirseklerimi koymuştum. Kadın başını omuzlarından birine testim etmişti, ya beni duyamadı ya da duymak istemedi. Onu kestiremedim çünkü gözleri kapalıydı.

"Yapmayın böyle, uyumadığınızı biliyorum, beni duyduğunuzu da. Ne olur, inanınki çok üzülüyorum." Onun eteğinden elinin birini avuçlarımın arasına aldım. Dudaklarıma götürüp öptüm. "Bakın tam doksan sekiz gündür sokağa çıkmadınız. Hep evde bu koltuğun üstünde. Neyiniz var?" Kadın gözlerini kaldırdı.

"Gücüm yok," dedi zor duyulan bir sesle.

"Tabii ki olmayacak yemek mi yiyorsunuz sanki. Doktorunuz iyi beslenin dedi değil mi, dedi ya benim yanımda."

"Canım istemiyor kızım."

Bu sefer işim daha zordu. Her an ölme arzusu ile yanıp tutuşan kadını diriltmeyi beceremiyordum. Bu çaresizliği önce hiç tatmadım. Ama ölüm arzusunun ne demek olduğunu biliyordum. Toprağın derinliklerinden bitmiş tükenmiş, çürümeye dönmüş bedenlerden kaçan ruhların burnunun dibinde halay çekmesinin hissedilişidir bu. Yüreğinden kopan boş arzu. Yalancı perinin Cennet'ten seslenişi. Karalara bürünmüş bir huzur. Gök ve toprak arası bir çizgi. Yüreğinde bir taş. Kanının duruşu, pelte pelte donuşu. Kocaman sıfır.

Beyninin kendi kanında boğuluşu. Sessizlik. Uzun sessizlik.

Ama hayır ona bunu yaşatmayacaktım.

"Sizin diri diri gömülüşünüze izin vermeyeceğim anne! Hemen kalkın gidiyoruz!"

Kadın şaşırarak nereye der gibi yüzüme baktı. Ona oturduğu koltuğun dibinde olan pencereden izlediği çocuk parkını göz ucu ile işaret ettim. Anlık bir huzurla gülümsedi sonra kendine güvenmezcesine yüzünü buruşturdu, iç geçirdi ve "Boş ver Lena," dedi. "Neden, neden ama sizin günlerce oraya bu pencereden saatlerce baktığınızı biliyorum. Hem bakın size çay da demlerim. Termosa koyar orada içeriz. Ne yalan söyleyeyim ben de sıkıldım evin içinde. Lütfen ama!" Kadın belli belirsiz kafasını evet der gibi salladı.

O gün park oldukça kalabalıktı. İnsanlar çoktandır ortalıkta görünmeyen, yağmurun geri adım atmasını bekleyen, sonunda zaferini kutlar gibi, geniş sımsıcak kollarıyla herkesi ve her şeyi kucaklama arzusuyla yanan güneşin tadını çıkarıyordu. "Hava çok güzel," dedim Yasemin Anneme onun solgun yüzünü inceleyerek. Kadın bana cevap vermedi ama dudağının kıyısından gülümsemeyi denedi. Bir an sendeledi sanki, onun kolunu daha kuvvetli kavradım ve gözümün ucuyla boş bir bank aradım. Bizim önümüzdeki banktan az önce bir çift kalkıp ilerleyince "Hah orası boşaldı," dedim ve biraz daha hızlı adımlarla oraya doğru ilerledim. Kadının oturacağı yere onun için evden aldığım minderi koyup el işaretiyle kadına yerini gösterdim. Bana bir kez daha gülümsedi ve oturdu. Ben onun sol yanında yer aldım. Çevreyi inceleyen yorgun gözleri takip ettim. Ne düşündüğünü bilmek istedim.

Ama tabii ki bunu bilmem imkânsızdı. Tıpkı onun benim ne düşündüğümü bilmesi gibi.

Yorgun ve düşünceli gözlerine bakılırsa o buradaydı.

Çocukların arasında. Belki çocukluğunu anımsıyordu, belki gençliğindeki annelik sevincini, belki ikisini birden. Ama belli ki bu duygu ona huzur veriyordu, yoksa bu çocuk parkı olayını takıntılı hale getirir mi hiç insan? Az önce sevgi dolu gözlerle o minik bebeğe baktığını fark ettim. Sıfır yaş bebekler annelerin kucaklarında mışıl mışıl uyurken hâlâ saf gençliği atamayan anneler karşılıklı sohbete dalıp, ara ara kocaman kahkahalar atarak yavrularını sarsıp uykularının bölünmesine sebep olduklarının farkına bile varmıyorlar.

"Kahkaha atmazlarsa olmaz sanki," diye geveledi şikayet dolu bir sesle Yasemin Anne.

"Boş verin, onu da mı siz düşüneceksiniz?"

"Haklısın zaten fazla düşünmekten oldum ne olduysam."

Doktor panikatak olduğumu söylediğinde, "Ah be kadın, hiç mi kahve içtiğin arkadaşın olmamış senelerdir, derdini kimseye anlatmadan içinde tutmuşsun. Sonucu görüyorsun, sinirlerin laçka," demişti. Kadının söylediğine göre şimdi doktor onun derdini her gün dinliyor. Ama faydasını görüyor mu, orası şüpheli. "Kimse kimsenin derdini unutturma gücüne sahip değil. Zamandan başka," diye geveledim ve cesaret verici bir bakışla kadının gözünün içine baktım. Kadın inanmak istediği kelimelere karşılık bir kez daha gülümsedi ve orada koşuşturan çocuklara dikkat edin diye seslendi. Sonra ise "İnsan hep çocuk kalmalı," diye geveledi. "Hayır!" diye bağırdım istemeyerek soğuk ve sivri bir sesle. Kadın geçmişimden şüphelenmiş gibi, "Lena sen nasıl bir çocukluk geçirdin?" diye sordu.

"Sancılı," dedim ve gırtlağıma takılan koca yumruğu yutmayı denedim. Kızardığımın farkında değildim ama kadının bana merhametle ve acıyarak bakan gözlerinden çok kötü göründüğümü anlamak zor değildi. Kadın yüzünü benden derin boşluğa doğru çevirdiğinde, ben onun o an ne düşündüğünü merak etmiştim. Ama şu bir gerçekti ki benim o sancıyan çocukluğumu tahmin etme gücü yoktu. Kadın merakına yenik düşüp daha fazda beklemeden, "Nasıl yani?" dedi.

"Annem ve babam sürekli kavga ediyorlardı. İkisi de bizi hatırlamayacak kadar mutsuzdu. Biz kendi kendimize büyüdük."

"Siz kim?"

"Ben ve kardeşim Manana."

"Kardeşin mi?"

"O öldü."

"Üzgünüm. Derdini deşmek istememiştim."

"Boş verin, konuşuyoruz. Hem doktor konuşmamız gerektiğini söylemişti yani."

"Evet, hatta anlatacak cesaretimiz olmadığı yerde kâğıda karalamanın da faydası olduğunu söylüyor."

"Ne güzel," dedim ve katil kelimesini defalarca yazdığımı hatırlayarak acı ile gülümsedim.

"Peki, seni etkiledi mi?"

"Ne?"

"Geçmişin."

"Sizden saklayacak değilim Yasemin Anne, hiç etkilemez olur mu, içimde silinmeyen bir imza atılmış sanki."

"Nasıl yani?"

"Agresifim, kimseye güvenmem. Şüpheciyim. Bazen öfkeden boğulduğumu hissediyorum." Kadının korkudan küçülmüş gözlerini fark edince. "Elimde değil, ne yapayım," dedim.

"Öfkeni yok etmek imkânsız mı?" diye sordu ısrarla kadın titremiş zayıf sesiyle.

"Öfke insanın aklındaki şeytanın kalp atışlarıdır. Onu yok etmek için hem şeytanı hem insanı yok etmemiz gerekir."

Kadın artık soru sormuyor yüzüme bakmıyordu. Başka bir yerdeydi ama umarım benimkinden farklı bir yerdeydi çünkü yüzünden ölüm korkusu okunuyordu. Benim aklımsa psikopat ailemden sonra Arzu Hanım'la aramda geçen o sancı dolu anlardaydı. Unutmak istediğim ama bir türlü unutmadığım anılarıma her seferinde geri dönüyordum. Beynimdeki şeytan uyanıp, öfke dişlerini bilemeye çoktan başlamıştı bile. Sabretmeyi deniyordum. Öfkemi avutmayı çalışırken telefonum titredi sonra çalmaya başladı. Ekranda çift sıfırlı bir numara göründü. "Alo," dedim ve Tamro'nun sesini bekledim. "Abla!" dedi kız ağlamaktan zayıf düşmüş ve titrek bir sesle. "Otel elden gidiyor... Yardım et. Bir hafta içinde on sekiz bin dolar para bulamazsak icra memurları kapımıza dayanır. Oysa bu hafta sonunda yapacağımız açılış için hazırlık yapıyorduk. Lütfen abla! Lütfen!"

Onun ağladığını duydukça içim kabarıyor, gözümün önüne kardeşimin ateşler arasında kalmış yüzü geliyor, kulaklarımı sağır edici çığlığını, ara ara belli belirsiz yalvarış dolu kelimelerini, peş peşe sıralanan imdat bağırışlarını duyuyor, görüyor, hissediyordum. Buna bir kez izin vermiştim, bir daha asla. Telefona "Korkma ben seni kurtaracağım," diye bağırdığımdan haberim bile yoktu, ta ki kadın beni kuvvetle sarsana kadar. "Kime ne olmuş?" diye soruyordu telaşla. Ben ona cevap vermeyi aklımın ucundan bile geçirmedim çünkü çoktan ayağa kalkmış orada köşenin birinde bulunan kartlı telefona doğru hızlı adımlarla neredeyse koşarak ilerliyordum. Günlerdir bunu yapmayı hep düşünmüştüm ama nedense hep ertelemiştim. Belki sadece sakince soluk almayı özlemiştim kim bilir. Ama artık bazı şeylere nokta koyma zamanı gelmişti.

Ezbere bildiğim ve aklımdan defalarca sayıkladığım telefon numarasını çevirip karşı taraftan gelecek sesi bekledim.

"Efendim," dedi Arzu Hanım.

"Hesap kapatma zamanı geldi hanımım!" Bağırmamdan umarım onu her an parçalamaya hazır olduğumu anlamıştır.

"Bizim aramızda hesap falan yok!"

"Var! Çünkü ben sizin zannettiğiniz gibi saf da değilim aptal da değilim. Şuna emin olun ki Deniz denen şahıs hakkında kime ne anlatacağımı iyi biliyorum!"

"Dur! Dur!" dedi kadın ve sanırım düşünmek için zaman kazanma amacıyla sesini bir süreliğine kesti.

"Hem Temel Amca'yla iyi arkadaş olduğumu hatırlatırım size!"

"Ne istiyorsun!"

"Bana ve o zavallı adama yapılan haksızlığa karşılık on sekiz bin dolar."

"Sen delisin!"

"Sadece deli değil! Kendi annemi cezalandıracak kadar da acımasız bir katilim! Seni ihbar ederim!"

"Yapamazsın!"

"Yaparım. Hesap numaram bu," dedim ve rakamları tek tek sıraladım. "Para yarın hesapta olacak."

Telefonunu kapattığımda aylardır yüreğimde taşıdığım yükün kalktığını hissettim. Geriye sadece sabretmek ve beklemek kalmıştı.

"Lena her şey yolunda mı?" diye sordu Yasemin Anne bana doğru telaşlı tavırla yürürken.

"Evet, hiç olmadığı kadar," dedim ve sanırım onu korkutacak bir kahkaha attım. "Hım..." dedi kadın emin olmayan bir sesle ve kolumu sıkı sıkı kavradı.

20

Salonda Yasemin Anne'mle karşılıklı oturuyor Türk kahvesi yudumluyorduk. Senaryo ya da masal yazmakta beceriksiz olduğumu biliyordum ama karşımda oturan kadının iyiliği için az sonra bana uzattığı kahve fincanının içine bakıp mantıklı, onun ruhuna iyi gelen şeyler uydurmak zorundaydım.

Deniz bana annesinin iyi olmadığını söylerken "Biliyorum senin elinde değil ama onun aklını boşta bırakma," demişti. Bunun ne demek olduğunu sorunca oradan buradan bahsetmemi ama bahsettiğim şeylerin onun canını sıkacak şeyler olmamasını istemişti. Yani komik şeyler anlatmamı istemişti.

Ben komik olan ne gördüm ki diye düşündüm ama bunu dile getirmedim. Yasemin Anne fal için çevirdiği fincanı bana uzattı. Ciddi yüz ifademle fincanını incelemeye başladım ki telefonum çaldı. Çift sıfırlı numarayı görünce yüreğim ağzıma geldi. Heyecandan elim ayağım boşaldı. Kadına baktım, olacakları bilmediğimden ve kendi tavrımı kestiremediğimden oradan uzaklaşmaya karar verdim. Fazla öteye gitmedim, sadece odadan çıkıp koridorun duvarına yaslandım.

Telefonun açma tuşuna basıp yavaşça kulağıma dayadım.

"Abla!" sesi duyuldu karşı taraftan. Ses fazla sevinçli, fazla coşkulu, fazla mutluydu. Bu bana yetti. Konuşurken sesimin titrediğini hissettim. "Oteli bu cumartesi açıyoruz, sağ ol sayende." Bana ne oldu bilmiyorum ama dizlerim bükülüp kendimi yere bıraktığımı anımsıyorum. Sırtımı duvara verip yüzümü avuçlarımın arasına gömüp hıçkıra hıçkıra ağlıyordum. Sevinçten de ağlarmış meğer insanlar, o gün onu öğrenmiştim. Mutluydum. Bir ara Yasemin Anne'min Deniz'e seslendiğini duymuştum. İkisi de önümde çömelip ne olduğunu soruyorlardı. "Otel..." dedim ve sonrasını kendime geldiğimde, gözyaşlarımı sildiğimde anlatmıştım.

Karşımdaki bu iki insanın, bu iki meleğin benimle birlikte sevindiğine adım gibi emindim. Bu bana güç veriyordu. Yaşamak için güç anne duyuyor musun, senin bana vermediğin şey, yaşamak için güç.

***

"Ee... Biletler! Biletleri bulabilir miyiz acaba?" dedi Deniz.

Şaka yapıyor sandım ama şaka olmadığını üçümüz de uçağa bindiğimizde anladım.

Kulağımın arkasından biri bana kötü masalları yaratan memleketimin değiştiğini, değişeceğini fısıldadı. Bu Deniz olmalıydı. Biliyor musun anne ona inanmayı yürekten istedim ve geniş otobanda hızla hareket eden taksinin penceresinden Tiflis'i alıcı gözle incelemek için kendimi zorladım. Yapabilecek miydim anne? Cenazelerden sonra düğünlere koşabilecek miydim sence? "Büyük şehirmiş Tiflis. Binalar yüksek, yollarınız geniş. Sizde doğalgaz da var değil mi? Toprağınız da zengin," dedi Deniz. Başımı evet der gibi salladım, dudağımın kenarından hafifçe gülümsedim ve sonra sokağa, uzun binalara baktım kaldım. Evler canlı renklerle boyanmıştı anne.

Çirkin ve hastalıklı mahalle kızının kına gecesi için hazırlanır gibiydiler. Kusurları kapatmak için gayret içindeydiler ama bu sadece onları tanımayan insanlara mahsustu. Bunun da farkındaydılar tabii ki. "Hayat!" der gibiydiler sanki. Zaman kör bir kelebek gibi uçup gidiyordu. Neye toslayacağını bilmeden.

Taksici bana otelin adını sordu. "Manana," dedim korkuya gurur karışmış bir sesle. "Adını duymuştum, otelciler Türklerle ortak," dedi adam. "Öyledir," dedim ve içimden kıkırdadım.

Çok iyi tanıdığım yolları hızla geçtik ve sonunda otelin giriş kapısına yaklaştık. Yüksek, işlemeli beyaz demir kapının üzerinde dost ülkelerin bayrakları bize el sallıyordu adeta.

O an yüreğimin dağ gibi büyüdüğünü hissettim. Herkese, "Bu kardeşimin oteli!" diye haykırmak istedim, derin bir soluk aldım ve çevreye irileşmiş gözlerimle bir kez daha, bir kez daha baktım. Az sonra otelin giriş kapısından bize doğru yürüyen Tamro'yu gördüm. Kızın yüzünde güller açıyordu adeta. Tamro bana kucak açtığında karşılık verdim ve ona sıkı sıkı sarıldım. O an aklımdan geçen şeytanlığımın cazipliği beni kahkahalara boğdu. Hem gülüyordum hem ağlıyordum anne. Eğer ben şeytana uymayıp Arzu Hanım'dan para istemeseydim bu otel olmayacaktı. Suç işlemenin de cazibesi varmış meğer. Görüyorsun değil mi ne kadar çaresizim, kötü olanı tıpkı senin gibi süslüyor ve sevincimin sahtesini yaratıyordum kendime. Tıpkı senin gibi kendi kendimi kandırıyordum. Bir tarafta güneş, bir tarafta yağmur, bunu sadece benim gibiler yaşar.

"Abla iyi misin?" diye sordu kız.

"Sevinç sarhoşuyum canım," dedim ve onun yanağından makas aldım.

"Bak ben sana kimleri tanıştıracağım," dedim ve göz işareti ile bize gülümseyen Deniz'i ve Yasemin Anne'mi gösterdim. Kız yanlarına yaklaştı ve sağ elini uzatarak ilk öğrendiği Türkçe kelimesini söyledi: "Merhaba!"

Yasemin Anne gülümsedi ve tokalaştıktan sonra Tomro'ya sarılarak memnuniyetini gösterdi. Deniz elini uzattı ve "Nasılsınız?" dedi kızın yüzüne bakıp Türkçe cevap bekleyerek.

Tamro, "İyiyim, siz?" dediğinde kardeşimle gurur duydum.

Neyse ki kısa tanışma töreninden sonra Yasemin Anne ve Deniz dinlenmek için izin istediler. Bizden ayrılıp odalarına çekildiler. Tamro küçük yaramaz kız çocuğu gibi durup durup bana sarılıyor, mutlu olduğunu haykırıyordu. Biran evvel oteli gezdirmek istediğini söyleyip benden bir adım önde yürümeye başlamıştı bile. Onu takip ettim ve her şeyi alıcı gözle incelemeye başladım. Otel gür ve yaşlı çam ormanın orta göbeğinde gizlemişti. Kendi sevincini, içindeki yeniliğini sessizce kutluyor gibiydi. Çok uzaklardan güneş onu az ama gönüllü ısıtmaya çabalıyordu sanki. Bir yerlerden saksağan kuşları yüzlerini göstermeden sert ve kaba sesleriyle hayata mahsus kabalığını anımsatıyordu. Birden ürktüm. Hava sıcaktı ama ben üşüdüğümü hissettim. Tamro omzumu dostça okşadı ve iyi olup olmadığımı sordu. İyi olduğumu söyledim ve önümde uzanan otele göz attım. Otel açık lila rengi ile boyanmıştı.

Uzun verandaların, altlı üstlü korkuluklarında beyaz işli ahşap kullanılmıştı. İçim kıkırdadı, bu korkuluklar Türkiye'de el becerileriyle meşhur kadınların yaptığı havlu kenarlarına benziyordu. Otelin sağdan ve soldan inen geniş merdivenleri de bu şahane işçilikten nasibini almıştı. Burada içi karanlık pencerelerin üzerinde beyaz, etekleri işli perdeler vardı. Kapıları beyazdı, üzerindeki rakamlar altın sarısı ile parlıyordu.

Hafifçe başını kaldırdım ve çatıda demircinin şahane işçiliğine hayran kaldım. Parlak gümüş rengi olan demirden güvercin ordusu ay yıldızın çevresine konulmuş, barışı simgeliyordu.

"Biliyor musun abla Tanrı'nın sevdiği kuluymuşum ki seninle tanışmaya fırsat bulmuşum." Bunları söyleyen Tamro yüzüme bakarak bütün samimiyetiyle gülümsüyordu. Haklısın demek için ağzımı açtım ki, annem kulağımın dibinde pis pis sırıtarak "Gerçekleri söyle," diyordu. Onu dinlerken ağzımdan, "Abartma istersen!" kelimeleri çıktı kabaca. Ama kız o kadar mutluydu ki, beni duymadı bile.

"Biliyor musun Lena Abla sen benim hayatımın rengini değiştirdin. Ne yalan söyleyeyim Ege Bey de buna destek oldu."

Hayatta olan tek kaşımı şaşırarak kaldırdım. Tam "Ege Bey kim?" diye soracaktım ki, Tamro, "Ege Bey Bursalı mimar. Aslında ben sana ondan bahsedecektim ama kendileri buna gerek olmadığını söyleyince susmak zorunda kaldık. Bize nasıl ulaştığını bilmiyorum ama bir gün otelin kapısını çaldı, kırık Rusça konuşan bu adama, otel tadilatta olduğunu ona oda veremeyeceğimizi söyledik." Oda istemediğini ve bize yardım edebilecek, gönüllü iç mimar olduğunu söyledi. Şaşırdık tabii ki, ona çay ikram ettik ve bize anlattıklarını dinledik. O tekrar tekrar bizden bir talebi olmadığını söylüyordu, sadece Gürcistan'da da tanınmak istediğini söyledi, yani kendi işinin reklamını yapacaktı. Bu durumda tabii ki onun teklifini seve seve kabul ettik. Ege Bey saatlerce sanırım en kaliteli fotoğraf makinesi ile otelin resimlerini çekti ve bizden çizimleri yapmak için birkaç gün müsaade istedi. Aradan sadece üç ya da dört gün geçti ki adam çizimleriyle, yeni fikirleriyle yine karşımıza çıktı ve otelin yemek salonunun mimarlığını üstlenebileceği söyledi. Biliyor musun abla ben ve eşim bu teklifine karşı şaşakaldık. Onu bize bu dar zamanda Tanrı'nın yolladığından artık şüphem yoktu."

Tamro anlatırken benim bir türlü güvenemediğim Tanrı'ya tapıyordu, bu iyi bir şey olmalıydı anne, insanın ruhunda huzurun barındığından renk vermek gibi bir şeydir bu. Görelim bakalım Tanrı'nın bize hediyesini dedim ve uzun, huzurlu bir kahkaha atmak için çaba harcadım.

Yemek salonunun geniş, cam kapısının üzerinde rengârenk değişen ışıkların arasında farklı dillerde yazılmış, kardeşimin adı Manana'yı görür görmez, bu hiç görmediğim mimara şimdiden ısınmıştım. Geniş, cam kapı biz yaklaştığımızda otomatik olarak açıldı. İçeriye girdiğimizde, gördüklerim karşısında dilim tutuldu. Yemek salonu iki duvarı cam olan bir mekândı.

Bir taraftan otelin temiz yüzü görünüyor, diğer taraftansa insanın kanını donduran ürkütücü çam ormanı koyulaştıkça koyulaşan derinliklere uzanıyordu. Tamro'nun omzuma dokunduğunu hissetmedim, ta ki beni sarsana kadar.

"Abla burada mısın? Şok oldun değil mi? Bu otelin sahibi olduğuna da inanmıyorsundur şimdi?" dedi.

"Doğru," dedim kıza ve içimden de Tanrı'nın artık beni göresi tuttu diye geveledim.

"Sen esas mutfağımızı gör," dedi kız ve elimi kavrayarak yürümeye başladı. Biz mutfağa girmedik ama mutfakta olanları karşımızdaki duvarın üzerinde duran plazmalar sayesinde izlemenin keyfini çıkardık. Beyaz önlüklü aşçıların kabarık şapkaları çok gülünçtü, bir an aklımdan iyi ki benim hanımlarım benden böyle bir talepte bulunmadılar diye geçirdim, içimden gülümsedim bir an. Sonra belli ki mutfaktaki kamera ya da kameraman o an fırında pişmekte olan peynirli pideye sulandı.

Onun sayesinde pidenin göbeğinde hoplaya hoplaya kaynayan peyniri izledik. Bir çift tombul el peynirin üzerine yumurta kırdı. Yumurtanın şeffaf kısmı beyazlaşmaya başladı.

"Tamro burada tok olan da acıkır," dedim gerekenden fazla yüksek sesle.

"Evet, abla bu mimar şahane bir iş başardı." İkimiz de gülüştük.

"Onu görmek ister misin?"

"O burada mı?" diye haykırdım.

"Hem evet hem hayır," dedi kız ve kahkahayı patlattı.

"Yani fotoğrafta onu gösterebilirim sana," dedi.

"Peki," dedim ve kızı takip ettim.

Yemek salonunda düzenli sıralanmış, beyaz masaları ve onların çevresinde aynı düzenle duran kırmızı sandalyeleri geçtikten sonra karşımızda müzeyi aratmayan duvar tablosunu gördüm. Eski Tiflis... Ahşap işlemelerle ağırlıklı, asma verandaları ile meşhur olan eski bir mahalle. Yollarda eşek de var, Lada marka arabalar da. İnsanların omuzlarında eşya, biri ağır küpü yüklenmiş, ne vardı içinde su mu? Süt mü?

Belki de şarap?

"Peki bu mimar bu kareleri nereden bulmuş?" diye sordum tablonun üzerinden bir saniye bile gözünü ayırmayan Tamro'ya.

"Bilmem," dedi kız ve oradaki yazıyı sesli okumaya başladı:

Gürcistan, Karadeniz'e bakan sahil şeridi, dağları kış turizmine elverişli tesisleri, tarihi ve kültürel zenginlikleri ile önemli ölçüde turizm potansiyeline sahiptir.

Birden alkış patlattım, bana şaşkınlıkla bakan kıza, "Alkış sana değil mimarımıza," dedim ve huzurla gülümsedim.

Tamro beni kolumdan çekiştirdi, "Abla gel, sen bunu oku," dedi ve Türkçe yazısını gösterdi. Yazının başlığı okudum:

Eski çağlar. Son dönemlerde Dmanisi yöresinde yapılan arkeolojik kazılar sonucunda, Gürcistan'da ilk insanın bir milyon sekiz yüz bin yıl önce yaşamış olduğu ortaya çıkmış. Dmanisi'deki buluntu Avrasya'daki en eski tarihi buluntudur. Erken Bronz Çağı'nda Gürcistan'da Kura Aras kültürü (yerleşim yerlerinin çoğu bu iki ırmak arasında yer aldığı için bu adla anılmaktadır) yayıldı. Bu dönemde tarım çok gelişti. O dönemde toprağın sürülmesinde öküzden yararlanılıyor, ürün de orakla biçiliyordu. Metalbilim ayrı bir zanaat dalı haline geldi. Yunanlılara göre demir dökümcülüğünü Gürcülerin ataları bulmuştu. Orta Bronz Çağı'nda Trialeti kültürü ortaya çıktı. Bu kültürün başlıca özelliği büyük kurganlardır (ilk kurganlar Trialeti'de bulunmuş ve bundan dolayı bu kültüre bu ad verilmiştir). Geç Bronz Çağı'nda Doğu Gürcü (Kartveli) ve Batı Gürcü kültürleri daha da gelişti.

"İnanılmaz!" diye haykırdım Türkçe. Tamro bana şaşkın şaşkın bakıp gülümsedi. Eminim ne dediğimden haberi yoktu ama iyi bir şeyi söylediğimden adı gibi emindi. Sonunda Tamro daha fazda sabredemeyip fotoğrafın birine parmak bastı. "Mimarın ta kendisi!" dedi gurur dolu bir sesle. Çam ormanın yolunda siyah ata binmiş orta yaşlarda olan karizmatik bir adam. Üzerinde beyaz tişört ve kot pantolon vardı, dik oturuyor, kendini beğenerek gülümsüyordu. Yüzünde düz, siyah iki kalın çizgi halini alan kaşlarının altında siyah gözleri derinden parlıyordu. Gür siyah saçları kısa kesimine rağmen dimdik ve sert durduğundan kabalığını gizleyemiyordu. "Demek bizim kahramanımız bu," dedim farkına varmadan epey yüksek sesle.

"Aman abla sus!" dedi Tamro sağa sola bakarak.

"Ne oldu kız?"

"Hiç kocam sık sık ondan bahsetmemden rahatsız da."

"Neden? Kıskanıyor mu yoksa, eğer öyleyse adam haklı."

"Neden haklı?" Alınganlık yapan kızın ses tonu sertleşti.

"Sen beni yanlış anladın galiba, yani bu Ege Bey zeki ya o açıdan."

"Herkesin aklı da parada …"

"Haklısın kardeşim, affet eğer seni kırdıysam," diyerek onun omzunu kavradım ve gülümsemesini bekledim. Zor da olsa gülümsedi. İç geçirdim ve gizliden gizliye benim kardeşime de bu yakışır dedim. Kocasına sadık, onun sözünü dinleyen bir eşti o. Annemize benzememişti Allah'tan. Az sonra bana "Lena," diye biri seslendi. Arkama dönüp bize gülümseyen Yasemin Anne'yi ve Deniz'i gördüm. Onları günlerdir, senelerdir görmemiş gibi büyük bir coşkuyla selamladım ve yanlarına varmak için uzun birkaç adım attım. Yasemin Anne omzumu okşadı ve "Seni mutlu görmek ne güzel," dedi. Yanık yüzümü kapatması için saçımı çekiştirdim ve geniş bir gülümseme ile "Ben sizin yanınızda mutluyum," dedim. Deniz, "Yeter kızlar birbirinize yeterince aşk ilan ettiniz, şimdi ne yiyeceğimizi düşünsek," dedi ve boş olan masalara göz attı. Tabii ki, masa seçimini ona bıraktım. Deniz ormana bakan taraftaki masayı seçti.

"Lena, kahvaltıda ne önerirsin, bugün senin misafiriniz ve seçimi de sana bırakıyoruz, değil mi anne?" "Evet, evet," dedi kadın ve dudağının kenarından gülümsedi.

"Peki," dedim neşe dolu sesimle ve Tamro'nun eşliğinde mutfağa doğru yürüdüm. Geniş ve ferah mutfakta beyaz önlüklü aşçıların işe ruhlarını katarak çalıştıkları ciddi yüz ifadelerinden anlaşılıyordu. Bizim girdiğimizi fark eden sarışın, orta yaşlarda, beyaz önlüklü elinde bıçağı olan aşçı gülümseyerek nasıl yardımcı olabileceğini sordu. Tamro adama iki adım daha yaklaştı ve el işaretiyle beni göstererek, "Lena Hanım bu otelin ortağı," dedi ve omzumu dostça okşadı. Adam gülümsedi ve tokalaşmak için elini uzattı. Tabii ki karşılık verdim. Nasıl yardımcı olabileceğini soran adama, "Misafirlerim Türk. Sizden üç kişilik şahane bir kahvaltı hazırlamanızı istesem? Domuz eti olmasın olur mu? Siz en iyisi bize hajaburi pişirin," dedim.

"Hay hay!" dedi adam ve gülümseyerek bizi uğurladı.

Sofraya döndüğümde benim için boş bırakılan sandalyeye oturdum. Çok sevdiğim bu iki insanın gözünün içine bakarak keyiflerinin nasıl olduğunu sordum. Onları iyi görmek bana iyi geliyordu. Neticede hayatımda ilk kez misafir ağırlıyordum. Deniz'in her zamanki kendine güvenen tavrı beni hayran bırakıyordu doğrusu. Sandalyeye sırtını yaslamış, laptopun içine başını gömmüş, hoşnutlukla gülümsüyordu.

Yasemin Anne kucağımda kavuşturduğum ellerime dokundu, yüzüme sevecenlikle baktı. Az sonra masamıza yaklaşan iki genç garson şahane kahvaltı soframızı kurdu. Hajaburi, reçel çeşitleri, peynir, bal hatta bizim memlekette yetişmeyen siyah zeytin bile vardı.

"Ziyafet şahane," dedi Deniz. Gülümsedim, "Hayatımda yaptığım en uzun kahvaltı," dedim ve nispet yaparak arkamda dikilen anneme baktım. O ise kahkahalara boğuluyor, "Yalan atma! Mutlu değilsin! Ruhun hiçbir zaman özgür olmayacak bunu bil!" diye bağırıyordu. Keyfimi kaçırmasına izin vermeyecektim. Yasemin Anne'me baktım, yemek yemekle meşguldü. Deniz'e baktım, masanın köşesinde açık olan bilgisayarın ekranına bakarak gülümsüyordu. "Ne var orada?"

diye sordum. Deniz huzurlu bir ses tonu ile "Şehirde her ne kadar Hıristiyan nüfus daha fazda olsa da, Tiflis kalesinin Halep kalesinin bir numunesi olduğu yazıyor, ayrıca şehri ikiye bölen Kura nehrinin Tuna nehriyle özleştiriliyormuş," dedi.

"İster misin burada cami olsun," dedi Yasemin Anne ve huzurla çevreye göz attı. Deniz gülümsedi ve "Hanımlar kahvaltıdan sonra benim size bir sürprizim var," dedi. Şaşkınlığını gizlemeyi bilemedim. Deniz gülümseyerek ayağa kalktı, annesine yaklaştı. Eğilip kadını yanağından öptü, bizden müsaade istedi ve cam mekâna doğru ormana bakarak yürüdü.

O an ne geçiriyordu aklından bilmiyorum ama az sonra cebinden telefonunu çıkarıp birini aradığını gördüm. Görüşmenin hoş olduğu onun huzur dolu ve gülümseyen yüz ifadesinden anlaşılıyordu. Konuşmasını bitirir bitirmez masaya dönen Deniz aynı rahatlıkla kendini sandalyeye bırakıp az önce açık bıraktığı laptopuna geri dönmüştü. Telefon konuşmasından sonra sadece yirmi ya da yirmi beş dakika geçmişti ki masaların aralarından bize doğru yürüyen Tamro'yu ve genç sarışın bir adamı gördüm. Deniz ayağa kalkıp gelen şahısla İngilizce merhabalaştı ve tokalaşmak için elini uzattı. Sonra da bize döndü ve "Laşa biz burada olduğumuz sürece bize rehberlik yapacak," dedi.

Kapıda bizi bekleyen siyah bir Range Rover vardı. Hayatta en çok sevdiğim kızgın olmayan güneşten bahsetmemişimdir sana anne. Bak şu an bahsediyorum. Dışarıda şahane bir hava var ve sanırım gün boyunca bize eşlik edecek. Yasemin Anne'min koluna girip Deniz'i ve Laşa'yı takip ederek arabaya kadar yürüdüm. Deniz centilmenlik yapıp bize Range Rover'ın kapılarını açtı. İçimden bir his bugünün çok güzel olacağını söylüyordu. Araba kuş tüyü üzerinde uçar gibi yumuşak hareket etmeye başladı. İçeride hoş parfüm kokusu yayılmıştı. Yasemin Anne siyah döşemeli koltukta rahat pozisyon almıştı ve hızla koşuşan değişken renkli sokakları izliyordu. Deniz Laşa ile anadili kadar iyi bildiği İngilizceyi kullanarak neşe içinde muhabbet ediyordu. Şu an sanırım Tiflis'in geçim kaynağını sormuştu Laşa'ya çünkü bize dönerek, "Biliyor musunuz burada bizim işadamları da büyük projelere imza atmışlar meğer," dedi. "Bakın! Bakın!" dedi Deniz sokaktaki değişik ve çoğu bugüne dek hiç görmediğim şahane işyerleri ve iri binaları göstererek. Laşa yüzünü ekşiterek bir şeyler mırıldadı. Deniz bize onun söylediğini tercüme etti. Adam memleketimi yabancılara sattılar diyormuş üzülerek. Yasemin Anne kaşımın bile oynamadığı ve hâlâ mutluluk tablosu sergilediğim yüzüme baktı.

Doğal olarak benim de memleketimin satılmasına üzülmem lazımdı, en azından kadın öyle düşünüyordu. Yüzümü pencereye çevirdim. İçimden memleketime bela okuduğumu bilse... Ya da aklımdaki şeytanımla yaşadığını. Sokakları acı acı gülümseyerek izledim. Birden Yasemin Anne'nin "İnanamıyorum! Aman Allah'ım!" diyen sevinç haykırışlarını duyunca ben de onun baktığı sokağa baktım ve gözlerime inanamadım.

Karşımda çini taşlarla dekore edilmiş cami kendi inancı ile yer almış, Gürcü halka Tanrı'nın var olduğundan bahsediyordu.

Tırstım, Tanrı'yı sevdiğim insanların gözüyle gördüğüm an tırstım.

"Burada duracağız değil mi oğlum?" dedi kadın.

"Evet, anne."

Yasemin Anne çantanın fermuarını açtı ve iki elini birden çantanın içine sokup sanırım başörtüsü aradı. "Peki, camiye girebilir miyiz?" diye sordu kadın bu kez bana doğru dönerek ve yüzüme sevinçle parlayan gözleriyle bakarak. Dudağımı büktüm ve içimdeki telaş fırtınalarından dolayı terlediğim için ıslak alnımı silip o aptal gülümseyişe zorladım kendimi.

Yasemin Anne senden daha iyi tanıyor beni anne, çünkü bana iyi misin diye soruyor, omzumu dostça okşuyordu.

"Ben camiye girmek için müsait değilim," dedim ve gözlerimi yere çevirdim.

"Dert etme başka sefer," diyen kadın arabadan inmek için acele etti. Deniz'in koluna girip camiye doğru yürüdü. Ben arabanın koltuğunun bir parçası olmuş gibi oradan kıpırdamayı düşünmedim bile, ta ki Laşa kapıyı aralayıp "Sizinle burada çay içelim mi?" diye sorana kadar. İtiraz etmek doğru olmazdı, başımı olur der gibi sallayarak arabadan indim.

Camiye çok yakın olan tarihi ahşap binanın altında küçük bir kafe olduğunu gördüm. Evinin önünde uzayan geniş verandada, küçük ama şirin birkaç ahşap masa vardı ve hemen hemen hepsi de doluydu. Ön sırada olan birine Laşa ile karşılıklı oturduk. Laşa bizim için iki çay istedi. Sanırım nezakete dayanarak iki kısa soru sordu. Sonra benim gibi sustu. Ben sustum biliyorum ama belki de benim yaşadığımı, belki de farklı şeyler yaşıyordu. Bir ara bana iyi olup olmadığımı sordu. O aptal gülümseyişimi takınarak "Evet iyiyim," diye cevap verdim.

Uzun sürmedi, Yasemin Anne'nin bize doğru yaşlılığa mahsus hafif kamburlaşmış duruşuyla ağır ağır adımlar attığını gördüm. Deniz'e baktığımda o her zamankinden daha dinç ve rahat gözüküyordu. Bu ikili bize yaklaştıklarında yüzlerinde mutluluk kokan bir tebessüm vardı. Gördüğüm mutlu tabloya tam gülümseyecektim ki annem şunları fısıldadı:

"Tabii canım Allah'ı günde beş kere ziyaret ederek insanın ruhu temizleniyor güya... Bunu mu demek istiyorsun Lena?

Buna mı inandırdılar seni? Salak olma, küf yürümüş ekmeğin tazeliği nerede görünmüş aptal? Bu da aynı şey. Herkesin sırtında küçük de olsa günah çıbanı vardır. Fiziksel olmasa da aklı muhakkak zayıf bir anda günah işlemiştir. Ben bunu bilirim ve bil ki sen de buna yaşam boyunca hep şahit olursun.

Doğa nasıl pislik üretiyorsa ruh pisliği de insanlara mahsustur."

"Lena yüzün asık. Ay pardon insan bu tür yerlerde duygu patlamasına uğruyor doğal olarak. Hüzünlendin, seni anlıyorum."

"Hayır, Yasemin Anne."

Kadın bana yakın duran sandalyeyi daha da yakına çekerek oturdu. Yüzüme dikkatle ve sessizce baktı sonra Deniz'e dönüp, "Bir programın var mı evladım?" diye sordu. "Hayır, anne ben bütün ruhumla ve bedenimle size aitim."

"Peki, o zaman kendine bir plan yap çünkü bizim Lena'yla gidecek yerimiz var."

"Nereye?" dedik Deniz'le bir ağızdan.

"Lena'nın aile bildiği herhangi bir yere."

Beynime balyoz darbesini yemiş gibi kalakaldım.

"Ama..." dedim ve gözlerimi kırpıştırdım.

"Ama yok Lena, bugüne kadar sen kötü günümde hep yanımdaydın ve ben bugün seni yalnız bırakmak istemiyorum, anlıyor musun istemiyorum. Ben seninle sana ait yuvana gitmek istiyorum."

"Eğer kırk beş dakikalık yolu göze alıyorsanız olur," dedim ve beynimdeki fırtınaların dinmesi için camiye bakıp kuvvetle dualar ettim. Kendime sabır diledim. "Peki, araba sizde kalsın," dedi Deniz ve ayaklandı. Taksiciye gidecek yerin adresini söylediğimde irileşmiş gözleriyle karşılaştım.

Allah'tan soru sormadı, sadece önden yürüdü ve bizim için arabanın kapılarını kibarca açtı. Ben ve Yasemin Anne arabanın arka koltuğuna yerleştik. Ben hızlanmış nefesimi zapt etmek için kan ter içinde kaldım. Annemse zevkten dört köşe halay çekiyordu. Yasemin Anne tek kelime etmeden Tiflis'in yoğun yorgun, kirli, temiz, yaşlı, genç mahallelerini izliyordu. Berbat bir halde olduğumu belli etmek istemedim. Onu korkutmak istemedim. Kadının dizlerindeki elinin birini avuçlarımın arasına aldım. Yalnız değilim, diye düşündüm içten içe. Yaklaşıyorduk. Hayatımın en kör köşesine yaklaşıyorduk. Az sonra az ileride senelerdir özgürlüğümü hapseden dikenli tel duvarı gördüm. İçim kabardı. Yüreğim mercek kadar ufalıp kan ağladı. Öfkem yerin dibine girmek istedi. Kör olmayı diledi. Sağır olmak için direndi. Ama mantık çok geç olduğunu fısıldadı. O an gözlerimi yumdum. Ses olmayan çığlıklardan kaçmak için ecel terleri döktüm. Nafile... Kahkaha attı biri. "Kendinden öteye kaçış yok," dedi öbürü. Ve... ve... o zaman bana cevap verenlere, benimle tartışmaya girenlere "CANIMI ALIN!" diye bağırdım, evet "CANIMI ALIN!"

"Lena iyi misin?" diye sordu kadın. "Giriş buradan mı?"

Kadın demir kapıyı çoktan itekledi. Ve gördüm, senelerdir üzerinde tepindiğim taş yolu gördüm. Kaçıp planlar kurup kan ter içinde kalana kadar koştuğum, dizlerimi paraladığım yolu gördüm.

"Lena üzgünüm, ben senin yurtta büyüdüğünü bilmiyordum."

"Maalesef," dedim ve sustum. Ben sustum, gözlerimse eski yıpranmış kalın duvarlara sahip, tek katlı uzun binanın sıralı dizilmiş camların arasında koşturup, her odanın farklı farklı zalimliğe sahip hikâyelerini eski film izler gibi izliyordum ve bu hikâyenin başrolünde hayatın sürgüsünü en ağır şekilde çeken her zaman ben olduğumu anımsıyordum. O günkü acıları gövdemde, yüreğimde hissediyor, titriyordum.

Midem bulanıyordu.

"Kimseler yok buralarda Lena..."

Kadın ıssız çevreye göz attı. Ben de bakındım. Ortalık hiç olmadığı kadar sakindi. Bağırış, çağırış, ağlama sesleri yoktu.

Ama ben aynı kaderi paylaşan arkadaşlarımı görüyordum.

Ağladıklarını, yırtındıklarını duyabiliyordum. Aradan seneler geçmiş olsa da yüreklerindeki ağlayışları değişmemiş ki hiç. Sırtlarında hâlâ ağır kederleri var.

"Ben içeriye giriyorum, ya sen Lena?"

Kadının arkasından ağır adımlar attım. Dar, uzun ve loş koridorun birine girdik. Odaların kapıları sökülmüştü, ortalık pis ve bakımsızdı. İlk geldiğim günü anımsadım. Beni gören çocukların vahşi çığlığını duydum: "ŞEYTAN SURATLI! ŞEYTAN SURATLI!" başımı avuçlarımın arasına aldım. Amacım beynimi susturmaktı. Ama hafızam hızlı, keskin bıçak gibi koşuşturup hiçbir şey atlamıyordu. Cesaretli olan yüzüme eline geleni fırlattı. Eli boş olan tükürükleri saçtı. Ağlamamak için direndim, yutkundum. Korkarak tanıdık duvarlara göz attım. Seneler önce duvara çiviyle kazıdığım yazıyı gördüm:

Ruhunu teslim eden insan kendinden kaçabilir mi acaba?

Not: Şeytan suratlı Lena.

Yüreğimin sancıyan çığlığı kulak zarlarımı patlattı. Sendelediğimi hissettim. Artık adım atmıyordum. Tırnaklarımla duvara yapışmış yazıyı silmek için ecel terleri döküyordum.

Yasemin Anne beni duvardan koparmaya çalışıyordu. Bana sakin ol kızım diyor, adeta yalvarıyordu. Ama ben onu dinlemiyor hıçkırarak ağlıyordum. Kadın kollarıma yapışarak beni sarsmaya başladı.

"Ağlama kızım, ağlama evladım. Bak ben yanındayım.

Her şey bitti. Geride kaldı. Artık hayatında anne diyebileceğin, güvenebileceğin ben varım evladım."

Duvarlardan uzaklaştım. Yere dizlerimin üzerine yığıldım. Yasemin Anne tam yanımda çömeldi. Gözlerimin içine ağlamaklı, korku dolu baktı. Saçıma dokundu. Şeytan yüzümü okşadı. Yaşlı kurumuş parmak uçları ile gözyaşlarımı sildi. Az da olsa yatıştım.

"Sana bütün yüreğimle inanabilir miyim anne?"

"Evet, evladım, evet."

21

Ah Anne sanırım Tanrı benimle alay ediyor ya da benimle ne tür oyun oynayacağına karar veremiyor. Günlerdir kendime Tiflis'te yaşananların hayal ya da tatlı bir rüya olmadığını, gerçek olduğunu ve aslında çoğu sevmeyi bilen ve benden varlıklı olan insanların bu tür mutlulukları yaşadıklarını anlatmaya, kendimi ikna etmeye çalıştım. Tam ikna oldum derken, tam içim huzurla dolmaya başlamışken, yine şüpheler ordusu beynimi allak bullak etmeyi başarmıştı. Bu evde bir şeyler olduğu gayet netti. Ama ne? Ne dönüyordu? Yasemin Anne'min yüzüne baktığımda kadını tanımakta zorlanıyordum. Solgun, hastalıklı bir hal almıştı yüzü. Gözaltı torbaları mor, solmuş balon gibi sarkmıştı. Dudaklarında renk yoktu.

Sanki vücudunda kan namına bir şey kalmamıştı. Gözlerinde hapis olan adı bilinmez korku kendine sinmeyi beceremediğinden deli divane gibi bir aşağı bir yukarı koşuşturuyordu.

Bir bakışla insan bu kadın aklını yitirmiş sanırdı. Saçları avuç avuç döküldüğü için başının ortası boş kalmıştı. Ama bu bile kadının umurunda değildi. Bu kadarı da fazla. Bu kadın giyime kuşama, üstüne başına dikkat eden bir kadındı. Şimdi ise bu durum beni şaşırtıyordu. Onun burnunun dibine kadar yaklaştım. Beni hissetmiş olmalıydı ki uyukluyor numarası yaparak, soracağım soruların cevaplarından kaçtığı muhakkak. Ama neden? Günlerdir ona ne olduğunu sormaya çalıştım ama aramızdaki iletişim kopukluğu buna hep engel olmuştu. Kadın susuyordu, tıpkı benim gibi anne, ben bunu görüyor, hissediyordum. O kendini tıpkı benim gibi içten içe kemiriyordu.

Onun önünde dizlerimin üzerine çöktüm. Öylece boşa bırakmış ellerini eteklerinin üzerinden topladım. Sonra ellerini avuçlarımın arasına alarak evlat şefkatiyle dolu kısa öpücüklerle dokundum. Kadın tepkisizdi. Kırışık dolu yanağına hafifçe dokundum, gözlerini açmadı ama soluğunun ağlamaya yüz tutmuş çocuk gibi hızlandığını hissettim. "Anne canım çok acıyor!" diye seslendim. Beni duymazdan geldi, kırışık solgun yanağından yaş aktı. "Korkma," dedi zor duyulan bir sesle ve elini elimden kurtardı. Bu kelime bir haftadır söylediği tek kelimeydi. Neden korkacaktım? Kimden korkacaktım?

Yoksa korkan kendisi miydi? Bunu öğrenmek için Deniz'e yaklaşmaya çalıştım. Ama kısa zaman içinde bütün çabalarımın boş olduğunu anladım. Son günlerde Deniz'i gören cennetlikti. Sabahları erkenden mi evi terk ediyordu yoksa geceleri gelmiyor muydu, onu bile takip etmeyi bırakmıştım. Ama onun da mutsuz olduğunu tahmin etmek zor değildi. Odasındaki çamaşır sepetinden çamaşır atılmıyor, saçına kullandığı parlak tokaların yerleri değişmiyordu. Odasında o çok sevdiği parfüm kokusu duyulmuyordu. O da yaşamaktan elini çekmişti anlaşılan. Ama neden? Bak bunu öğrenmeden bana rahat yoktu. Artık ben de uyumuyordum, Deniz'in geç saatlerde eve alkollü geldiğini karşıma çıkınca görüyordum. Bazen ona ayılması için Türk kahvesi pişiriyordum. Üzerindenattığı kıyafetleri çamaşır sepetine, ertesi gün için giyeceklerini ise ortalıkta dikilen askılığa asıyordum. O çok sessizdi. Ben bu fırtınaları bastıran sessizliği iyi tanıyordum. Muhakkak bir yerde patlak verecekti. Onun için tek duam kendi eliyle atılan merminin kendi sonunu hazırlamamasıydı.

Sen sinsi sinsi güldüğüne göre anne yine bir şeyler seziyorsun, sen mutlusun, bu benim mutluluğuma gölge düşüreceğe benziyordu. Ama hayır. Bu kez kimse senin tuzağına düşmeyecekti. Ben bu evin üzerinde dolaşan kara bulutu da yok etmeyi başarırdım. Bunu yapacağımı biliyorsun değil mi anne?

O gün Deniz sabah erken saatlerde evden iki iri çöp torbasıyla sokağa çıktı. Arkasından odasına koştum. Gardıroptakilerden bir kısmını çöpe atmıştı. Gayet normal dedim kendime ama attıklarının içinde çok sevdiği kıyafetlerin olduğunu fark edince fikrim değişti. Ya Deniz bir yerlere taşınmaya kalkışmıştı ya da kendi olmaktan sıkılmıştı. Peki, hangisi daha hayırlıydı. Burada hayırlı olan durumu görmek istesem de göremiyordum. Düşüncelerim ani çalan kapı sesinden dağıldı.

Deniz'in kalan kıyafetleri almak için geri geldiğini düşünerek kapıyı açtım ama kapıda yaşlı aile doktoruna tosladım.

Adama, "Ne olup bittiğini anlatmayacak mısınız, Yasemin Anne'min nesi var? Bu evde neler oluyor? Delireceğim ya, herkes bir tarafta mutsuz," diye sordum.

Doktor düşünceli gözlerle beni süzüp, sonra da omzuma dostça dokunup, kısık sesle fısıldadı, "Yasemin Anne'n geçmişin yükü altında, gerisini sorma çünkü anlatamam," dedi.

Doktor bana sırtını çevirerek kadının odasına girdi. Anlatamam ne demek anne? Anlatılmayacak olan şey ne olabilir.

Yangın... Yok, o kadarı da fazda. Yangın olamaz ama belli ki yangın kadar korkunç. Doktor kadının odasında tam iki saat kaldı. Onu uğurladıktan sonra Yasemin Anne'min yanına koştum. Onu bir ton dayak yemiş gibi yorgun, cesedini izler gibi solgun, hayatın sonuna gelmiş gibi umutsuz gördüm.

Elinde bir defteri vardı, beni görür görmez defterini kapadı ve elinde tuttuğu kalemi yumruğunun içine aldı. Anlatamayacağınız şeyleri karalayın demişti ona doktor. Bana da bunu söylediği anımsadım. Şimdi o anlatamayacaklarını karalıyordu anlaşılan. O an onun dikkatini çekmemek için gördüklerimin üzerine varmadım. Bir ihtiyacı olup olmadığını sordum sadece. Olmadığını söyledi. Daha fazla kadının üstüne düşmeden odasından ayrıldım.

O gece hiç yapmadığım bir şey yaptım. Onun uyumasını bekledim. Sonra odasına gizlice girerek başucundaki çekmeceleri karıştırdım. Sonunda elime bir defter geçti. Defteri bluzumun altında gizleyerek odama döndüm. Yatağımın ucuna oturup, gece lambasının soluk ışığı altında defteri açtım. İlk sayfada birkaç yerde kurşunkalemle bir şeyler yazılmış, karalanmıştı. Bu ikinci sayfada da tekrarlanıyordu. Üçüncüsünde de. Dördüncü sayfada ince uçlu kurşunkalemle bir şeyler karalanmıştı. Büyük sabırsızlıkla yazdığı kelimeleri okumaya başladım: O gece başımın üzerine eğilen gölgeyi belli etmeden araladığım gözlerimin ince çizgilerinin arasından gördüm. O benim üzerime eğilerek uyuyup uyumadığımı kontrol ediyordu besbelli. Belki çığlık atmamdan korkuyordu. Belki beni nasıl öldüreceğine o an karar veriyordu. Ama ben kendimi çoktan ölüme hazırlamıştım, onu bilmiyordu.

"Aman Tanrım!" diye geveledim iki dudağımın arasından, bu kadını ölüme özendiren katil kimdir? Bu imkânsız!

Melek gibi kadını kim öldürmeye kalkar ki? Anne şaka olduğunu söyle. Ah unutmuştum, benim korktuğum zamanlarda sen ne zaman yanımda oldun ki? Yok, yok bu benim saçmalıklarımdan biri olmalı, hayal görüyorumdur. Ama hayır, yazıya göz attım ve aynı kelimeleri defalarca okudum. Eve psikiyatrist geldiğine göre kadın ciddi derecede kaçık. Ya hayal görüyorsa. Ya onun da aklındaki şeytanlar saçmalıyorsa.

Ama ya doğru ise? Hâlâ odamda olduğuma inanmıyordum.

Ayağa kalktım. Birkaç kez derin nefes aldıktan sonra kapıya doğru ilerledim. Defteri belli etmeden yerine bırakmalıydım.

Yazacaklarını beklemeliydim. Belki de yazmazdı.

Onun yattığı karanlık odaya korkarak girdim. Parmak uçlarıma basarak kadının yattığı yatağa yaklaştım. Beynim dehşet içinde kıvranıyordu. Deli gibi çarpan yüreğimi kontrol altına almam için soluklarımı kısa ve sessiz almaya başladım. Defteri iki parmağın yardımı ile çektiğim komodinin çekmecesine bıraktım. Oradan hemen uzaklaşmam gerektiğini biliyordum ama bunu yapamadım. Ne ileri ne de geri adım atabildim.

Hangi akılla hareket ettiğimi bilmiyorum ama az sonra kendimi oradaki dar koltuğa bıraktım. Sessiz ve hareketsizdim.

Ama aklım her deliğe, her çiğliğe uzanıyor, bu kahrolası hayata küfrediyordu. Sanki kadının beynindeki yükü de yüklenmiş gibi ağırdım ve çaresizdim. Çocuk parkını anımsadım. Sanırım kadın çocukluğunu özlüyordu. Bak Allah'ın işine dedim, ben geçmişe sünger çekmeye, hiç hatırlamamaya çaba sarf ederken, bu melek gibi kadın geçmişle soluk alıyor.

Birden ona büyük bir şiddetle acıdığımı hissettim. Titredim ve beynimi bundan sonra ne yapacağıma dair düşünmeye zorladım. Ama aklımda saçma sapan cümleler dolaşıyordu, senelerdir kendimi avutmak için kullandığım o saçma cümleler. Bu hayatta cefa çeken, öbür hayatta sefa sürer. Sanırım uykuya teslim olana kadar bu kelimeleri sayıkladım. Benim uyku perilerim bile farklıydılar, onlar beyazlar içinde değil de karalar içindeler, tatlı ninni yerine kâbuslardan korkmuş ve defalarca çığlık atmaktan çatallaşmış sesle anlaşılmayan kelimeler mırıldıyor ve hiç beklemediğim an ortalıktan yok oluyorlardı. Belki de o sebeple uykularım hiçbir zaman derin olmamıştır. Sokaktan geçen arızalı motor sesi olan uykumu da dağıttı. Baştan sesi duyulan tarafa pencereye, sonra da hareketsiz yatan Yasemin Anne'ye baktım. Dişlerimi birbirine bastırıp yutkundum. İçimden o gece Tanrı'nın bana karafatmaların kaderini layık gördüğünü geçirdim. Öyle ya nerede pislik orada ben varım. Tam düze çıktığımı düşünüyorum ki, tıpkı karafatmalar gibi, beni yok etmeye çalışan kâbusa yakalanıyorum. Ah ruhum daraldı ve bir kuvvet beni o koltuktan kaldırdı.

Pencerenin yüzünü kapatan perdeyi sıyırıp, uyuyan, yarı ölü olan şehre göz attım. Herkes kabuğuna çekilmişti besbelli.

Kapkara gökyüzüne baktığımda yıldızların bir kısmı savaştan korkan çocuklar gibi görünmeyen kara bulutların arkasında pusmuştu besbelli. Ortada birkaç tane vardı. Onlar da benim gibi hayatın renkleri de var diye aldatılmış, kendilerini kabak gibi ortaya atmışlardı. Onlardan biri bana kötü kötü sırıttı. Sanırım bir işaret vermek istedi. Ani hareketle pencereye sırtımı döndüm. Birden Yasemin Anne'nin yakınlarında kara gölgenin uzandığını gördüm. Şimdi onun gırtlağına dayanıp ondan ruhunu çalacaktı. Birden kendimde vahşi bir kuvvet buldum. Kadına iyice yaklaşmakta olan gölgenin üzerine sıçradım. Gölge yere düştü. Ben üzerine çullanıp onu tartaklamaya başladım. Ruhumu şeytana satmış, acıma duygumuyitirmiştim. Bana ulaşmaya çalışan sesleri duymuyordum, beynim, ruhum kuvvetim bir katili öldürmek için gönüllü katil olmuştu. Tıpkı o günkü gibi, yangın çıkardığım gün gibi.

"Delirdin mi!" diye bağırdı biri. Bir kez, iki kez üç kez… Kim bilir kaç kez, sonra bana biri tokat attı. "Aptal!" diye bağırdı.

Sanırım bu Deniz'di. Sesi onun sesine benziyordu. Biri vahşi bir çığlık atıyordu. Sanırım bu da Yasemin Anne'ydi. Biri gece lambalarını yaktı. Altımda ağzı burnu kanlar içinde yatan Deniz'i gördüm. Saçlarını sıfıra vurdurmuştu. "Ama nasıl olur?" diye haykırdım. İçimdeki ani dürtü aklımdaki şeytanı boğmaya kalkıştı.

Yaptıklarımdan öyle utandım ki yer yarılsaydı da içine girseydim keşke. Şaşkınlıktan irileşmiş gözlerimle Deniz'in o saçsız kafasını izlediğimden haberim yoktu. Deniz kendini zor topladı. Yasemin Anne kuvvetle öksürmeye başladı.

Deniz kendi halini unutup annesinin yattığı yatağa yaklaştı.

Onun üzerine eğildi. Gözünün içine baktı ve zor duyulan bir sesle, " İyiyim," dedi. Deniz'in alnından damlayan kanlar kadının göğsünde kırmızı bir şerit çiziyordu. Bir anlık sessizlik oldu. Deniz alnına avucunu bastı. Başını bana doğru çevirdi, kanlı kaşlarının altından bana baktı, baktı, baktı ve sonunda annesinin duyabileceği şekilde, "Lena beni hırsız sandı," dedi.

"Hayır, katil sandım!" dedim. Deniz bu kez asabiyet dolu bir tavırla bana doğru dönüp, "İstersen saçmalamayı bırak, kadını korkutuyorsun!" dedi.

"Siz üzerine eğildiniz."

"Olabilir, belki annemi uyumadan önce öpmek istedim."

"Ama saçınız yok,"

"Evet yok, saygıdan," dedi kadın ve ekledi. "Yarın Fatih abisi burada olacak."

Acı acı yutkundum, ne diyeceğini bilemedim, kızardım, bozardım. Deniz yufka yürekliliğini bu kez de gizleyemedi, "Bu kadar mı çok seviyorsun annemi?" dedi. Başımı evet diye salladım.

Bu kez yalan konuşmuyordum anne, kendimi de kandırmıyordum. Bu ev bana aile olmuştu, bu yabancı kadın annem olmuştu. Ama nedense korku içimdeki sevincimi gırtlaklıyordu.

22

O gün evde sabahtan bir telaş başladı. Deniz işe gitmedi.

Evin mutfak masrafı için alışverişe çıktı sadece. Yasemin Anne ilaçları içmek istemedi, ilaçları içince sersem gibi olduğu için.

Belki de haklıydı çünkü daha dirençli göründü gözüme. Kadın sabahtan çeşitli yemekler pişirmek için hazırlığa girişti.

"Siz yormayın kendinizi, bana söyleyin ben istediğinizi pişiririm," demiştim ama duymazdan geldi. Bir an Türklerin kullandığı bir deyim geldi aklıma; pabucum dama atılıyordu galiba. Üzülmezdim ama onu kaybetmekten çok korkuyordum.

Yüreğimin bataklığında birkaç çiçek açmıştı; Tamro, Gülsün, Yasemin Anne ve Deniz. İçimde taşıdığım kötü hissi ne yapsam da silemedim. Sonuçta onlar bataklığın üzerinde, öylece Allah'a emanet duruyorlardı. Ah anne senden ancak bu tarz çocuklar doğar, ne arasın benim beynimde neşe dolu türküler, kahkahalar... Olsa olsa felaket ordusu koşturur.

"İyi misin Lena?" diye sordu kadın. Sorusunu ancak üçüncü kez tekrarladığında duydum. Evet diye başımı salladım ama kadın buna inanmadı, bunu onun bana acıyarak bakan gözlerinde görmek zor değildi. Merhamet işte anne senin bilmediğin şeylerden. Yasemin Anne alnıma avucunu bastı. "Terliyorsun sen, uyumadın tabii dün gece, halsiz düştün."

"İyiyim," dedim ve gözlerimi yere eğdim, içimdeki pisliğini görmemeliydi. Bataklığın üzerinde olduğunu hissetmemeliydi.

"Kaçta gelecek Fatih?"

"Akşama ancak."

Kadının sesinde neşe yoktu anne. Yanlış mı sezdim acaba, hayır, hayır yüzü de gülmüyor bugün. Kim bu Fatih?

Neredeydi bugüne kadar? Nasıl biriydi? Türklerin muhabbetlerinde Fatih ismi kutsanarak söylenir sanki. Acaba doğru mu? Yasemin Anne'ye sorarsam söyler ama hizmetçiler meraklı olmamalı. Yaşayıp göreceğiz, bunu da yaşayıp görecektik.

Akşama sofra hazırdı. Yasemin Anne uzun süredir giymediği siyah elbisesini giydi. Saçını taradı, kokular süründü ama yine de kadında bir eksiklik vardı, neşe. Deniz kaç gündür zaten tuhaftı, gerekmedikçe konuşmuyordu bile. "Oğlum ağabeyini almak için çıkman lazım, acele etmezsen geç kalabilirsin," diyen kadının biraz kederli biraz da yalvaran bir yüz ifadesi vardı. Deniz başını hay hay der gibi salladı, ses etmedi, derinden iç geçirdi ve kapıya doğru yürüdü. Onun yüzüne baktığımda hem korku hem heyecanı görür gibi oldum. Ah Lena, dedim kendi kendime, yine kapıldın vesveseli düşüncelere, umarım kendime kızmakta haklı çıkardım ama öyle olmadığını seziyordum.

Yaklaşık yarım saat sonra kapının zili iki kez yavaşça çaldı.

Kapıyı bu şekilde Ali ve Zuhal çalardı. Yanılmadım içeriye bu ikili girdi. İkisinin de heyecanları yüzlerinden okunuyordu.

Ali bu eve ilk defa geliyormuş gibi ürkek ve durgundu. Bu, beni çok şaşırttı. Sonunda televizyondaki maç bahanesiyle oturma odasına gitti, arkasından kapıyı çekti. Zuhal bizimle mutfakta oturdu ve kısa bir merhabalaşmadan sonra tezgâhın üzerindeki yıkanmış bulaşıkları yerlerine yerleştirmek için kolları sıvadı. O da kocasının ürkekliğinden etkilenmiş olmalıydı ki tuhaf davranıyordu. Bir hizmetçiyle omuz omuzaydı anne. Şaşırdım kendi kendime ve içim kahkahalara boğuldu.

Nasıl olur da bu hanımefendi benim bulunduğum yere buyurup bulaşıkları yerleştirmeye kalkıştı ki? Yurttayken sadece korktuğumuz ve üst seviyeden gelecek misafirler için bu tür telaşa kapıldığımızı anımsıyorum. Görünüşe göre gelecek kişi herkesi hizaya getirecekti. Burada çok şey yaşanacağını fısıldıyordu şeytanlar. Nasıl biriydi Fatih acaba?

Merakımı gidermek için neyse ki fazla beklemek zorunda kalmadım. Kapı çaldı ve içeriye Deniz'den önce uzun, oldukça zayıf, hafif kambur, kel, soluk gri renge dönük kemikli bir yüzü olan, siyah, sinsi her şeyini üzerinden alacakmış gibi bakan gözleriyle çevredekilere tedirginlik yaşatan tipsiz biri girdi. Üzerinde eğreti duran soluk siyah kot pantolon ve gömleği ise kirli ve kırışıktı. Eski, siyah ayakkabıları sarı çamura bulaşmıştı. Arkasında çamur bıraktığına aldırış etmeden vahşi hayvan tavrıyla başı önde arenaya dalmış gibiydi. Gür sesle, "Selamünaleyküm!" dedi ve odaya yürüdü. "Selamünaleyküm!" dedi Anne duyuyor musun? Selamünaleyküm kelimesini nerede kullanıyorlar anne biliyor musun acaba? Yurtdışında değildir herhalde, gülmek geldi içimden ama onun o tipsiz ve soğuk yüzünden sadece korku hissettim. Evdekiler ona sarılmak için sıraya girdi. Fatih ellerini ona sarılmakta olan gövdelere doladı, ama gülümsüyor muydu, hayır. Yasemin Anne ona "Önce duşa mı gireceksin, yemek mi yiyeceksin?" diye sorduğunda "Açım, açım," dedi adam kabaca.

Herkes sofraya doğru ilerledi, bense servis hazırlığı yapmak içim mutfağa gittim. Ama bir gözüm adamın o sarı çamurlu ayakkabılarındaydı. Tabii ki pabuçları çıkarmadan, arkasından kirini bırakarak sofraya doğru yürüdü. O an notunu verdim. Bencil ve sadece kendini düşünen tiplerden biriydi o. Zamanla keşke o kadarıyla kalsaydı diye az isyan etmedim Tanrı'ya ama tabii ki Tanrı her zamanki gibi beni dinlemiyordu. Sofradan bana tuz eksik diye seslendiler. Hemen mutfaktan tuzluğu kaparak odada bitiverdim. Yasemin Anne, "Otur Lena!" dediğinde tereddüt ettim. Ama sonra bana söyleneni yapıp Deniz'in yanındaki boş sandalyenin birine oturdum.

Fatih bana pisliğe bakar gibi baktı. Sonra dönüp Deniz'in yüzüne bakarak, "Bulmuşsun kendine layığını," dedi. Deniz birden kıpkırmızı kesildi. Ses etmedi, sadece boğazını temizledi. Zuhal yüzüme alaylı alaylı bakarak, büyük bir zevkle, "O annenin hizmetçisi," dedi. Fatih bana bir kez daha baktı, bu kez kara gözlerinde şaşkınlık ve tiksinti vardı. "Hah bir bu eksiğimiz vardı!" dedi.

Yasemin Anne ayağa kalktı. Ağzını açmak için hazırlandı ki Ali, "Valide otur, otur telaş yapacak bir şey yok," dedi. Kadın oturdu, bu kez ben ayağa kalktım, tam sofradan uzaklaşacaktım ki Yasemin Anne, "Kızım otur," dedi. Oturdum, başımı tabağımın içine eğdim anne, beni kimsenin sevmediğini hissettim bir an, ben bir robottum; konuşan, dertleri dinlemeyi bilen, pislikleri temizlemeyi becerebilen bir robot. Biliyor musun anne, insan yalnız, doğduğu andan beri yalnız. Belki bir miktar sevgi ile karnını doyurur ama sonuçta yine yalnız. "Fırındaki yemek ısınmıştır kızım," dedi Yasemin Anne. Ayağa kalktım ve mutfağa doğru yürüdüm. Kalbimin deli atışlarını duyar gibiydim. Korku sardı beni anne, beklenmedik sel felaketinin korkusu. Yani bir yangın korkusu. "Allah korusun!"

dedim ve kötü düşüncelerle dolmaya başlayan beynimi tartaklamaya başladım. Biri, "Lena!" diye seslendi, bu Zuhal'ın zafer kutlayışıyla neşe bulmuş sesiydi. "Geliyorum," dedim ve sofraya et dolu koca tabakla döndüm. Servise Fatih'ten başladım, sonuçta o misafirdi, tabii ki o aptal gülümsememi de unutmadım. Bir an gözüm Zuhal'ın yüzüne ilişti, benim pişkinliğime şaşırmış, öfkeden morarmıştı. Onu izleyen Ali beceriksizce şirinlik yapmaya kalkıştı. "Ağabey anlat ne yaptın orada?" Fatih kaşlarının altından onu süzüp kendinden emin gür sesiyle, "Senin gibi karının koynunda yatmadım herhalde.

Ben o şansa sahip değildim. Malum kıçımı korumakla meşguldüm hapiste," dedi. Yasemin Anne'nin gırtlağına lokma kaçtı, kadın az kalsın boğuluyordu. Deniz sinsi gülümsemesini, annesine doğru dönerek gizledi. Benim içim kıkırdadı. Zuhal kızardı, kocasının çene kemikleri oynadı.

Fatih hapisten sonra bize parmak ısırtacak kadar hızlı yaşamaya başlamıştı. "Hazıra dağ dayanmaz," cümlesi bu ailede sıkça duyuluyordu. Bu durumdan en çok rahatsız olan da Zuhal gibi görünüyordu. Ben bugüne kadar Zuhal'ın kayınvalidesine anne dediğini duymamıştım.

Şimdi nedense "annecim" kelimesini dilinden düşürmeyen Zuhal kadının gölgesi olmuştu. Onun ilaçlarıyla ilgileniyor, ne yiyeceğini düşünüyor, doktorun randevusunu ayarlıyor, onu gezmeye çıkarıyordu. Bir ara benim işime göz koyduğunu bile düşündüm. Yasemin Anne her şeyin farkındaydı ama aptal rolü oynuyordu. Ama sonra şöyle düşündüm, ya kadın ruhen zayıf olduğundan eli kolu bağlı, suskun ya da olanlardan memnun keyfini çıkarıyordu. Ama Zuhal rahat durmayacaktı, bu zahmetin karşılığını isteyecekti ve en sonunda ağzındaki baklayı çıkardı.

"Anne herkesin hissesini ayırma zamanı geldi, geçiyor.

Kafanı biran evvel topla ve gerekeni yap!" dedi sert bir ses tonuyla.

Hanımım sonunda beklediği şeyi duydu ve sanırım kafasında çoktan hazırladığı cevabı sakin tavrı ile verdi:

"Neden aç mısın?"

"Aç değilim ama böyle giderse hepimiz aç kalacağız."

Oturduğu yerden sıçrayan Zuhal artık bağırıyordu. Yasemin Anne'me baktığımda kadın koltuğun kenarlarına tırnaklarını geçirmiş sakin olmak için eminim içinden kendine emirler yağdırıyordu, sonunda kadın kafasını hafifçe kaldırarak, "Sen bizi düşünme, kocan çalışıyor, sizin cebinizden parayı alan mı var?" dedi.

"Yok ama..." dedi Zuhal sesini biraz da olsa yumuşatarak, "Ben de çalışmak istiyorum, en azından dükkanları paylaşırsak kendime işyeri açardım. Fazlasında gözüm yok.

Bugün çocuk yoksa yarın olur değil mi, bunları düşünmem lazım," dedi kadının gözünün içine dik dik bakarak. Yasemin Anne bir müddet sustu, sonra Zuhal'ın yüzüne onun baktığı sertlikle bakarak, "Aile işlerine karışmamanı tavsiye ederim," dedi.

Deniz'in ne zaman içeriye girdiğini kimse fark etmedi ama sanırım o bütün konuşmaları duydu ki araya girdi ve "Şu an mal ayırma zamanı değil," dedi asabi bir sesle, elindeki kapı anahtarını sertçe masanın üzerine bırakarak. Zuhal ellerini havaya kaldırdı. "Tabii ya size para lazım değil. Senin yüzü toprağa dönmüş zaten," dedi ve kadına doğru ellerini savurdu. Deniz'in yüzüne iğrenerek bakarak, "Ne diyeyim ki ibnelerin hastası çok, sen de bulursun elbette kendine baktıracak birini," dedi. Deniz bu kelimelerden sonra kendini kaybetti ki Zuhal'ın üzerine yürüdü ve ona güçlü bir tokat attı. Zuhal yere savruldu, burnundan süzülen kanı elinin tersiyle sildi, gözlerini iğrenerek kıstı ve içindeki zehri kuvvetli öfke ile savurmaya başladı.

"Yalansa yalan de! Ama senin kendini savunacak bir tarafın kalmadı. Bursa biliyor be ne halt yediğini. Ailenin kara lekesisin sen! Pis ibnenin tekisin! Fatih'in korkudan kılık kıyafetini değiştirdiğini bilmiyoruz sanki!"

Deniz kadının tepesine çullanmış onu tartaklarken ben onu tutmaya çalıştım ama gücüm, onun o asabiyetine karşı yetersiz kalıyordu ki kadına savrulan yumruklardan ben de nasipleniyordum. Bizi izleyen Yasemin Anne'nin çığlık sesleri evi sarıyor, sokaklara taşıyordu. Biri sertçe kapıyı tartakladı. Sonra sanırım tekmeledi. Kapıya koştum, açtım. Fatih beni itekleyip içeriye girdi. "Ne oluyor burada!" diye bağırınca herkes olduğu yerde dondu kaldı. Eve korku hükmetti.

Bu kavgadan sonra, ev halkı durgunlaştı. Belli ki herkes kavgadan uzak, gerçekleri görerek kendi kabuğuna çekilmeye, ayakta sağlam durmaya karar vermişti. Görünüşe göre herkes kendi hayatını daha huzurlu yaşamak için çaba sarf ediyordu. Yasemin Anne'ye ilaçlarını içmesi gerektiğini artık hatırlatmıyordum mesela. Yemeğini daha gayretli yiyor, sabah komşularla yürüyüşlere katılıyordu. Öğlen kahve içmek için misafir kabul ediyor, onlarla sohbete giriyordu. Deniz iş çıkışında hiçbir yere takılmadan eve geliyor, akşam yemeğini bizimle beraber yiyor, sonra da odasına çekiliyor, bilgisayarın başında saatlerce çalışıyordu. İki kez neskafe içiyor, bir elma bir de muz yiyordu. Evde tek değişmeyen Fatih'ti.

Onun gecesi gündüzü yoktu. Bazen eve günlerce gelmiyor, bazen günlerce yataktan çıkmıyordu. Odasını dağıtıyor, içki içiyor, saatlerce telefonda gevezelik ediyor, sigaranın birini söndürüp birini yakıyordu. Ona hizmet etmekten hoşlanmazdım ama hizmet etmek zorundaydım. Onun bana karşı kaba davranışlarına, yersiz gereksiz azarlamalarına göz yumuyor, pek beceremesem de içime atmaya çalışıyordum.

Ama ben kendimi iyi tanıyordum. Seçkin'e taştığım gibi bir gün de ona taşacaktım, tek duam o günün çabuk olmamasıydı.

O gün Deniz evden çıkarken beni yanına çağırdı ve akşama misafirimiz olduğunu söyledi. "Kim?" diye sordum merakla. Deniz omzuma dostça dokundu, kulağıma doğru eğildi ve "Kız arkadaşım," diye fısıldadı. Sevinçten çocuk gibi havaya sıçradığımı fark ettiğimde artık çok geçti, kulağıma gizli söylenen şey evde merak konusu olmuştu. Deniz'e söylemek için izin istercesine baktım. Onun mutlu halini görünce "Akşama Deniz'in kız arkadaşı bize buyuruyor," dedim. Elinde bilgisayarla koltuğun içine gömülen Fatih'in tepkisi sadece tek kaşının hafif yukarıya kalkması olmuştu. Yasemin Anne bir an durakladı, duyduğunun yanlış olup olmadığına karar veremiyordu. Yüzüme uzun uzun bakıp söylediğimi tekrarlamamı istiyordu besbelli. Başımı evet diye salladım. Kadının dudakları kıpırdamaya başladı, belli ki dua okuyordu. Bir ağlıyor bir gülüyordu. Mutluydu, ben de mutluydum. Sanırım Tanrı'ya güvenmem gerekirdi ama vesveseler buna izin vermiyordu. İyilik içinde kötülük aramaya başlamak için hiç de geç kalmadım. Haklı çıkacağımı o an bilemezdim. Bilseydim belki olanlara engel olurdum.

"Kızım ne pişirelim akşama?" diye sordu Yasemin Anne.

"Siz ne isterseniz, neyi uygun görürseniz ben onu pişiririm," dedim. Kadın başını kaşıdı, sonra oldukça hızlı adımlarla mutfağa yöneldi, buzdolabına yaklaştı, üst kapağı açtı, "Buradan pirzola çıkaralım," dedi. Alt kapağı açtı "Şakşuka, ezme, Rus salatası, sarma yapılsın," dedi. "Peki," dedim ve kadının heyecandan titreyişini şaşkınlıkla izledim. Bir yerlerde pusmuş anneme bağırarak seslendim: "Aç gözlerini!

Aç! Anne evlat bağını gör ve utan!" Annemin ortaya serdiği çıplak bedenini anımsadım. Tiksintiyle titredim, iğrendim ondan, kendimden, hayattan. Elime bıçak aldım. Önümde elimin altındaki sebzeleri seri, bıçağı kuvvetle basarak doğramaya koyuldum. Hanımımın beni izlediğini seziyordum ama tavrımın değişmesi için içimdeki şeytanı da seri şekilde doğramalıydım. Bunu maalesef yapamıyorum. Allah kahretsin ki yapamıyorum. Bıçağını önümdeki pirzolaya sapladım. Bu kez titrediğimi ben de fark ettim. Yasemin Anne'nin bana bakan gözlerinde korku gördüm. Ama az sonra onu kandırmayı başardım o aptal gülümseyişimle. Yasemin Anne suskun, bana bir şey sormadan yanımdan ayrıldı. Peki, gelen kişi nasıl biriydi? Deniz'e layık mıydı? Onu üzer miydi? Bu düşünceler aklımdan geçiyordu. "Üzer," dedi annem. "Hayır!" diye bağırdım ve bu konuda tartışmamaya karar verdim.

Akşam saat yedide Deniz çıtı pıtı bir kızla el ele kapıda belirdi. "Merhaba," dedi kız çizgi kahramanlara benzer ince bir ses tonuyla. Kısa ve kibar adımlarla Yasemin Anne'ye yaklaşan kız, onun elini öptü, hatırını sordu. Elini öpmek burada Müslüman ülkede adettir anne. Saygıdan, bu duygu senden uzak olduğundan anlamakta zorlanıyorsundur. Belki beni saygısızlıktan suçluyorsun, belki benden iğreniyorsun ama unutma büyük köpek havlamadan, küçük köpek havlamaz.

İçimdeki şeytan bu kelimeleri beğenmiş olmalı ki gülümsedi ve sanırım tam zamanında...

Misafir kız elini bana uzatmış "Adım Çiğdem, siz Lena olmalısınız. Nasılsınız?" dedi.

"İyiyim, siz?" Bu kez yapmacık değil gönülden gülümsüyordum. Benim kanım bu zarif kıza ısındı diyebilirdim. Belki kibar, çocuksu yüz ifadesiydi bunun sebebi, belki korumasız çizgi kahraman ses tonu bilemem ama içimden bir ses bu kız aklındaki şeytana pabucunu ters giydirir diyordu.

"Buyurun, buyurun!" dedi Yasemin Anne misafir odasını işaret ederek. Kız Deniz'in omzunun arkasına gizlenerek utangaç bir tavırla yavaş, kısa adımlarla içeriye doğru ilerledi. Deniz'in ona işaret ettiği koltuğa oturdu ve Deniz'in gözünün içine bakarak soluk almaya başladı. Aşk denilen şey bu olmalı, kumrular gibi yan yana oturan bu çifte yemekten önce ne içeceklerini sordum. "Çiğdem meyve suyu içer, ben şarap alırım," dedi Deniz. Yasemin Anne su istedi. Mutfağa doğru yürürken biri arkamdan yetişti, Çiğdem yardım için benimle mutfağa girmişti. Bana, "Sizinle tanışmayı inanın ki çok istedim," dedi. Gülümsedim ve "Neden?" diye sordum. Kız bir an durakladı, sonra "Sanırım bunun sebebi Deniz," dedi. Bu kez merakım daha da arttı, "Ne anlattı Deniz size?" diye sordum. Kız güldü, "Çalışkan ve dürüst olduğunuzu."

"Hepsi bu kadar mı?"

"Cömertliğinizi. Deniz'i dövdüğünüzü anlattı. Yasemin Hanım'ı korumak için, ona zarar gelmemesi için gözü kapalı düşmana saldırabileceğinizi. İyi bir dost olduğunuzu. Güvenilebilir biri olduğunuzu."

Kız bana karşı hayranlığını yüzünde güller açmış bir vaziyette anlatıyordu. Dinliyordum ve keşke katil olmasaydım diye düşünüyordum. Hayat o zaman belki daha neşeli olurdu. Belki içimdeki şeytan barınmak için yer bulamayıp beni terk edip kanımı da bulandırmazdı.

"İyi misiniz?" diye sordu kız omzuma dokunarak, "renginiz soldu, hasta mısınız?"

"Hayır," dedim ve zoraki gülümsemeye çalıştım.

Sofrada kız Yasemin Anne'nin sorusu üzerine Deniz'le nasıl tanıştığını anlattı: "Yağmurlu günün birinde üniversite dönüşünde yolda yürüyordum, Deniz Bey'in herhalde acelesi vardı ki arabayı dikkatsiz ve hızla kullanıyordu. Ne beni ne de önündeki çamur dolu çukuru gördü." Kız Deniz'in yüzüne bakıp gülümsedi. "Söyle söyle," dedi Deniz, "sana çamur banyosu yaptırdığımı söyle."

"Biraz öyle olmadı mı?" dedi kız ve kahkaha attı.

"Geri dönüp özür diledik değil mi, hâlâ da özür diliyoruz."

Herkes gülmeye başladı. Eve yeni giren Fatih de duyduğu bu maceraya gülümseyip sofraya katıldı. Yasemin Anne bir ara kulağıma, "Deniz doğruyu buldu, çok mutluyum Lena," dedi.

23

gün Deniz eve geldiğinde yüzünden düşen bin parçaydı.

Ona ne olduğunu sormaya Yasemin Anne cesaret edemedi ama kapıya gelen kapıcı üzüntüsünü dile getirmek isteyince olanlar suyu yüzüne çıktı.

"Deniz Bey, defol kelimesini arabanızın üzerine kim kazıtmış olabilir ki aklım ermiyor. Ne gamsız insanlar var memlekette. Sen al eline sivri bir şey ve arabanın her yerine tam kırk dokuz kere defol kelimesini kazıt. Sizin düşmanınız mı var yoksa?"

"Ne bileyim kardeşim," dedi Deniz ve adamın yüzüne kapıyı kapadı. Oracıkta sandalyenin birine bıraktı kendini, başını avuçlarının arasına gömdü ve düşünceler içinde kayboldu. Onun içini enkaza çeviren üzüntüyü çok iyi anlıyordum anne. Cinnet geçirdiğim sene bizim pis barakanın duvarlarına biri defol kelimesini yağlı boya ile gece yarısı yazmıştı, sabah babam sokağa işemek için çıktığında yazıyı görmüş eve bir hışımla dönmüştü. Adamın ilk işi senin yakana yapışmaktı.

Seni sokağa çırılçıplak ayaklarıyla sürüklediğini hatırlıyorum, pencereden baktığımda adam saçlarını eline dolamıştı, gırtlağını parçalayacak kadar kuvvetli bir sesle "Allah'ın cezası orospu! Bak iyi bak kovuyorlar bizi buradan. Oku, oku sesli oku ne yazıyor burada, defol! Defol! Defol!" diye bağırıyordu.

Artık annem babamın ayaklarının altında çiğneniyordu. Seni kanlar içinde gördüğümde ne hissettim anne biliyor musun?

Sadece nefret. Yanına koşup babaya engel olmak hiç geçmedi aklımdan, öylece büyük zevkle olanları izledim. Ama sonra bu bağırış çağırış seslerine koşan komşuları gördüğüm an kendimi sokağa attım ama sanma ki sana yardım için koştum, hayır. O utanç verici "defol" kelimesini bir şekilde yok etmeliydim, komşular bu kelimeyi görmemeliydi. Avuçlarıma mıcır doldurup yazıyı silmeye uğraştım. O günkü öfkemi, avuçlarımın kan toplamasını unutmadım anne.

Yasemin Anne telaşlı tavırla Deniz'e yaklaştı. Belli ki kadın ondan bir açıklama bekliyordu. Ama Deniz'i suskun ve durgun görünce daha fazla sabredemedi ve "Ne oldu oğlum?

Kim yaptı bunu? Kim kazıdı bu lanet olası defol kelimesini?

Cevap ver! Susma!" diye bağırmaya başladı. Deniz başını kaldırdı kadına hüsranla karışmış bir sinirle baktı. Omuzlarını silkti ve yüzünü tekrar avuçlarına gömdü. Kadın birden kendini kaybetti. "Delireceğim Tanrım! Delireceğim Tanrım!"

diye bağırmaya dövünmeye başladı. Deniz bu manzaraya karşılık ayağa fırladı. "Aman anne! Aman anne!" diye diye odasına doğru koştu.

Az sonra anahtar sesinden kapının kilitlendiğini anladım.

O an ne yapacağımı şaşırdım, durumu kime açıklayabilirdim ki olanları kime anlatabilirdim? Sonunda kendimi toparladım ve delirmek üzere olan kadının koluna zorlukla girdim.

"Yapmayın lütfen!" diye yalvarmaya başladım. Kadın beni görmüyor, duymuyordu. Kendi kendine dövünüyor, yüzünü tırnaklıyor, kaderine isyan ediyordu. Cinnet geçiriyordu anne bunu ben görmüştüm. Bana cinnet geçirdiğim gün kimsenin yapmadığını yaptım ona. Kuvvetli bir tokat attım. Kadın sendeledi, büyümüş gözleriyle bana şaşkın şaşkın bakakaldı ve emin ol anne tek kelime bile söylemedi.

"Üzgünüm," dedim ona koluna hafifçe dokunarak, "size vurmak istemedim ama siz bana başka fırsat bırakmadınız.

Lütfen gelin burada oturalım ve olanları sağlıklı ve mantıklı düşünelim. Belki de bu işin içinde bir yanlışlık vardır?" Kadın bir iki sendeledi, sonunda kendini koltuğun birine bıraktı.

"Tabii ki yanlışlık var kızım, benim Deniz'imi sen de tanıyorsun, o melek gibidir o kimseye zarar vermez, onun düşmanı olamaz! Kim onu buradan kovmak istesin ki? Neden istesinler?" Kadın ağzımın içine iyi bir şey duymak için bakıyordu ama ben adaletli konuşmayı uygun görünce, "Ateş olmayan yerden duman çıkmaz," dedim ve hemen ekledim, "Deniz'in düşmanı olacağına ben de inanmıyorum, belki düşman o yazıyı sizin için yazmıştır, belki benim için, sonuçta hepimiz bu arabaya biniyoruz değil mi?"

"Yok artık!" dedi kadın ve oturduğu yerden kalkıp, asabi tavırla ortalıkta dolanmaya başladı. Onu bir müddet izledikten sonra karşısına geçtim, kararlıydım, aklımdan geçeni azar işitme pahasına da olsa soracaktım: "Peki, o gece başınızın üzerine eğilen gölge, o gölge düşmanınız o olmasın!"

"Lena!" diye bağırdı kadın, "sen çekmecemi mi karıştırdın?"

"Sizi korumak için, başka çarem olmadığını düşündüm, affedin ama siz kendinizi görmekte zorlanıyorsunuz galiba.

Olanları görmekte zorlanıyorsunuz."

"Kabalaşma!" diye bağırdı kadın. "Hem gölge diye bir şey de yok! Olmadı da olmayacak da!" Bu kez ona inanmadım çünkü o benim kadar usta yalancı değildi. Konuşurken gözlerini nereye kaçıracağını bilmiyordu, sesinde kararsızlık ve korku vardı. Onu rencide etmek istemiyordum:

"Siz bilirsiniz, öyle diyorsanız ama sonuçta ortalıkta bir düşman var ve Deniz'in mi peşinde? Sizin mi? Fatih'in mi bilmiyoruz, değil mi?"

"Lena sus!" diye bağırdı kadın ve korku ile ağzını kapattı.

Sustum ve birden ağlama krizlere giren kadına sıkı sıkı sarıldım. Kadın başını omzuma gömdü, zavallı, can vermek üzere olan yaralı bir kuş gibi titriyordu. Saçlarının arasında kaybolmuş kulağına eğilerek, "Sakin olun belki biri şaka yaptı," dedim.

"Şaka mı? Böyle bir şaka olur mu?"

"Bunu yapan bir sokak serserisi olabilir, tinercidir belki de.

Belki Deniz Bey'den yardım isteyen bir dilencidir. Bilemeyiz değil mi?" Bütün bu teselli sözlerinin boş olduğunu ben de biliyordum ama o an başka yapacak bir şey yoktu.

Az sonra kapı çaldı. İsteksizce kapıya doğru yürüdüm ve aynı isteksizlikle kapıyı açtım. Karşımda Ege Bey'i görünce küçük dilimi yutmuş gibi donakaldım, kaç dakika hareketsiz durduğumu hatırlamıyorum, sonunda Ege Bey o ince dudaklarını kıpırdattı ve "Beni içeriye almayacak mısınız?" diye sordu. "Buyurunuz," dedim kekeleyerek. Ege Bey arkasından pahalı parfüm kokusunu bırakarak içeriye doğru iki üç adım attı sonra birden durakladı ve bana doğru sert bir dönüş yaparak "Deniz'e geldiğimi iletin lütfen," dedi.

Hay hay demek istedim ama sadece başımı salladım ve Deniz'in odasına doğru hızla yürüdüm. Oda boştu. Banyodan su sesi geliyordu. Ege Bey'e Deniz müsait değil demek için odadan geri döndüğümde, Ege Bey'i Yasemin Anne ile koyu muhabbet içinde gördüm. Kadının kırışıklarla dolu ellerini avuçlarının arasına almış, dudaklarını kulağına dayamış tatlı yumuşak bir sesle bir şeyler fısıldıyordu. Yanlarına yaklaştım. Muhabbeti kesip, "Deniz müsait değil," dedim.

"Nasıl? Nasıl yani?" diye sordu Ege Bey biraz alıngan bir tavırla. Banyoda olduğunu söylediğimde adam iç geçirerek "Anlıyorum," dedi. Yasemin Anne onun yüzüne yalvarırcasına bakarak, "Onu ikna etmeye çalışacaksınız değil mi?" diyordu heyecandan titreyen sesiyle. Ege Bey umutsuz tavırlarından kurtulmak istedi, dudağının kıyısından gülümsedi ve evet der gibi başını salladı. Kadın onun yüzüne ümitle bakarak gülümsedi sonra bana dönüp "Ege Bey'e ne içeceğini sormayacak mısın kızım?" dedi. Ege Bey'den özür dileyerek ne içeceğini sordum. Bir bardak su istedi adam. Oysa ben onun bir bardak viski isteyeceğini düşünmüştüm. "Peki," dedim ve mutfağa doğru yöneldim. Döndüğümde Yasemin Anne'yi ağlarken buldum. Kadın titrek sesle, "Benim Deniz'imden kim ne istiyor?" diyordu. Ege Bey ise, "Sıkmayın canınızı Deniz'i bende kalması için ikna etmeye geldim, böylece onu kollamam daha kolay olur. Umarım inat etmez, onun inadını iyi bilirim," dedi ve derin bir nefes aldı. Onu o an bir kez daha takdir ettim, neredeyse yanına koşup övgüler yağdıracaktım, her eve onun gibi bir dost gerektiğini söyleyecektim. Hayatımızda var oluşundan dolayı defalarca teşekkür edecektim.

Sen büyük bir insansın mimar Ege Bey diyecektim. Ama bunu yapmadım, sırası değildi.

"Peki, bugün kolladın, ya yarın ya öbür gün, yok, yok bu böyle olmayacak. Polise gitmek lazım," dedi kadın.

"O da doğru ama Deniz gururundan polise de gitmez, hem gidecek insan çoktan giderdi."

"Ege Bey oğlum, sen onun en samimi dostusun, benim oğlumun düşmanı olamaz, olamaz değil mi?" Ege Bey iç geçirdi sonra bana bakıp bir bardak daha su istedi. Tekrar mutfağa gittiğim için o an ne konuştuklarını duymadım ama geri döndüğümde Yasemin Anne koltuğun üzerinde soru işareti halini almış ellerini sinirli sinirli birbirine sürtüyordu. Az sonra Deniz de odasından çıktı. Ege Bey'i görünce sevindiğini söyleyemem daha çok huzursuz ve şaşkındı.

"Merhaba Deniz, seninle konuşmaya geldim," diyen Ege Bey ayağa kalktı. Deniz onun yanına yaklaştı, kendinden emin bir sesle, "İyi yaptınız fakat benim acelem var," dedi ve kapıya doğru yürüdü. Ege Bey Yasemin Anne'yle kısaca vedalaştı ve Deniz'i takip etti.

Az sonra sert kapanan kapının sesi duyuldu. Yasemin Anne, "Gördün mü Lena Deniz ne kadar inatçı, adamın yüzüne doğru dürüst bakmadı bile," dedi. Kadın sinirli tavırlarla bir müddet odanın içinde dolanıp durdu sonra eline telefonu aldı ve bir numara tuşladı. Kadının yüzü asıktı, gergindi, karşıdan gelecek sesi bekliyordu. Ses gelmedikçe yüzü daha da asılıyordu. Nihayet biri onu duydu ki kadın, "Ali oğlum müsait misin, konuşmamız lazım," dedi ve karşıdan söylenenleri ses etmeden dinledi. Sonunda, "Müsait değil misin? Peki," diye yanıt verdi ve ayaklarından biçilmiş gibi yere yığıldı. Yanına koştum, omuzlarından kavradım, "Yapmayın, sakın kendinizi bırakmayın, siz iyi olacaksınız ki çocuklarınıza faydanız dokunsun," dedim ve ayağa kalkması için kollarının altından tutarak yardım etmeye çalıştım. Doğruldu. Ona koltuğa kadar eşlik ettim. Oturdu. Elleri, çenesi, bedeni, sesi titriyordu. "Bir gün de bir işe yarasalar gam yemem," diye geveledi. Sonra bana dönüp "Lena al bu telefonu, Fatih'i ara, ona eve gelmesini söyle," dedi. Fatih'in cep numarasını tuşladım. Telefon uzun uzun çaldı ama cevap veren yoktu. Kadının yüzüne umutsuzca baktım ve başımı olumsuzca salladım. Kadın öfkeden oturduğu koltuğu tartaklıyor, sinirden çatallaşmış sesle, "Bu aileye aile demeye bin şahit lazım! Herkes kendi keyfinin peşinde; insanlık, kardeşlik kalmamış meğer!" diye söyleniyordu. Kadın haklıydı, artık onu teselli edecek kelime bulamıyordum. Karşısında öylece dikiliyordum. Sonunda kadın öfkeden irileşmiş gözleriyle bana bakıp, "Sen ne dikiliyorsun öyle? Bir çözüm bulmamız lazım," dedi. "Defol ne demek?

Evladım nereye gitsin? Ya bunu yapanın aklında daha kötüsü varsa?"

"Sakin olun o şu an emin ellerde."

"Bak bak ne güzel söylüyorsun şu an emin ellerde, ya yarın? Yok, bu iş böyle olmayacak..."

Kadın az önce fırlatılmış telefona uzandı. Bir numara tuşladı. Konuşmalarından anladığım kadar, konuştuğu adam eski hizmetkârın eşiydi. Adama, ona iş düştüğü ve acil görüşmesi gerektiğini söylüyordu. Yaklaşık yarım saat sonra kapı çaldı ve eve esmer, cılız, bakımsız bir adam geldi. Adam oturdu.

Kirli ellerini dizlerinin üzerine koydu ve Yasemin Anne'nin ağzından çıkacak kelimeleri bekledi. Kadın oturduğu koltukta huzursuzca kıpırdandı ve adama doğru eğilerek herkesten sakladığı ve sadece ona söylemek istediği bir sırrı söyler gibi fısıldadı:

"Ortalıkta Deniz'i öldürmek isteyen bir katil dolaşıyor. Bu adam ya da kadın Deniz'in arabasına defol diye yazdırmış defalarca. Bu yüzden korkumuz büyük ve senden yardım istiyoruz."

Adam oturduğu yerde huzursuzca kıpırdandı ve "Ben ne yapabilirim?" dedi kendinden emin olmayan bir sesle. Yasemin Anne ayağa kalktı, odada birkaç adım attı ve adamın karşısına geçerek, "Süleyman senden yardım istiyorum, çünkü senden başka güvenebileceğim kimsem yok," dedi, adamın gözünün içine bakıp ondan gelecek cevabı büyük bir gerginlikle bekledi. "Nasıl bir yardım?" dedi adam kendinden daha emin bir ses tonuyla. "Deniz'i takip etmeni istiyorum. Yanına yaklaşan herkesten haberimiz olsun istiyorum. Onu kollamanı istiyorum," dedi.

"Peki, Deniz Bey'in bundan haberi var mı?"

"Yok, tabii ki. Bunu kabul edeceğini sanmıyorum."

Kısa sessizlikten sonra adam Yasemin Anne'nin ricasını büyük miktar para karşılığı kabul etti. Yasemin Anne pencereye yaklaştı. Hüzünlü ve dalgın bakışlarla sokağa bakındı ve eminim ki o an Bursa'nın her taşının altında bir düşman olabileceğini düşündü.

24

Yasemin Anne benden ıhlamur yapmamı istedi. Onun sevdiği iri fincanla yeni demlenmiş ıhlamur ikram ettim. Başka isteği olup olmadığını sordum ama kadın ya beni duymadı ya da duymazdan geldi. Pencereden sokağa bakıp iç geçiren kadın, "Yarın Deniz yurtdışından dönüyor," dedi.

"Evet."

"Sonra nişan var. Deniz evlenecek ve mutlu olacak."

"Elbette," dedim ve huzursuz tavrımı bir kenara bırakarak gülümsemeye çalıştım ama kadının sersemlemiş, bitkin halini görünce buna cesaret bile edemedim. Oysa ben Yasemin Anne'ye moral vermeliydim, bu benim görevimdi, bunun için bana ücret ödeniyordu. O an içimden o lanet olası "Defol" kelimesinin hayatımızı karartmasına izin vermeyeceğime bir kez daha yemin ettim. Hüzün dolu sesime az da olsa canlılık katarak, "Nişan nerede olacak Yasemin Anneciğim?"

dedim. Kadın pencereden başını bana doğru çevirdi ve "Bakalım Lena, kararı nerede vereceklerse orada herhalde," dedi.

Gülümsedim, "Ne güzel, sizin gibi anlayışlı anne olunca..."

"Kız İzmirli, sen hiç İzmir'e gittin mi Lena?"

"Hayır, ama yakınlarında Kuşadası'nda çalıştım ve orada hep İzmir kızlarının güzel olduklarını duymuştum. Doğru ama değil mi, Deniz'in arkadaşı Çiğdem güzel bir kız vallahi."

"Evet, gelinim güzel ama önemli olan huyunun güzel olması."

"Huyu da güzeldir, en azından ben öyle seziyorum."

"Bak bunu kimse bilemez, yeni süpürge her zaman iyi süpürür kızım."

"Ah Yasemin Anne sizi mutlu görmeyi o kadar çok istiyorum ki..."

"Biliyorum Lena istersin çünkü senin kalbin temiz, çünkü sende fesatlık namına bir şey yok. Çünkü sen cana yakınsın."

"Yapmayın, utanıyorum."

"Utanma, gururlan Lena."

O an içimden Yasemin Anne'ye gözüm gibi bakacağıma dair yemin ettim.

O gece yatağıma girdim ama bir türlü uyuyamadım.

Deniz'in eve dönüşü, Yasemin Anne'nin psikolojisinin yeniden altüst olması demekti. Yarından itibaren eminim kadın sokağa bakan pencerenin dibinde duran koltuğun bir parçası olacaktı. Yemeden içmeden kesilip, göz kırpmadan Bursa'nın bu meşhur sokağını gözetleyerek oğlunu bekleyecekti. Ağlama krizlerine girecekti, bağırıp çağıracaktı. Göğsüne yaşlı elleriyle vurarak, artık yorulduğunu ve ölmek istediğini haykıracaktı.

Sonra hıçkırıklardan bitkin omzuma düşüp, içinin parçalandığını söyleyecekti. Ya ben ne yapacaktım? Hiç! Hiç! Koca bir hiç... Sinirimi yastığımdan çıkardım. Derin bir nefes aldım.

Uyuyan bir insan gibi yarı ölü halde olmam gerekirken, aksine gürültü dolu şehrin ortasına düşmüş gibiydim. Buradaki insanları da ortamı da tanımıyordum, herkesin birden konuşup bağırdığından başımın ağırlaştığını, beynimin karardığını ve korktuğumu hissettim. Kaçmak istedim ama görünmez bir el beni orada tutuyordu ve pis, çıldırmış, yarı çıplak olan insanları görmek, işitmek zorundaydım. Sonra onların yüzlerini tek tek anımsadım, annemin yatak arkadaşları. Ruhum buradan uzakta koşuşturmaktan yorulmuştu. Bedenimse hâlâ oradaydı.

Sonra Deniz'in arabasını gördüm. Yeni boyanmış, parlıyordu.

Sonra annemin yarı yanmış bedeni göründü, yüzü bana ters dönüktü. Ama onun elindeki koca testereyi rahatlıkla görebiliyordum. Arabanın üzerindeki bir kelimeyi karalıyoru: Defol!

"Yapma!" diye bağırdım. "Yapma! Yapma!" Ama o beni duymuyordu. Sonunda annem arabanın dibine oturdu. Bense ona bağırmaktan, yalvarmaktan kan ter içinde kalmış, yere yığılmıştım. Annem uzun bir kahkaha attı ve bana bakarak:

"Bizi yakmanı, öldürmeni önceden planlamıştın değil mi? O gün bana anlattığın filmden anlamış olmalıydım, filmdeki kız da evini ve ailesini yakmıştı. O gün aklında yangın vardı demek ve bu düşünceden kurtulamadın! Bizi yaktın!"

Kan ter içinde uyandım. Aman Tanrım! Deniz'i tehdit eden adam benim aklımdaki şeytanın ikizini taşıyorsa? Titredim.

Sonra, kötü rüyanın gerçekleşmemesi için birinden duyduğum şeyi anımsadım. Eğer kötü rüyayı akan suya anlatırsak rüya su ile akıp gidermiş. Yataktan kalktığım gibi koridorun sonundaki lavabonun birine koştum. Çeşmeyi açtım ve akan suyun karşısında gördüklerimi anlatmaya başladım. Arkamdan birinin yaklaştığını fark etmedim bile, omzuma biri dokununca korku içinde sıçrayıp, vahşice bağırdım. Birden ışıklar yandı ve karşımda üstü çıplak Deniz'i gördüm. Yorgun bir haldeydi. Üstüne üstlük benim halimden korkmuş, irileşmiş gözlerle bana bakıyordu.

"Özür dilerim. Kötü rüya gördüm ve suya anlatıyordum."

"Ne yapıyordun? Ne yapıyordun?"

"Rüyayı suya anlatıyordum."

"Neden?"

"Çıkmasın diye."

Deniz başını asabiyetle salladı. "Allah... Allah nelerle uğraşıyoruz!" dedi. Yüzümü astım.

"İnanın alındım, ben sizin için..." dedim. Bu sözler Deniz'i daha da sinir etti.

"Ne benim için, ne? Halinize bakın be, hepiniz delirmek üzeresiniz."

Deniz sözlerini annesinin gözünün içine bakarak bitirmek zorunda kaldığı için kendini oldukça kötü hissetti ve kapıda duran annesine doğru yürüdü, onun yaşlı omzuna elini attı, yanağına öpücük kondurdu ve "İnanın ben kendi derdimi unutup sizi düşünmeye başladım, ikiniz de gözümün önünde canlı cenazeye döndünüz," dedi.

"Aman oğlum..." diyen kadın ağlamaya başladı. Deniz parmak uçları ile kadının gözyaşlarını sildi, "Ben karşındayım ve sapasağlamım bak, annecim ben iyiyim sadece çok uykum var ve eğer izin verirsen uyumak istiyorum," dedi.

Yasemin Anne iç geçirerek başını evet der gibi salladı. Deniz annesinin yaşlı yanağından makas aldı ve odasına doğru yürüdü. Onun çıplak sırtında yol yol tırnak izleri gördüm.

Birden beynim durdu. Bu tırnak izleri kime aitti? Kavga mı etti bu oğlan, yoksa biri ırzına mı geçti? Aman Tanrım neler düşünüyorum, erkek adamın ırzına geçilir mi hiç? Bu benim düşüncem ama hayat kalleş olunca... Annem kulağımın dibinde kahkaha patlattı, "Sen kendi kalleşliğinden bahset,"

dedi. Sustum. Ben kaçtım, Gürcistan'dan Türkiye'ye kaçtım. Amacım kendimi unutup, huzur bulmaktı. Kendimi unuttum mu? Hayır. Huzur buldum mu? Evet, bu insanları aile bildim ama şimdi ailem zor durumda ve ben o durumları bilirim, korkarım, kendimi kaybetmekten korkarım, cinnetten korkarım. Titredim, "Yasemin Anne..." diye fısıldadım ve kadının yattığı odaya doğru yürüdüm. Odanın kapısını yavaşça araladım. Odanın ortasında geniş bir yatağın içinde iki büklüm oturan kadını gördüm. Ellerini yüzüne gezdirip kendini aklındaki şeytanlardan arıtmaya çalışan bir hali vardı. Seslenip seslenmemekte kararsız kaldığım için bir müddet onu öylece izledim sonra kadının ayakuçlarına doğru toplanmış beyaz pikeyi üzerine çektiğini ve içine gömüldüğünü gördüm. Kadının başucundaki komodinin üzerinde duran dijital saat 4:23'ü gösteriyordu. Demek ki kadın yaklaşık iki saat kadar uyumak için kendini zorlayacaktı.

Belki de benden habersiz aşırı dozda sakinleştirici almıştı.

Her neyse en azından şu an kriz geçirmiyordu. Kapıyı biraz aralıklı bırakıp loş koridorda sessiz adımlar atmaya başladım. Deniz'in kapısının önünde durakladım. Kulağımı kapıya dayadım, içerisi sessizdi. Derin bir nefes aldım.

Herkes hâlâ soluk aldığına göre, huzurlu olmam gerekirdi ama değildim, içgüdülerim ölümün soğukluğundan bahsediyordu. Ruhum daraldı. Kapalı ve karanlık odamda durmaya tahammülüm yoktu. Az sonra kendimi mutfakta elimde bıçakla sebzeleri doğrarken buldum. Fatih'in eve gelişini duymadım ama evden çıkarken şeytan beni dürttü ve belli belirsiz duyulan sesi takip ederek onu gördüm. Deniz'i ensesinden tutup kapı dışarı sürüklüyordu. Deniz kurbanlık koyun gibi başını öne eğmiş, kısa adımlar atıyordu. Sonunda ikisi de yok oldular. Kapı kapandı. Birden bu gördüğüm manzara karşısında afalladım. Fatih Deniz'den ne istiyordu? Onu nereye sürüklüyordu? Yoksa "Defol" kelimesini arabanın üzerine kazıtan Fatih miydi? Ama neden? Bu ikisi kardeş!

Kulağımın arkasından annem kahkaha attı, "Sen Lena, bunu sen mi söylüyorsun? Kardeş katili! Anne katili! Baba katili!" Sus!

Sus! Sus! Bağırmak istedim ama buna hakkım yoktu. Bu kadın haklıydı. Sustum, alt dudağımı kanatana kadar dişlerimi geçirdim. Yaralı hayvanın öfke gücünü taşıyordum o an. Artık kapının önündeydim, titriyordum, iki parmak yardımı ile yavaşça araladığım kapı boşluğundan asansörün önünde durup asansörün gelişini bekleyen iki kişiyi gördüm. Fatih cebinden araba anahtarını düşürdüğü için yere eğilmişti. Deniz ani refleksten olmalı, dairenin kapısına bakmıştı. Beni orada fark edip başını hayır der gibi salladı.

Yani gördüğümü görmezden gelmemi istedi. Peki neden? Tabii ki onu dinlemedim. Onlar asansöre girdiği an ben kapıdan dışarıya, parmak uçlarımın üzerinde yürümeyi düşündüm ama sonra beni gören otomat ışıkların yanacağını düşünerek geri çekildim. İlk aklıma gelen Süleyman olmuştu. Onu aramam gerektiğini düşündüm sonra onun telefon numarasının sadece Yasemin Anne'de olduğunu anımsadım. Artık beklemenin bir anlamı yoktu. Garaj katında duran asansörü bu kez ben çağırdım. Ömrüm boyunca hiç asansörün bu kadar yavaş ilerlediğini fark etmemiştim. Tırnaklarımı, belki de parmaklarımı kemire kemire asansörün rakam yazan tuşlarının değişimini izledim. Sonunda asansörün kapısı açıldı ve içeriye daldım. Garaja inmem gerekirdi ama bu doğru olmazdı. Fatih beni fark edebilirdi. Çaresizce apartmanın dışına, arkaya doğru koştum. Orada garajın içini görebileceğim iki tane dar uzun pencere olmalıydı. Yanılmadım, pencereler toprağa yakın olduğundan hemen kendimi dizlerimin üzerine bıraktım, toprağa kapaklandım. Başımı aşağı eğerek pencereye burnumu dayadım. Onlar orada olmalıydılar ve ne yaptıklarını görmem gerekirdi.

Çok fazla araba vardı. Beyaz ve gri ağırlıklı, sıra sıra dizilmişti. Deniz'in arabası siyah olunca öncelikle siyah renk arabalara gözüm kaydı ama orada kimseleri göremeyince bu kez Fatih'in beyaz arabasını aramaya başladım. Gözüm hızla beyaz rengi taradı, bir sağa bir sola ve sonunda bana sırtı dönük duran Fatih'i gördüm. Delirmiş gibiydi. Ellerini, yumruklarını sallıyordu. Deniz'i göremedim ama o muhtemelen arabanın birinin dibinde yerde oturuyor, Fatih'in bağırışlarını dinliyor, havada uçuşan yumruklardan başını kollarıyla kolluyordu. Peki, sorun neydi? Fatih Deniz'den ne istiyordu?

Fatih ne kadar ileri gidebilirdi. Öfkemi ve merakımı tatmin edemediğim için delirmek üzereydim ve farkına varmadan dizlerimin altındaki çimleri yolmuştum. Sonunda Deniz'i gördüm; başını eğmiş Fatih'in ağzından çıkanları öylece dinliyordu. Aklıma bir yerlerden duyduğum tuhaf sözler geldi, "kim suçlu, ölen mi, öldüren mi?" Kendime ve bu saçma düşüncelere öfkelendim ama annem beni delirtmek için mi, yoksa bu sözlerde gerçeklik payı olduğundan mı, papağan gibi sayıklayıp durdu. Fatih Deniz'i itekledi. Deniz sanırım yere düştü. Onu artık göremiyordum. Az sonra deli gibi çırpınan Fatih'i de göremez oldum. Oturduğum yerden sıçradım, ne yapacağımı bilemedim, eğer Deniz beni tembihlemeseydi ben şimdi onun yanında olurdum. Ne yapardım bilemem ama orada olurdum.

Durduğum yerde toprağı deştim sonra yine kendimi yere bırakıp ne olup bittiğini görmek için yüzümü cama dayadım. Orada beyaz araba hareket halindeydi ve çıkış kapısına doğru ilerliyordu. Fatih'in arabası. Fatih oradan uzaklaştığına göre Deniz neredeydi? Bu soru beni kan ter içinde bırakırken ben baştan binanın giriş kapısına sonra asansöre koştum. Asansör düğmesine bastım. Asansör beni bodrum kattaki garaja indirdi. Demir otomatik kapı açılır açılmaz kendimi garajın içine attım. Az önce gördüğüm manzaranın olduğu köşeye koştum sanırım. Çevreye bakındım. Ama ortalıkta kimseler yoktu. Biraz daha ileriye koştum. Orada da kimse yoktu. Dehşet içinde başını avuçladım, var gücümle "Anne!" diye bağırmak istedim ama her zamanki gibi susup korkuyu içime atmaya çalıştım. Artık delirmiş bir yaratık gibi arabaların aralarında koşuşturup Deniz'i arıyordum.

En sonunda onu gördüm, bir arabanın dibinde sırtını arabaya yaslamış hareketsiz oturuyordu. Başını öne eğmişti. Beni duymuyordu. Adımlarımı duymuyordu. Yoksa ölmüş müydü? Televizyonda gördüğüm filmler geldi aklıma, cesetlerin bu vaziyette oturdukları, biri yaklaşınca ve dokununca boş çuval gibi sağa sola düştükleri... Deniz de cesetlerden biri miydi acaba? Ona iyice yaklaştım, dizlerinin üzerine çömeldim, ona dokunmak istedim ama içimden iğrenç bir düşünce geçti. Sanki ona dokunursam o kül gibi dağılacaktı. Ama öyle olmadı, ona dokundum, yanakları ıslak ve sıcaktı, hatta öyle sıcaktı ki elimi hızla geri çektim. Onu omuzlarından kavradım. "Deniz!" diye bağırdım. "Deniz! Deniz! Deniz..."

gözlerini kırpıştırdı ve bana bakmadan "Git buradan!" diye bağırdı. "Git!"

"Hayır! Beraber eve gideceğiz. Sensiz olmaz! Gel, yardım edeyim sana eve dönelim, anneniz sizi bekliyor. Belki de evde olmadığınızı fark etti ve kendini sokağa attı. Sizin onu üzmeyeceğinizi iyi bilirim, o zaman lütfen elinizi verin."

Deniz derin bir nefes aldı ve bana sol elini uzattı. Sadece birkaç adım attık ki, Yasemin Anne'nin haykırışını duydum.

Sanki biri ondan canını söküyordu. Önümdeki asansörün düğmesine deli gibi bastım. Zamanın ağırlığı tahammül edilmez bir hal aldığından, merdiven basamaklarını ikişer ikişer koşmaya başladım. Bizim katta insan kalabalığı vardı.

Onların arasında Yasemin Anne'yi göremedim. Ama onun çatlak sesle, "Deniz oğlum!" diye haykırışını duyuyordum.

İnsan yığınını yarıp, anneme koştum. Beni gördüğünden bile emin değilim, sanki derin kara kuyunun içinde kaybetmişti kendini. Yüzü kireç gibi beyazlamıştı. Gözbebeklerinin göz yuvalarının arkasına kayıp gittiğini gördüm. Az sonra kollarım ve göğsüm üzerinde yığılıp kaldı. Oradaki kalabalığın korku uğultusu apartmanın duvarlarını çıtırdattı. Ben öylece kollarımda annem donakaldım.

Dünyanın bana sırtı dönük olduğunu zaten biliyordum ama iki ayağımın tabanı kadar toprağı kıskandığını o gün öğrenmiştim.

Sonra anne kelimesi uzadıkça uzadı. Ölme arzusu beynimi doldurdu. Burnumun dibinde gezinen ecele Yasemin Anne'mi değil gel beni al diye bağırdım. Çatlak sesim karışık sesleri bir bıçak gibi kesti. Herkes irileşmiş gözleriyle bizi izlerken Tanrı'nın kararını bekledim. Tanrı ise Yasemin Anne'yi bana bağışladı.

25

O gün sofrada yalnız değildik. Deniz bize büyük bir sürpriz yaptı, Çiğdem'le kendi aralarında nişanlandıklarını söyledi.

Yasemin Anne'nin minik gözleri fal taşı gibi açıldı, şaşkınlığını gizleyemedi. Kadın ikisine de sıkı sıkı sarıldı, sevinç gözyaşları döktü. İkisinin de saçını, yüzünü okşadı. "Evlatlarım benim, aferin size," diye haykırdı. Bana dönüp "Çok yakışıyorlar birbirlerine baksana!" dedi. Ağladı, sarıldı. Ben de ağladım ama benim ağlama sebebim biraz farklıydı. Ben Deniz'in aklındaki şeytandan kurtuluşunun zaferine ağladım. Doğru yolu bulduğu için sevinçten ağladım. Az sonra bana yaklaşan Yasemin Anne, yüzüme ıslak gözleriyle baktı ve yumuşak huzur dolu bir sesle, "Lena çok mutluyum," dedi. "Ben de sizin adınıza mutluyum," dedim ve bana yaslanan kadına sarıldım. Kadın başını göğsümden kaldırdı, yüzüme gülümsedi ve "Biliyorum Lena," dedi. Deniz ikimizi kollarıyla sardı ve "Kızlar biz açız, ağlamanız bittiyse yemek yiyelim isterseniz," dedi. Bunun üzerine kendimi hemen mutfağa attım.

Salata malzemesini doğrarken, çorba karıştırırken, derin dondurucudan çıkardıklarımı mikrodalgada ısıtırken ağlamam devam etti... Defalarca ağlayarak "İnşallah mutlu olurlar," diye tekrarladım.

O gün Çiğdem çok güzeldi. Masum, utangaçlıktan hafif kızarmış yüz ifadesi ona yeni doğmuş bebek tazeliği katıyordu. Ela, iri gözlerinin ışıldaması ile aşkını, sevincini dünyaya haykırıyor gibiydi. Kan kırmızı rujla çerçevelenmiş dudaklarının, çoğu erkeğin rüyalarını süsleyeceğinden emindim. O çocuksu, çizgi film kahramanı sesi ile uzun kahkahalar atıyor, gülmenin ne kadar hoş bir şey olduğunu gösteriyordu. O gün üzerine ince askılı pembe bir elbise giymişti. Uzun, bal rengi saçları lüleler halinde çıplak kibar omuzlarından nazikçe dökülmüştü. Deniz onu hayranlıkla izliyor, saçına dokunuyor, bir isteği olup olmadığını soruyordu. Kız kibarca gülümsüyor, hayır der gibi kibarca başını sallıyordu. Ben Deniz'i ve Çiğdem'i izlerken hayatın o kadar da kötü olmadığını düşündüm. Ama annemin bu düşünceme karşılık alaylı gülümsediğini gördüğüm an yine içinde hem şüphe hem de adı olmayan bir korku oluştu. Yanılmam için dualar ettim.

Yasemin Anne'nin yaşadığı mutluluğu dünyaya haykırma arzusuyla yanıp tutuştuğunu görüyordum. "Benim Deniz'im erkek!" diye avazı çıktığı kadar bağırmak istiyordu besbelli.

Eminim ki bu sebeple beni mutfağa çekip, Deniz'in ağabeylerine bu mutlu haberi hemen vermemi istedi. Tabii ki isteği yerine getirdim, Ali'ye ve Fatih'e cep telefonlarından ulaşıp bu mutlu haberi verdim. Hatta bu habere Ege Bey'inde sevineceğini bildiğimden onu bile aradım. Yaklaşık yarım saat sonra

kapı çaldı. Her zamanki gibi kapıya koşan ilk ben oldum. Zuhal ateşe düşmüş gibi telaşlı bir tavırla içeriye doğru koştu.

Refleksten mi, yoksa bu evin temizliğine verdiğim emekten mi bilmiyorum gözlerim Zuhal'ın ayaklarına geçirdiği sivri topuklu ayakkabılarına gitti. Kadın yürüyor parke tabanında topuklarla oyuk oyuk iz bırakıyordu. "Gıcık," diye mırıldadım içimden, kıskançlıktan, hırsından tabanları delmeye karar verdi baksanıza, bu düşünceleri dile getirmeyi o kadar çok isterdim ki... Ama tabii ki bunu yapmadım. Az sonra kapı bir kez daha çaldı. Bu kez gelen Ali olmuştu. Arabasını park etmek için yer bulamamaktan yakındı ama ben onun bu mutsuz tavrının altında başka bir neden olduğunu hissediyordum. Deniz'in evlenecek olması onu rahatsız etmişti. Sonuçta onun düşüncesine göre evde bir boğaz daha çoğalacaktı, belki bebekleri de olacaktı. Zuhal fesatlık duygusunu daha ustaca gizliyor, abartılı şık giyinerek, Çiğdem'i ezip gölgede bırakmak istiyordu. Tabii ki Çiğdem'in saf, temiz yüreğini hesaba katmıyordu. Neyse ki kısa merhabalaşmadan sonra herkes yerine yerleşti ve benden çaldığı o sahte gülümseyişi takındı.

Fark ettim ki kimse bu nişan olayını dile getirmek istemiyodu. Yasemin Anne benim gibi düşünüyor olmalıydı ki, hafif yüksek ses tonuyla "Ali, kardeşin bugün nişanlandı, bilmiyorum haberin var mı?" diye söylendi. Ali annesinin tavrını çok iyi anladı aptallığa vurup, "Ya öyle mi?" diye haykırarak doğruldu ve ilk olarak Çiğdem'le sonra da Deniz'le tokalaştı. Sıra Zuhal'e gelmişti. Zuhal ayağa kalktı, Çiğdem'e doğru iki adım attı, ona sarılıp yanaklarından öptü. Bu manzaradan gözlerim yaşardı. Zuhal ve nezaket... Neredeyse onu hiç tanımadığımı düşünecektim ama az sonra Zuhal Deniz'e doğru dönüp, "Deniz Çiğdem'in seni taşıyamayacağı korkusundan mı gizlice nişanlandınız yoksa?" dedi. İçimden "Yuh!" demek ve onun saçını başını yolmak geldi ama tabii ki bunu yapmadım. Zaten Deniz, "Ne münasebet, çevremdeki kötü gözlerden, nazardan korktuğum için," diyerek ona hak ettiği cevabı verdi. "Hem gizlediğimi kim söyledi, bakın buradayız ve aşkımızı haykırıyoruz."

Deniz cümlesini tamamladıktan sonra Çiğdem'in omuzlarını okşadı. Sofrada herkes onları izliyordu. Ali'nin gözü ise Çiğdem'in dik duran göğüslerindeydi. Pişkin Zuhal, alaylı gülümserken "Haklısın belki de," dedi ve kocasını masanın altından sertçe dürttü. Her şeyi hissedip gören Yasemin Anne, Fatih'in gelip gelmeyeceğini bilmediğimizden, "İsterseniz biz yemek yemeye başlayalım," dedi. Bana bakarak, "Lena servis yapabilirsin kızım," dedi.

"Ay ben tokum, buraya geleceğimizi bilmediğimden az önce evde yemek yedim," dedi Zuhal. "Zaten bu kız bir gün uyum sağlasa dişimi kıracağım," diye fısıldadım içimden ve mutfağa yürüdüm. Tam sıcak çorbayı kâselere dolduracaktım ki kapı zilini duydum, elimdeki kepçeyi çorba dolu tencerenin içine salıp kapıya doğru hızla yürüdüm. Kapıyı açtığımda Fatih'i kapı kenarında duvara yaslanmış halde buldum. Bana ters ters, "Neredesin?" diye kükredi ve omzumu sıyırarak içeriye girdi. O yanımdan geçerken şiddetli duman kokusunu duydum. Annem "Yangın! Yangın!" diye bağırdı. Oracıkta donakaldım. Ne ileri ne geri adım atabildim. Dizlerim titriyordu. Kapıya sırtımı dayadım. Kendime "Gayret Lena," dedim.

Gözlerimi sıkı yumduğum halde yaklaşan ateşi hissediyor gibi oldum. Dumanın kokusunu duyuyor, vahşetini seziyordum.

Yasemin Anne'nin "Kim geldi?" sorusuyla silkindim. Ben sofraya doğru sendelerken Yasemin Anne bana doğru yaklaşıyordu. Acı yutkunduktan sonra hızla, "Fatih geldi. İs kokuyordu.

Sanırım odasına yıkanmaya gitti," diye cevap verdim.

"Toktur o şimdi. Arkadaşlarla mangal yaktılarsa," dedi kadın ve sofraya geri döndü. Bense mutfakta çorbaları kâselere doldururken Yasemin Anne'nin söylediğinin doğru olması için sadece dualar ettim. Sofraya geri döndüğümde herkesin keyfinin yerinde olduğunu görünce, bir müddet sonra saçma sapan düşüncelerden kurtulmuş oldum. Hatta bir ara neşelenip, Yasemin Anne'nin Deniz'in çocuklukta yaptığı yaramazlıkları anlatırken ben de keyifle dinleyip güldüm. Yemekten sonra misafirlere Türk kahvesi içmek isteyip istemediklerini

sordum. Zuhal burnunu kıvırdı. Kahveyi biz dört kişi içecektik. Cezveyi aldım, kahve almak için dolabı açtım ki ev telefonu çaldı. Mutfağın duvarına asılı olan kırmızı telefonun ahizesine elimi uzattım.

"Efendim!"

"Deniz Bey'in evi mi? O nerde?" diye soruyordu telaşlı yaşlı sesiyle biri.

"Kim soruyor efendim?"

"Ben Bekçi Ramazan, Deniz Bey'e söyleyin bürosunda yangın çıktı."

Deniz'e bu haberi verebilmek için sofraya nasıl bir telaşla vardıysam, herkes bir ağızla "Ne oldu?" diye seslendi. Balık gibi titriyor ve yere yığılmamak için bedenimi yaslayacak yer arıyordum. Bunun farkına varan Deniz oturduğu sandalyeden bir telaş kalkıp kolumu kavradı. Hayatın kalleş olduğunu fısıldadı beynim, yüzüme soran gözlerle bakan Deniz'e, "Bekçi Ramazan aradı, büronuzda yangın çıktığını söyledi," dedim. Deniz'in gözleri öfkeden irileşti, "Allah kahretsin! Allah kahretsin!" diye bağırıp, kapıya doğru koştu, onun önünü kesen Yasemin Anne oğlunun ayaklarının önüne yığılıverdi, "Gitme oğlum, gitme!" diye yalvarmaya başladı. Deniz ayaklarına sarılan kadını ayağa kaldırdı, sandalyenin birine oturttu, saçını okşadı ve sakin olmasını söyledi. Cebinden telefonu çıkardı. Bir numara tuşladı ve karşı tarafı bekledi. Oradan gelen konuşmaları biz duyamıyorduk ama Deniz'in karardıkça kararan yüzünden haberin kötü olduğunu, hatta çok kötü olduğunu anlamamak mümkün değildi. Deniz kendini kırılmış bir dal gibi iki büklüm sandalyenin birine bıraktı başını avuçladı, derinden birkaç kez iç geçirdi. O gece Çiğdem onu yalnız bırakmadı. Odalarından ağlamaklı, isyan dolu fısıltılar duyuluyordu.

26

sabah Deniz kahvaltıda sallama çay yerine, demleme çay isteyince birden acaba günleri mi karıştırdım, bugün Cuma değil cumartesi mi, diye düşündüm. Çünkü demleme çayı Deniz sadece hafta sonları uzun kahvaltı keyfi yaparken içiyor, hatta yanına muhakkak peynirli omlet yapmamı da rica ediyordu. Ama takvime baktığımda 13 Eylül Cuma olduğunu gördüm. Tabii ki yanılmadım az sonra Deniz, "Lena benim için peynirli omlet yapabilir misin?" diye sorduğunda afalladım. Ya takvimin bir gün geride kaldı ya da Deniz işten istifa etti diye düşündüm, çünkü Deniz'in disiplinli biri olduğunu ve asla işi ihmal etmediğini herkes biliyordu. Neyse, herhalde vardır bir bildiği diye düşünerek mutfağa peynirli omlet yapmak için girdim. Ben yumurtaları kırdığımda oturma odasında Deniz'le neşeli bir sohbete giren Yasemin Anne'nin sesini duydum. Bu huzur dolu anları kaçırmamak için elimi çabuk tutmam gerekirdi. Çırptığım yumurtaların içine küp küp doğradığım kaşarı ekledikten sonra bu harcı geniş, tereyağlı tavanın içine boşalttım. Omleti geniş tabağa aldım, tabağı tepsiye yerleştirdim, iki kişilik servis için tepsiye iki tabak, iki çatal iki de bıçak yerleştirip sofraya doğru koştum. Ana oğul beni gülümseyerek karşıladılar. Deniz, "Lena ellerine sağlık omlet nefis kokuyor," dedi ve ekledi, "Hani kendine servis açmıyorsun, bize küs müsün yoksa?"

"Ne münasebet size küsmek Deniz Bey, belki annenizle özel konuşacaklarınız vardır diye..."

Deniz omzuma nazikçe dokundu, "Aşk olsun Lena, şimdi kırıldım vallahi sen kendini hâlâ bu evde yabancı gibi görüyorsun demek." Bu cümlelerden sonra mutfağa kendime tabak almak için girdim. Geri döndüğümde benim oturacağım yerde Fatih'in oturduğunu gördüm. Denizin tabağından Yasemin Anne'nin elinden aldığı çatalla omleti tırtıklıyordu.

Fatih'i sevdiğim söylenemezdi, hatta Deniz'in bürosunu ateşe verenin de o olduğundan neredeyse emindim. Annem kulağımın dibinde Fatih diye fısıldıyor, suçlu odur diye işaret parmağıyla onu gösteriyordu. Ama polisler yangının elektrik kablosundan çıktığını söyleyince aklımdaki şeytan Fatih'in yakasından düşmek zorunda kaldı. Şimdi bu alakasız samimiyet tekrar kafamı karıştırdı. Neyse ki Fatih sofrayı kısa sürede terk etmek zorunda kaldı. Tam ben sandalyeyi kendime doğru çekip oturacaktım ki Yasemin Anne'nin telefonu çaldı.

Telefona uzandım. Arayan Süleyman'dı:

"Abla Deniz Bey işe gitmeyecekse ben evime yatmaya gideyim bari." Ne cevap vereceğimi bilemedim, Yasemin Anne'nin yüzüne bakarak, "Süleyman Beyefendi, pazara gidip gitmeyeceğimizi soruyor," dedim. Yasemin Anne tek kelime söyledi: "Beklesin."

Deniz o gün çok şıktı. Beyaz gömleğin üzerine gri kravat takmıştı ve gri pantolon giymişti. Yüzü tıraşlıydı, kısa, inatçı dik duran saçları parlıyordu. Hiç olmadığı kadar neşeliydi.

Evden ayrılmadan önce annesine birkaç kez sarıldı, ellerini yüzünü öptü, saçını okşadı. Bana da sarıldı. Bizi sevdiğini söyledi ve arkasına baka baka uzaklaştı. Deniz asansörü pek sevmezdi, o gün de asansöre binmedi. Onun merdivenlerden inişini uzaklaşan ayak seslerinden takip ettim. Sonra da onun yürüyeceği yolu görmek için pencereye yaklaştım. Pencerenin önünden aniden sürü halinde hızla uçan karakuşlarını gördüğümde, felaketin burnumun dibinde olduğunu sezdim.

Deniz'e "Geri dön!" diye seslenmek için balkona koştum ama sanırım geç kalmıştım, çünkü araba uzaklaşıyordu. Öfkeyle olduğum yerde tepinip durdum. Bağırmak istiyordum ama bağıramıyordum. Sonunda balkonun eşiğine dirseklerimi dayadım. Gözlerimi sıkı sıkı yumdum sonra dehşetli öfkeyle açtım. Ayaklarımın altında gördüğüm şeyin baştan ne olduğunu anlamadım, iyice baktığımda bir vahşi tarafından parçalanmış gri bir kuş, geride sadece taşa bulaşmış kanı ve kana yapışmış tüyleri vardı. Kusmak için lavaboya koştum.

Soğuk suları yüzüme çarpa çarpa kendime gelmeye çalıştım.

Annemin sırtımdan atmak için terledim. Ama bunun kolay olmayacağını biliyordum. Ne yapmam gerektiğini son anda hatırladım ve huzuru aramak için Yasemin Anne'min yanına koştum.

Kadın pencerenin önünde oturmuş yolu izliyordu. Yanına yaklaştım. Oturmak için müsaade istedim ve karşı koltuğa oturdum.

"Deniz nasıl bir çocuktu Yasemin Anne?"

Kadın gülümsedi. "Üç aylık olana kadar hiç ama hiç uyumadı denebilir. Gazı vardı herhalde. Ağlıyor huysuzlaşıyordu. Kendi kendime, bu da ağabeyleri gibi inat olacak ama hayır, gaz sancıları bitince sakin bir bebek olmuştu."

"Neredeyse kırk sene öncesini nasıl hatırlıyorsunuz Yasemin Anne."

"Bu herhangi bir şey değil ki kızım, evlat bambaşka."

"Haklısınız belki de."

"Hiç şüphen olmasın. Mesela onun ilk adım attığı günü o kadar net hatırlıyorum ki. Üzerinde beyaz tulum ve beyaz pabuçları vardı. Bordo koltuğun kenarından tutunarak yürümüştü."

"Peki, Fatih Bey çok mu inattı?"

"Hiç sorma dediği dedikti. Ona istemediği bir şeyi yaptıramazdın. Kendini yere atıyor, tepiniyor, eline geçeni yüzümüze fırlatıyordu. Öfkesini yenemeyince karşımıza geçip 'Sizi öldüreceğim!' diye bağırıyordu. Babası onu benim şımarttığımı söylese de, tabii ki ben bunu kabul etmiyorum. Üçünü de büyüten benim. Üçü de farklı. Mesela Ali, sen yabancı değilsin diye söylüyorum, o içten pazarlıklı. Seni kırmaz ama arkasından da seni üzecek davranışta bulunur."

"Peki, kardeşler aralarında iyi geçinirler miydi?" Kadın uzaklara dalıp biraz düşündü.

"Deniz çoğu zaman benim eteğimin dibindeydi, o kardeşleri gibi hırsız polis oyunu oynamayı sevmiyordu. Kabalığı sevmiyordu. O bebeklerle oynardı, onları uyutur, onlara benim ona anlattığım masalları anlatırdı. Fatih de hep kardeşine bulaşırdı. Sen kız mısın der, onun oyununu bozmaya çalışırdı. Bir seferinde oyuncak bebeklerin ellerini kollarını koparıp, onları çöpe tepmişti. Zavallı Deniz ağladıkça, o gülmüştü, bunu ben yapmadım seri katil yaptı demişti. Nereden duyduysa bu kelimeleri. Tabii ki bu duruma el koymak istedim ama Fatih o kadar inattı ki bebeklerinin ellerini, kollarını tamir etmeme izin vermedi."

Yasemin Anne başını pencereye doğru çevirdi. Yola bakar bir hali vardı ama eminim ki orada hiçbir şey göremiyordu. O geçmişinin çuvalında deşilip, eskimiş anıların arasında, onu hâlâ heyecanlandıracak hisleri arıyor, bulamıyordu.

"Ya eşiniz, çocukları sever miydi?"

"Eşim aksi ve asabi bir adamdı. Ona ne cesaretle üç çocuk verdiğimi hâlâ anlamış değilim. Çocuklar babalarından hiç korkarlar mı? Benimkiler korkuyordu, çünkü adam onlara susun, yapmayın, azdınız yine eşek oğlu eşekler diye azarlardı. Bazen düşünüyorum da bu adam kendi evlatlarından nefret ediyor, yoksa hiç mi içinden onları sevmek okşamak gelmezdi. Hatta Deniz babasının hastası idi. Babasının yanına gidip sokulmayı deneyen tek çocuktu, oysa adamın keyfine kalırdı onu yanına yaklaştırıp, yaklaştırmamak. Hislerime göre o sadece Fatih'i severdi. Onu da belki kendine benzediği içindir. Fatih zaten tuhaf bir çocuktu. Babası onu azarlayıp tokatlayınca o ona inat olmadık şeyler yapar, onun önüne dikilirdi. Senin kabalık bana sökmez der gibi."

"Ya Ali, o nasıl bir çocuktu?"

"Ali kendini ortalığa atmazdı. O her işi saman altından yürütürdü diyebilirim."

"Peki, sizin ortak dostlarınız yok muydu? Ev gezmelerine hiç mi gitmezdiniz mesela?"

"Vardı olmaz mı?" diyen kadın sustu, yüzüme bakmaz olmuştu. Hatta gözünü benden kaçırmaya başladı da diyebilirdim. Onun yaşlı yüzüne kara bir gölgenin düştüğünü görünce soruda ısrarcı oldum.

"Ailecek mi görüşüyordunuz onlarla, yani çocuklarla mı?"

Kadın içindeki hüznü derinden alıp verdiği nefesle dışarıya atmak istedi ama sanırım bu işe yaramadı çünkü kadın aniden soluksuz kalıp boğulmaya başladı. Belli ki hüznünün kara kökleri ruhunu sarıp sarmalamıştı. Ona yaklaştım sırtını sıvazladım ve derin nefes alması gerektiğini söyledim. Kadın derin nefes aldı ve kısık sesle olanları anlatmaya başladı:

"Bir zamanlar, DALI adlı şirketimiz vardı. Şirket onunla evlendiğimiz sene kurulmuştu. Eşim çok sevdiği aile dostlarının oğulları ile ortaktı. Ortağın adı Volkan'dı. Volkan sempatik hatta yakışıklı biri bile denebilirdi. Bekârdı ama avukat olan kız arkadaşı ile aynı evde yaşıyordu. Biz onlara bazı hafta sonları misafirliğe gidiyorduk. Bu çift bizi çok hoş karşılıyordu. Volkan şakacı biri olduğundan onunla muhabbet çok hoştu. Bize komik hikâyeler anlatır güldürürdü. Ne anlattıysa o gün, hepimiz çok gülmüştük. Ben tabii ki kasten değil, sadece anlık refleksle 'Ah Volkan çok komiksin,' deyip onun omzunu dürtmüştüm. Bunu gören eşim, bizi apar topar eve sürükledi. Neden köpürdüğünü orada anlamadım. Eve geldiğimizde üzerime yürüdü ve 'Ne o el hareketleri? Kadın ve erkek arasında el hareketleri nerede biter biliyor musun?

Yatakta!' diye bağırdı. 'Saçmalama,' dedim ama onun düşünceleri sabitti, dediği dedikti. Tabii ki ben kendimi savunmak için yırtınmaya başladım ama bu durum onu daha fazla kızdırmış olmalı ki boğazıma sarılıp eğer bundan sonra bir yanlışlık görürse beni öldüreceğini söyledi. Adam sadece bu kadarıyla da kalmadı. Ertesi gün Volkan'la ortaklığı bozdu. O günden sonra huzur bulmadım zaten, sürekli beni takip ediyor, sorguya çekiyordu, nereye gitsem, kimle gitsem peşimdeydi. Ne yazık ki çocuklar bunları göre göre büyüdü. Fatih de bir aralar babasının ağzına bakıp bana cephe almıştı.

"Nasıl yani?" Kadın yüzünü sokağa doğru çevirdi, iç geçirdi ve "Boş ver Lena," dedi.

Ben de sokağa bakıyordum ama sokağı değil o gün kadının çekmecesinden çaldığım defterin içinde yazanları görüyordum. (Belki de beni nasıl öldüreceğine o an karar veriyordu.)

Yasemin Anne bunları yazarken kimi kast ediyordu acaba?

Tabii ki bu soruyu soramazdım. Neyse ki kadın onun adına yaşadığım endişeyi, korkuyu dağıtmak için kolları sıvadı.

"Boş ver Lena geçmiş geçmişte kaldı. Biz bugünü düşünelim." Kadının bu söylediği ısırgan otu tarlasında buğday tanesi aramaya benziyordu.

"Peki, bugün ne pişirelim?" dedim ve ağır havayı dağıtmak için gülümsedim. Kadın işaret parmağını büzdüğü ağzının üzerine koydu, gözlerini tavana yuvarlayarak düşünmeye koyuldu. Sonra hızlı tempolu sesiyle "Bugün Gürcistan mantısı yapalım," dedi. "Peki," dedim ve mantı için gereken malzemeleri kontrol etmek için mutfağa girdim. Buzdolabın derin dondurucusunu açtım, orada torbalarda olan kıymadan bir poşet çıkardım. Sebze bölümünde temizlenmiş ve yıkanıp kurutulmuş maydanozu da tezgâhın üzerine koydum. Gürcistan mantısı Türklerin yaptığı küçücük mantılara benzemiyor. Gürcistan mantısının tanesi on bir yaşındaki bir çocuğun kalbinin boyutunda. Aklıma düşen bu tuhaf düşünceye acı acı gülümsedim. Yurttaki ilk günümü hafızama öyle bir kazımıştım ki silmem mümkün değildi. Odalara sinen ağır ter, pislik, kokusu hâlâ burnumda, kirli duvarlar, kokmuş tuvaletler, asık suratlı hocalar, birbirlerine hırlayan asabi çocuklar.

İlk gün korkusunu hâlâ damarlarımda hissetmiyorum desem yalan olurdu. Kalabalık bir kurt ordusunun ortasına düşmüş gibiydim. Cılız serseri bir erkek çocuk yumruğunu burnuma dayadı. Karşımda beni her an dövecekmiş gibi duruyor, pis pis kirli dişlerini göstererek sırıtıyordu. Geriye bir adım attığımı anımsıyorum. Ama o bana daha da yaklaştı, yumruğunu da yaklaştırdı. Gözlerimi yumdum ve dayak yemek için kendimi hazırladım. Ama o bana "Aç gözlerini!" diye bağırdı. Açtım. Yumruk burnumun önümde duruyordu, "Biliyor musun, kalbimiz tam bu kadar," dedi. O an ne demek istediğini anlamadım o ise elimi avuçlarının arasına aldı ve yumruk yapmamı istedi. Senin kalbinse bu kadar. Bir Gürcistan mantısının tanesi kadar. Ben o kalbe daha o zamanlar neler sığdırmışım meğer. Aslında her insanın kalbinde dert yığını vardır. Ama kimi eski bir kitabı tekrar okumak istemez, geriye bakmayı sevmez. Televizyonda çıkan profesör doktorlara göre bu davranış doğrudur ama sanırım unutuluyor, yeni bir yola girmek için eski olan yolun sağlam temeli şart değil mi? Zaman ilaçtır deniliyor ya, doğru ilaç ama bu öfkenin sönmesi anlamında değil, en azından benim için değil.

Öfke kıvılcıma benzer, sert bir rüzgârda yine alevlenir ve ben o rüzgârdan korkuyorum. Ama bu yaşta bunu öğrendim nereye kaçarsam kaçayım, öfke de rüzgâr da ensemde.

"Lena saat kaç bitmedi mi mantılar? Deniz'in gelmesine ne kaldı ki, elini çabuk tut. Eğer gelirse..." dedi annem. Bu kelimeler beni çileden çıkardı. Cinnetimi tazeledi adeta, o evi tekrar yakabilirdim.

27

Fokurdayan tencerenin dibine bakıp on bir yaşında çocuğunun kalbinin boyutunda olan Gürcistan mantılarının teker teker suyun üstüne çıktığını gördüm. Az sonra bütün mantılar suyun üzerinde toplanıp on, on beş dakika sonra pişmiş olurlardı. Duvardaki çatal bıçak desenli saate baktım. Yediye beş vardı. İçimde tuhaf bir huzursuzluk olsa da ilerleyen dakikalar umutsuz değildi. Acı acı gülümsedim ve içimde konuşan birine kulak verdim. Kendimi bildim bileli saat kendi görevinden şaşmıyor, ağır ağır ilerliyordu. Hayatta tek ümidim, tek hoşuma giden bu durmak bilmeyen zaman olmuştu. İyi ya da kötü günleri geride bırakmayı bilen zaman.

Eminim Yasemin Anne şu an penceresini açmış oğlunun yürüyeceği yola bakmak için pencerenin eşiğinden bedenini dışarıya sarkıtmıştır. Sağ elinde olan cep telefonundan Süleyman'la görüşüyordur. "Ne yaptın Süleyman, Deniz çıktı mı yola?" diyordur. O ise "Deniz Bey'in çıkmasına daha on dakika var, siz sakin olun ben buradayım," diyordur. Ama ben bu kez tahminimde yanıldım sanırım, çünkü Yasemin Anne son gücünü toplayarak mutfağın kapısına dayanmış "Lena Süleyman'a ulaşılamıyor!" diyordu. Onun korkudan irileşmiş gözlerini gördüğüm an paniğe kapılmamak mümkün değildi, elindeki telefonu hemen aldım. Son aranan listesinde Süleyman'ın numarasını bulup arama tuşuna bastım. Telefon meşguldü. "Biriyle konuşuyor," dedim ve kadının omzunu okşadım. Kadın bana inanmak zorunda kalıyordu ama yüzünü karartan korku gölgeleri daha da derinleşiyordu. Neyse ki ben onu mutfağa sokup sandalyenin birine oturttum. Defalarca aynı numarayı aradım. Nihayet Süleyman'ın telefonu çalmaya başladı. Benim sesimi beklemeden karşı taraftan Süleyman, "Bekliyorum hanımım ofisten çıkan yok," dedi.

Ben Yasemin Annenin yüzüne bakıp, sesime zoraki sakinlik katarak, "Hâlâ bürodaymış Deniz bey," dedim. "Nereden biliyor Süleyman?" diye sordu kadın duvardaki saate bakarak.

Ben de baktım. Yediyi çeyrek geçiyordu. Yasemin Anne artık ayaktaydı ve işaret parmağını sallayarak, "Süleyman içeri girsin!" diye emrediyordu. Süleyman emri duydu ki ben bu sözlerin arkasından araba kapısının kapanma sesini duydum.

Adam belli ki arabadan inmiş büroya doğru ilerliyordu. Taş zeminden yükselen ayak sesini duyuyordum. Az sonra karışık kalabalık sesler kulaklarımı tırmaladı. Kapı tartaklama sesi duydum. Belli ki Süleyman büro kapısını çalıyordu. Kapıdan yanıt gelmemiş olmalı ki adam birine "Deniz Bey odasında mı?" diye soruyordu. Ne cevap aldığını bilmiyorum ama bu soruyu başka birine sorduğuna göre cevap olumsuzdu.

Bu kez Süleyman kapıyı daha kuvvetli tartaklıyor. Yasemin Anne yüzünü avuçlarının arasına gömüyor. Sanırım ağlamamak için kendini kasıyor. Süleyman bu kez başka birini çevirdi, "Affederseniz Deniz Bey'i gördünüz mü?" diye soruyor. "Çıktı," diyor bir erkek sesi. "Ne zaman?" diyor Süleyman'ın soğuk sesi.

Yasemin Anne sendeledi. Tutunmak için dolabın birine sarıldı. Ona koştuğumu anımsıyorum. Kadının yüzü, bedeni şeytan çarpmış gibi eğreti bir hal almıştı. Aklını yitirmiş gibiydi her an ağlama krizlerine girecekmiş gibiydi. "Sakin olun!

Deniz Bey'in numarasını çevirdim, telefonu çalıyor," dedim kadına yüksek sesle. Kadın yüzüme donuk tavırla bakakaldı.

Telefon çalıyordu ama açan yoktu. Kadın titremeye başladı, daha kuvvetli daha kuvvetli. "Yapmayın!" dedim ona, iyi düşünelim iyi olsun. Kadın yüzüme sulu gözleriyle baktı, umutsuzca gülümsedi, iç geçirdi ve sonra birden derin, çok derin nefes alıp vermeye başladı. Bu davranışı ona doktor öğretmişti.

Kötü hissedince bu yöntemin iyi geleceğini söylemişti. Ben de bu arada Çiğdem'i aradım. O benim sesimi duyunca "Deniz'e bir şey mi oldu," diye bağırdı. "Hayır!" dedim ve ne diyeceğimi bilmediğimden sustum. Yasemin Anne iyi haber duymak için yüzüme yalvarırcasına baksa da ben sadece olumsuzca başımı sallayarak cevap verebildim. Kadın kendini parçalayıp dövünmeye, feryat dolu sesle bağırmaya başladı. Çiğdem Yasemin Anne'nin attığı çığlıkları kötüye yormuş olmalıydı ki çatlak bir sesle "Deniz! Deniz!" diye çığlık atmaya başladı.

Ne yapacağımı şaşırdım. Kime ne diyeceğimi, kimi nasıl susturup sakinleştireceğimi bilemedim. Sadece bir kere sakin olun diyebildim. Gerisi adeta bir kâbustu. Yasemin Anne birden yere yığıldı. Gırtlağımdan çıkabilecek tüm gücümle "Anne! Anne!" diye bağırıyor kendimi paralıyordum. Ama Yasemin Anne beni duymuyor, kıpırdamıyordu. Kendimi onun önünde dizlerimin üzerine bıraktım. Saçını okşamak için elini uzattım ama soğuk ölüm korkusundan elimi geri çektim.

Başımı onun kulağına doğru eğdim, dudaklarımı kulağına yaklaştırdım, "Anne, Anne…" diye fısıldadım. Beni duymadığını anlamıştım artık. Bunu bana nasıl yapar, beni nasıl terk eder diyerek kadını çenesinden tutup yüzünü kendime doğru çevirdim. Kadının yüzü bembeyazdı, gözbebekleri yuvalarını terk etmiş, yaşam belirtisi kalmamıştı yüzünde. Ona dokunmak istiyordum, "Kalk artık," diye bağırmak istiyordum ama ona uzattığım ellerim havada kalakalıyordu. Onu bakışlarımla süzüyor, susuyor, bir mucize bekliyordum. Birden yerde bir sıvı yayıldığını gördüm. Kadın işemişti. Biri bana doktor çağırmam gerektiğini söyledi. Bu beni izleyen kardeşim Manana olmalıydı. Ayağa fırladım ve telefona sarıldım. Doktor, kadını kıpırdatmamamı söyledi. Bir de ambulans çağırmamı söyledi.

112'yi aradım. Durumu anlatıp yardım istedim. Evin adresini sordular, durakladım. Allah kahretsin biri sanki beynime girmiş içindekilerin tümünü boşaltmıştı. Evin adresini hatırlamam için ecel terleri döktüm. Neyse ki hafızam geri döndü ve adresimi telefondaki kıza söyleyebildim. Kız telefonu kapadı. Bense bu küçük cihazı rasgele fırlattım. Başımdaki saçıma asıldım. Tanrı' beni de alması için yalvardım. Güldü. Sinirden tepindim. Odada sinirli sinirli dolaştım. Dakikalar asır gibi uzadı. Sokağa bakan pencereye defalarca yaklaştım, yola düşmanmış gibi baktım. Nihayet ambulansın siren sesleri duyuldu, sonra kendisi göründü. Doktor Yasemin Anne'nin yüksek tansiyondan felç geçirdiğini söyledi. İki kişi kadını sedyeye yatırdı. Arkalarından koştum. Ama beni ambülansa almadılar.

Onu yalnız bıraktığım için suçluluk duyuyordum. Hızla eve koştum. Telefona sarılıp aklımda olan ilk numarayı tuşlamıştım. Deniz cevap vermiyordu. Bu kez Ali'yi aradım telefonu kapalıydı. Fatih'i aradığımda telefon çaldı, çaldı açan olmadı.

Zuhal'ı aradım beni dinlemeden, telefonunu meşgule aldı.

O gece Yasemin Anne yoğum bakımda kaldı. Bense yoğum bakımın kapısında sabahladım. Bizi arayan soran olmadı. Ancak ertesi akşam Ali'ye ulaşabildim. Ona durumu anlattığımda hemen geleceğini söyledi. Ben geldiğini görmedim. Belki geldi doktorla görüştü ve gitti bilemem. Yoğun bakıma beni almıyorlardı. Bu durumda ben kapıda ağaç olup Yasemin Anne'nin yanına giren çıkanın yakasına yapışıp durumu soruyordum. Orta yaşlı, beyaz önlüklü doktor beni kendi eşinden bile daha sık görmek zorunda kalıyordu. Şikâyetçi miydi onu bilemem ama adam hoşgörülü davranıp kibarca bana durumu izh ediyordu.

"Kızım burada beklemenin bir anlamı yok. Siz evinize gidin, herhangi bir gelişme olursa biz size zaten haber veririz."

Gideceğimi söylüyordum ama ayaklarım orada betonlaşmış gibi kalakalıyordum. O gün doktor Yasemin Anne'nin odasına her zamanki gibi saat dokuz gibi girdi. Yaklaşık on dakika sonra onun odasından çıkacağını bekledim. En azından diğer günler on dakikada çıkmıştı. Bugün yedi dakika fazla geçmesine rağmen doktor hâlâ görünmüyordu. Beni acılı bir telaş sardı. Bu iyiye mi, kötüye mi işaretti. Anneme sordum, suskundu. Kardeşim Manana'ya sordum, suskundu. Şeytanlarıma, meleklerime sordum, ölümcül sessizlik... Kan ter içinde kaldığımın farkında değildim. Neyse ki yoğum bakımdan çıkan hemşirelerden biri beni kendime getirdi. Omzuma dokundu ve "Siz inadınızdan vazgeçmiyorsunuz ama kötü görünüyorsunuz. Böyle giderse Yasemin Anne'niz ayağa kalktığında siz ona bakamazsınız," dedi.

"Öyle mi dersiniz, ah ağzınızı seveyim. İyileşir demek."

"Tabii, siz gidin biraz dinlenin isterseniz."

Biz bunları konuşurken doktor yoğun bakımın kapısından çıkıyordu. Sanırım hemşirenin bana söylediklerini duydu ki "Hemşiremiz haklı kızım," dedi. Benden uzaklaştıkları an kulağımı yoğum bakımın kapısına dayadım, içeride ne olduğunu göremesem de belki bir ses duyabilirim diye düşündüm. Ses yoktu. Annemin derin uykuda olduğunu düşündüm ama yine de eve gidip üstümü değiştirmek için izin istedim. Hastanenin önünden taksiye binip eve doğru yol aldım. Çok hızlı bir şekilde duş alıp, üzerimi değiştirip tekrar hastaneye koşacaktım. Taksiciye daha hızlı olması için dürterek sanırım omzunu çürüttüm. Eve çıkmak için hiç sevmediğim asansörü kulandım. Kapıya anahtarları sokup açtım. Yüzüme beton gibi çarpan ağır sigara ve alkol kokusunu duydum. Belli ki Fatih biz yokken boş durmamıştı. Hemen banyoya koştum. Soyunup sıcak suyun altına girdim. Askıda olan bornoza asıldım, üzerimi giyinmek için odama doğru hızlı bir şekilde yürüdüm. Odamda giyinirken evin içinde sesler olduğunu duydum. Hızla giyinip ses duyduğum tarafa,

Fatih'in oda kapısına vardım. Kapıyı çaldım. Bir kez daha, bir kez daha, açan yoktu. İçeriye girdim. Çevreye bakındım.

Burası berbat durumdaydı. Yatağın içinde belli ki birileri güreşmişti. Yatağın dibinde kırmızı bayan terlikleri eğreti şekilde duruyordu. Oracıkta ağzı açık kırmızı, orta boy bir valiz vardı. Valizin içinde bayan kıyafetleri karmakarışıktı.

Yatağın başucundaki komodinin üzerinde duran büyük gece lambası hâlâ yanmaktaydı. Şarap kadehlerinde yarım bırakılmış kırmızı şarap vardı. Ses açık unutulmuş teypten geliyordu. Teybi tutup camdan fırlatasım geldi. Ama yapmadım.

Yasemin Anne'nin bana seslendiğini duydum. Her şeye lanet okuyup evden sokağa koştum. Sarı taksinin birini durdurdum. Tam binmek için kapıyı açtım ki annemin arkamdan durup bana alayla güldüğünü gürdüm. Ağzını açmış dilini çıkarmış beni delirtmek için elinden geleni yapıyordu. "Düzelt hadi bu kahrolası dünyayı," diye bağırıyordu. "Fatih'in marifetlerini kendi gözlerinle gördün. Gördün! Düşünmüş mü anasını, ah yazık o orada can çekişirken ben burada birileriyle sevişiyorum, çok ayıp, demiş mi hiç? Bırak demeyi aklından geçirmiş mi? Haydi git onu da gebert! Ateşe ver! Ver! Ver! Adaletsizliğe gelemiyorsun ya ne duruyorsun!" diyordu. Yolun ortasında kan ter içinde kaldığımın, yanık çirkin yüzümü tırmaladığımın farkında bile değildim. Sonra sanırım eve kadar koştum. Asansöre binmeyi düşündüm ama binmedim, merdivenlerden koşarak çıktım. Eve girdim, ortalığı topladım. Kirlileri çöp torbasına doldurup çöp kutusuna teptim. Kovaya su doldurup her yeri temizledim. "Yasemin Anne sen üzülme her şey yerli yerinde, çocuklar senin eve dönmeni bekliyorlar. Seni hepimiz çok seviyoruz. Sen bir meleksin," dedim. Tanrı'ya onun canını almaması için yalvardım. Doyasıya ağladım. Sonra sinirimden kahkahalara boğuldum.

Kapıdan çıkmadan önce üstümü başımı kontrol ettim. Her normal insan gibi dolmuşa bindim. Hastanenin önünde indim. Sakin bir tavırla yürüdüm, aynı sakinlikle nöbetçi hemşireye annemi sordum. Sanırım uyuduğunu söyledi. Sanırım ona gülümsedim. Sanırım kantinden tost yedim, sanırım kahve içtim ve sanırım soluk aldım. Ben kantinde otururken telefonum çaldı. Karşı taraf kimle görüştüğünü soruyordu. Ben soruya cevap vermedim kabaca bu yabancı sese "Konu neydi?" diye sordum. "Konu Deniz Bey," dediler. Oturduğum sandalyeden fırladım. "Ne olmuş Denizimize?" diye bağırdım. Karşı taraf kısık sesle "Üzgünüm hanımefendi o öldü.

Polisler onu Uludağ yolunda uçurumun dibinde, arabada ölü bulduk," dediler. Gerisini duymadım. Gözbebeklerim zindan gibi karaya bürünmüştü.

Beni sevmeyen Tanrım gırtlağıma yumruk sokup, yüreğimi parçalayarak topuklarıma ulaşmıştı. Ben, ben değildim.

Ben zaten ne zaman ben olmuştum ki? Kimdim bilmiyordum.

Şeytan yoluna yürüyen Lena mı? Sevginin peşinde koşan çocuk kız Lena mı? Şimdi ne yapacaktım? Bana ait hangi parçama sığınacaktım? Kimin tarafını tutacaktım? Kime aittim?

Aklımdaki şeytana mı, yoksa bir türlü filizlenmeyi bilmeyen sevgiye mi? Biri beni tokatladı. Bu annem değildi. Yasemin Anne hiç değildi. Yabancı bir kadın neden beni tokatlasın.

"Delirdi," dedi biri. Diğeri "Yazık yakını vefat etmiş," diyor.

Yakını derken Deniz geliyor aklıma. Hayır! Hayır! Hayır! Biri susmam gerektiğini hatırlatıyor bana, diğeri beni kapıya doğru sürüklüyor. Yanlış insanın yakasına yapışmaya utanmıyorsunuz diyorum, bana asabi asabi bakıyorlar. Biri koşarak yanıma yaklaşıyor avucuma telefonumu koyuyor. Artık sokaktayım. Dünya bu kalleş dünya dönüp duruyor. İnsanlar yanımdan geçip gidiyor. Kim bilir hangi anne hangi katili doğuruyor? Kim bilir hangi evlat annesini zehirliyor ve kim bilir hangi kardeş kardeşine kuyu kazıyor? Böyle dünya olmaz olsun. Biri bana delirdiğimi şakaklarımı işaret parmağıyla çevirerek gösteriyor. Aldırmıyorum çünkü bu dünyada tek deli ben değilim, dünyanın temeli delilerin sivri tırnaklarının üzerinde dönüyor desem kim inanır? Ben inanırım. Annem beni zehirledi. Ben hayatı zehir yerine koydum ve aklımı yitirdim. Bir de şeytan var benle birlikte doğan, o kara listeleri burnuma dayayarak belki de hayatın çıplak yüzünü görmeme yardım ediyor. Bak şimdi ne diyor... Katil olan Fatih'ten bahsediyor. Yurttaki hocam mantığını kullan diyor. Telefonun elimde olduğunu anımsayarak Deniz'in ölüm haberini yakınlarına ulaştırmam gerektiğini anımsıyorum.

"Ali bey orada mı?" diye soruyorum karşıma çıkan ince sese. Benim kim olduğumu soruyor. "Ne yapacaksın kardeşim benim kim olduğumu yakınıyım herhalde," diyorum.

"Yurtdışında hanımefendi," diyor. Fatih'in telefonu kapalı.

Kim bilir kimin tepesinde. Yasemin Anne'nin söylediklerini anımsıyorum: "Biz hiçbir zaman aile olmadık." Onun dalgın bakışlarının altında, yüreğinin daraldığını, boğulduğunu görüyorum. Doktor evdekilerle diyaloga geçmem gerektiğinden bahsediyor. Bu mümkün mü sence Lena? Bunca yıldan sonra.

Kadın ağlıyor, ben öfkeleniyorum. O zaman o gün ona söz veriyorum. Aile olacağımıza söz veriyorum. Genç taksiciye gayet sakin bir ses tonuyla adresi veriyorum. Ona ailesi olup olmadığını soruyorum. Olduğunu söylüyor. Gerçek bir aile.

Olduğunu söylüyor ve bana şüpheyle bakıyor. Ona gülümsüyorum, o da bana. Burası, dediğimde arabayı çok ustaca sitenin kapısının önüne çekiyor. Üstünü başını düzeltip arabadan iniyorum.

Az sonra eve varacağım ve sakin bir şekilde Fatih'le konuşacağım. Ona annesinin onu ne kadar sevdiğini anlatacağım.

Ona ne kadar ihtiyacı olduğundan bahsedeceğim. Kapının zilini üç dört kez çaldım ve bekledim. Açan olmayınca anahtarla açmayı denedim. Kapı açıldı. Evde Fatih'in olduğunu kapının bir kez kilitlenmiş olmasından anladım. Koridorda yürüdüm. Fatih Bey diye seslendim birkaç kez. Beni duyan yoktu. Hiçbir zaman aile olamayacağımızı korku içinde hissettim. Öfkelendim. Öyle öfkelendim ki beynimdeki zehrin topuklarımın son hücresine kadar aktığını hissettim. Daha kuvvetli bağırıyor, zangır zangır titriyordum. Fatih'in odasına kadar yürüdüm. Hiç düşünmeden kapıyı araladım. Odada ölümcül bir sessizlik vardı. Fatih yatağının içinde sarı saçlı kızın birine sırtını dönmüş ölü gibi uyuyordu. Kız yüzükoyun yatıyordu. Sırtı çıplaktı. Oda dağınıktı. Yerlerde üstlerinden attıkları çamaşırlar vardı. Komodinin üzerinde iki yarım bırakılmış viski bardağı vardı. Birine ruj bulaşmıştı. Bir de epey küçülmüş mum perişan bir şekilde ömrünün kalanını dolduruyordu. İğrenerek çevreye göz attım, diz boyu rezillik... Biri bu kalleş dünyayı içime tepmeye çalıştı. Annemin ve annem gibilerin enkazının altında boğuluyordum. Ruhum cehennemde ıstırap çekerken, karakargalar mantığımı tırtıklıyor, beynimi boşaltıyordu. Aklımda derin bir uçurum vardı. Her şeyin bittiğini anlamak zor değildi. Deniz artık yoktu. Yasemin Anne'nin bir ayağı çukurdaydı. Tanrım benden tadımlık sevgiyi bile esirgemişti. Beni çevredeki düşmanlığa dahil etmişti. Biri bana "Buradan kaç!" dedi. Biri alaylı güldü.

Birinin telefonu çaldı. Tam kapıdan çıkmak üzereyken durakladım. Çalmakta olan telefonu aradım. Sonunda siyah pufun üzerinde duran pembe telefonu gördüm. Ekranda annem yazıyordu. Fatih'in koynuna giren sarı kızın annesi arıyordu besbelli. Yatakta yarı çıplak yatan kıza baktım. Hayatın acı gerçeklerine iğrenerek güldüm. Telefon çaldı, çaldı, sustu.

Tam buradan çıkıp gitmek için doğruldum ki oralarda açık olan laptopu fark ettim. Ekranın üzerinde siyah harflerle "O ÖLÜMÜ HAKETTİ! O ÖLÜMÜ HAKETTİ!" yazıyordu. Yere yığılıp başımı avuçladım. "Katiller! Katiller!" diye bağırıyordu biri. Ruhumun acıdan çürüyüp eridiğini hissettim. Bedenimde kazık gibi tek duran öfkeydi. O benim iliğim kemiğim olmuştu sanki. Şeytan bana gücünü verip beni yönlendiriyordu. Elim yanan muma gitti. Sonrası çok basitti. Baştan perdeler tutuştu. Sonra yorgan ve çarşaf.

***

Kantinde oturmuş sinirden sessiz kahkahalara boğuluyordum. Önce ayak sesi sonra iki tanıdık ses duydum. Dönüp baktım. Yasemin Anne'mle ilgilenen hemşireler oradaydı ve bir masanın çevresine yerleşiyorlardı. Demek ki Yasemin Anne iyi ve uyuyor, hemşireleri kantine indiklerine göre. Kızlar aralarında fısıldadılar ve kahkaha attılar. Sonra onlardan biri, "Aslında çok yorgunum ama yakında izin alacağım için çok keyifliyim," dedi ve derin, ferah bir iç geçirdi.

"Peki, iznini nasıl değerlendirmeyi düşünüyorsun?"

"Bir kere erken yatar, geç kalkarım. Tabii bunu başarabilirsem. Burada gecemiz gündüzümüz şaşmış halde biliyorsun."

"Evet bilmez miyim? Beni en çok da bu durum yoruyor.

Sakın şikâyet ediyorum diye algılama. Burada mutluyum, en azından faydalı iş yapmaktayım bunu biliyorum. İnsanların en zor gününde yanındayım. Bir de maaşlarımız daha dolgun olsa, bu kadar uykusuz gecelere strese göre az değil mi?"

"Bakan zam yapacağından bahsediyor. İnşallah adamakıllı zam yaparlar da seviniriz. Bahşiş veren de yok bu aralar.

Aslında yoğum bakımdaki hastaların yakınları iyi bahşiş bırakırlar ama benim şansıma kadını ne arayan var ne de soran.

Hesapta bilinmiş aile."

"Anlaşılan senin haberin yok. Sen dua et de kadın kendine gelmesin."

"Neden kız?"

"Neden olacak. İşadamı Deniz, duydun mu hiç?"

"Hayır."

"Deniz, kadının oğludur. Geçen gün Uludağ yolunda sevgilisi mimar Ege Bey'le uçuruma uçmuş."

"Öldüler mi yoksa?"

"Sence orada sağ kalınır mı?"

"Değil ama bir ihtimal... Kesin kafaları çekmişlerdir."

"Hayır, kanlarında alkol çıkmamış, söylentilere göre Deniz bir kızla nişanlandı. Ege bunu hazmedemeyip hem kendi hem Deniz'in ölüm fermanını çekmiş."

"Ya ne trajedi!"

Ya hiç sorma insanın başına gelmesin bir kere. Aynı günün içinde Deniz'in ağabeyi Fatih ise kendi yatak odasında kadının biri ile yanmış."

"Nasıl yanmış?"

"Yangın çıkmıştır herhalde bilemem."

"Kaderin önüne geçilmez diyorlar ya, doğru."

SON

www.ingramcontent.com/pod-product-compliance
Lightning Source LLC
LaVergne TN
LVHW040136080526
838202LV00042B/2933